Anja Marschall
Das Weihnachtswunder von Haus 7

Weitere Titel der Autorin:
Tage voller Weihnachtszauber
Weihnachtsfest mit einem Engel

Über die Autorin:

Anja Marschall, geb. 1962 in Hamburg, arbeitete als Erzieherin, Pressereferentin, Journalistin, EU-Projektleiterin, Apfelpflückerin in Israel, Zimmermädchen in einem Londoner Luxushotel und Kioskverkäuferin an den Hamburger Landungsbrücken. Sie lebt und schreibt in Schleswig-Holstein.

ANJA MARSCHALL

DAS
WEIHNACHTS
WUNDER
von
Haus 7

ROMAN

Lübbe

Originalausgabe

Dieser Roman wurde vermittelt durch die
Literaturagentur Lesen & Hören, Berlin

Copyright © 2023 by Bastei Lübbe AG,
Schanzenstraße 6–20, 51063 Köln

Textredaktion: Wortfischen, Sylvia Gredig
Umschlaggestaltung: Maria Seidel, atelier-seidel.de
unter Verwendung von Motiven von © shutterstock:
Bogdan Sonjachnyj und istockphoto: Apilart
Satz: Dörlemann Satz, Lemförde
Gesetzt aus der Goudy
Druck und Verarbeitung: GGP Media GmbH, Pößneck

Printed in Germany
ISBN 978-3-404-19243-4

2   4   5   3

Sie finden uns im Internet unter luebbe.de
Bitte beachten Sie auch: lesejury.de

Kapitel 1

Sobald die erste Kerze auf dem Adventskranz brannte, veränderte sich die Stadt auf wundersame Weise. Es waren nicht nur die tausend Lichterketten, die die Straßen zum Glitzern brachten, oder der hohe Tannenbaum auf dem Marktplatz. Nein, da war noch etwas anderes. Ein leises Gefühl lag in der Luft, das mit jedem Tag, den der Weihnachtsabend näher kam, stärker wurde. Es machte die Herzen der Menschen weit, sodass sie öfter lächelten als sonst und nette Dinge zueinander sagten, ja, sie luden sich sogar gegenseitig auf einen Plausch bei Weihnachtskeksen und Punsch ein. Und auf einmal zog in so manch einsames Haus auch wieder Hoffnung ein, Hoffnung, dass ein geliebter Mensch wieder zurückfinden möge oder dass ein großer Traum vielleicht doch in Erfüllung gehen könnte. Nur jetzt, zur Weihnachtszeit, war zwischen Kerzenschein und Zuversicht so viel mehr möglich als im Rest des Jahres. Die Menschen fühlten es, auch wenn so mancher tat, als könne es gar nicht so sein.

Einen sehnlichen Wunsch mit dazu passender großer Hoffnung hatten auch die beiden Kinder, die im vierten Stock eines alten Jugendstilhauses in der Herderstraße ihre Nasen an die Fensterscheibe drückten. Schnee! Es möge endlich Schnee fallen! Es war doch schließlich bald Weihnachten!

»Du, Matti …«

»Hm.«

»Die Anna im Kindergarten sagt, es gibt keinen Weihnachtsmann. Stimmt das?«

»Die Anna ist doof.«

»Finde ich auch.«

Schweigend sahen die Kinder zu den regengrauen Wolken am Himmel hinauf, während Lilli am Ende ihres geflochtenen Zopfs knabberte, wie sie es immer tat, wenn sie nachdachte.

»Du, Matti ...«

»Hm.«

Ihr Bruder ging schon in die zweite Klasse und wusste eine ganze Menge. Darum fragte sie ihn auch, warum die Mami heute so spät nach Hause kam.

»Sie will eine neue Wohnung für uns finden, hat sie gesagt.«

»Wir haben unsere aber gar nicht verloren. Die ist doch hier.«

»Sie sucht trotzdem.«

Auf der anderen Straßenseite schaltete jemand in einem Wohnzimmer das Licht an. Deutlich konnte man eine lederne Sitzgarnitur und einen Fernseher über die ganze Breite der Wand sehen. Das Haus drüben war neu. Es hatte Fenster, die bis zum Boden gingen, sodass Lilli und ihr Bruder immer etwas zu gucken hatten, wenn ihnen langweilig war. Dass dort nicht ein einziges Kind lebte, hatten sie sehr schnell herausgefunden.

»Du, Matti ...«

»Hm.«

»Denkst du, der Weihnachtsmann schenkt mir dieses Jahr einen Schlitten?«

»Wenn du einen bekommst, will ich einen Transformer haben.«

»Ok.«

Lillis Magen begann zu knurren. »Du, Matti ... Wollen wir Mama einen Kuchen backen?«

Ihr Bruder sprang von der Sofalehne herunter. »Logo!«, rief er und rannte in die Küche.

Lilli hüpfte von der Couch und lief ihm nach. »Aber ich darf die Schüssel auslecken!«

Kapitel 2

Zur selben Zeit trat Luisa Thießen aus dem Eingang eines Fünfzigerjahre-Wohnblocks im Süden der Stadt auf die Straße hinaus. Schon als sie beim Ankommen die Schlange der anderen Bewerber auf dem ersten Treppenabsatz gesehen hatte, war ihre Hoffnung auf die Dreizimmerwohnung im zweiten Stock nahezu erloschen. Trotzdem hatte sie sich angestellt und geduldig eine Stunde gewartet, bis sie mit der Besichtigung endlich an der Reihe gewesen war.

Die Wohnung war perfekt für sie und ihre Kinder. Mattis Schule lag nur wenige Straßen entfernt, und Lillis Kindergarten konnte sie auf dem Weg zur Arbeit schnell erreichen. Sogar einen Balkon hatte die Bleibe und einen honigfarbenen Parkettboden. Das mit der Miete allerdings könnte eng werden. Mit ihrem Gehalt als Teilzeitsachbearbeiterin in einem Architekturbüro und ihrer Witwenrente kam sie schon jetzt nur so gerade über die Runden.

Luisa schaute in den grauen Himmel hinauf, aus dem es ununterbrochen nieselte.

Sie zerknüllte die Anzeige in ihrer Hand, denn sie wusste, dass sie die Wohnung nicht bekommen würde. Warum nur hatte sie versucht, den Makler zu bestechen? Es war doch klar gewesen, dass sie keine Chance hatte. Sie hatte dem Mann von ihrer Arbeit erzählt, ohne die Worte Teilzeit und Sachbearbeiterin fallen zu lassen. Sie hatte sich begeistert von den Räumen gezeigt und nur nebenbei ihre beiden sehr vernünftigen und leisen Kinder erwähnt. Letzteres war eine Lüge. Matti und Lilli waren Wirbelwinde der Extraklasse. Bei ihnen musste man immer auf alles gefasst sein.

Schließlich hatte sie diesem aalglatten Typen heimlich einen Umschlag mit drei Hunderteuroscheinen hingehalten. Mit einem schmalen Lächeln hatte er den Umschlag abgewiesen und erklärt, er würde sich Ende der kommenden Woche melden, falls sie die Wohnung bekäme. Dann hatte er sich einer anderen Bewerberin zugewandt, die bestimmt Single und kinderlos war, einen coolen Job in der Stadt hatte und einen tollen Freund. Verzweifelt hatte Luisa noch versucht, die Mitleidskarte zu spielen, und dem Makler nachgerufen, dass sie eine Witwe mit zwei Kindern sei. Er hatte sich nicht einmal umgedreht.

Mit hängenden Schultern und einer Menge Ärger im Bauch, am meisten über sich selbst, ging Luisa heim.

Ende Januar mussten sie und die Kinder ihre Wohnung in der Herderstraße Nr. 7 verlassen. Das Gericht hatte die Rechtmäßigkeit der Kündigung nach endlosen Verhandlungen anerkannt. Unglaublich, doch so war das Gesetz nun einmal. Wer die besseren Juristen hatte, gewann.

Der Typ vom Mieterinteressenverein jedenfalls gehörte nicht in die Kategorie »guter Anwalt«. Er hatte sich vom Vertreter der Ascot Holding dermaßen vorführen lassen, dass es peinlich gewesen war. Mit einem kleinlauten »Da kann man leider nichts machen« war der Mann nach der Urteilsverkündung davongeschlichen und hatte die empörten Mieter der Herderstraße einfach stehen lassen.

Für Luisa war die Zeit des Kämpfens um ihr Zuhause seither endgültig vorbei. Man muss wissen, wann man verloren hat.

Darum besorgte sie sich jeden Tag noch vor dem Frühstück die aktuelle Tageszeitung, wenn sie zuvor im Internet nicht fündig geworden war. Mit einem pinkgrellen Edding in der einen Hand und einem Becher Kaffee in der anderen, ging sie dann die wenigen Wohnungsanzeigen durch, während ihre beiden Kinder selig schlummerten, bis sie geweckt wurden. Bekanntlich war es ja der frühe Vogel, der den Wurm fing.

Leider nur schien diese Weisheit in ihrem Fall nicht zu funktionieren. In der ganzen Stadt gab es kaum freie Wohnungen. Schon gar keine, die sich eine alleinerziehende Mutter leisten konnte.

Dabei hätte Luisa heute selber Architektin sein können, wenn dieser schreckliche Unfall nicht gewesen wäre, der sie zur Witwe gemacht hatte. Es fehlte ihr damals nur eine einzige Prüfung bis zum Abschluss. Eine Anstellung in einem renommierten Architekturbüro hatte sie auch schon in der Tasche. Aber Peters Tod hatte alles geändert. Seither musste sie an Jobs nehmen, was sie kriegen konnte.

Tief in Gedanken versunken, eilte Luisa durch den Nieselregen Richtung Herderstraße. Sie war mit ihrem Latein langsam am Ende. Obwohl sie sich für eine starke Frau hielt, spürte sie seit einiger Zeit, dass die Kräfte sie verließen. Zum Glück hatte sie ihre beiden Kleinen, die sie von ihrem Unglück ablenkten und immer wieder den Sonnenschein zurück in ihr Leben brachten. Dieser Trost wog alles auf und war mit Geld nicht zu bezahlen.

Im Supermarkt an der Ecke kaufte Luisa schnell ein. Heute Abend würde es Makkaroni in Käsesoße geben. Mattis Lieblingsgericht.

Eine halbe Stunde später bog sie, links und rechts je eine Einkaufstüte haltend, in die Herderstraße ein. Zu Kaiserzeiten hatten hier schmucke Jugendstilhäuser mit vier Etagen, hohen Fenstern und steinernen Blumenranken an der Fassade gestanden. Die Gegend war einst eine gute Adresse gewesen. Dann kam der Weltkrieg. Was der nicht kaputtgebombt hatte, riss der Modernitätswahn der Sechziger- und Siebzigerjahre ein. Mittlerweile verfielen aber auch diese Bauten und wichen kubistischen Einheitsblöcken, die an Fantasielosigkeit kaum zu überbieten waren. »Klötzchenhaus« hatte Lilli das neue Gebäude von gegenüber genannt. Luisa fand den Begriff sehr passend. Der Neubau passte prima zu all den anderen Copy-and-paste-Häusern in der Stadt, deren Aussehen auf sie wie gestanzt wirkte.

Mit seinem Stuck und dem farbigen Bleiglas in der Haustür schien Nummer 7 wie aus der Zeit gefallen. Luisa liebte das Haus und wäre niemals in eines der herausgeputzten und einfallslosen Appartements gezogen, wo hippe Leute in betonierten Schubladenkisten lebten.

Luisa würdigte den Neubau gegenüber von Nummer 7 keines Blickes. Wenn die Dinge anders gelaufen wären, würde sie heute eine Architektin sein, die Häuser mit Seele entwarf. So etwas wie da drüben bestimmt nicht.

Luisa drückte ihre Schulter gegen die Haustür von Nummer 7, an der seit Jahren die Farbe abblätterte.

Leider klemmte die Tür mal wieder. Leise fluchend warf sie sich dagegen, aber die Tür wollte nicht nachgeben.

»Mist!«, entfuhr es ihr.

»Kann ich helfen?« Eine Männerstimme hinter ihr ließ sie zusammenzucken.

»Ähm, danke, ich schaffe das schon.« Luisa drückte sich erneut gegen die Tür.

»Sicher?«

Sie drehte sich herum. »Sie klemmt.«

Unauffällig musterte sie den Fremden von oben bis unten. Schlank, groß, dunkle Locken, glatt rasiertes Gesicht, blaue Augen, kantige Züge. Ein Gerichtsvollzieher? Nein. Er lächelte. So schick, wie der Mann aussah, kam er garantiert aus dem Block von drüben.

Wollte er sich etwa darüber amüsieren, dass in Nummer 7 nicht einmal die Tür funktionierte? Luisa funkelte ihn an, als sei er an allem schuld, was er natürlich nicht war. »Er hat doch nur seine Hilfe angeboten«, mahnte eine Stimme in ihrem Kopf. Stimmt. Schnell verzog sie den Mund zu einem Lächeln. »Das passiert öfter.«

»Wenn wir es zu zweit versuchen, gibt sie vielleicht nach«, gab er zu bedenken.

Vorsichtig nickte Luisa.

»Auf drei«, schlug er vor und stellte sich neben sie.

Bis dahin, das wusste sie, konnte sie unmöglich warten. So dicht an einem gut riechenden und toll aussehenden Mann zu stehen war schrecklich verwirrend. Es ging einfach nicht. Als er »zwei« sagte, preschte sie vor. Mit einem ›Rums‹ sprang die Tür auf, und Luisa stolperte ins Dunkel des Treppenhauses.

»'tschuldigung. Mathe war noch nie meine Stärke«, scherzte sie und grinste verlegen. »Aber danke für Ihre Hilfe.«

»Nun ja, so richtig geholfen habe ich ja nicht.« Er warf einen neugierigen Blick in den düsteren Flur. »Wo ist der Lichtschalter?«

Luisa schüttelte den Kopf. »Hier gibt es kein Licht, und auch die Klingeln funktionieren nicht. Dafür leckt es durchs Dach, und die Heizung macht Geräusche. Das Haus soll im nächsten Jahr abgerissen werden.«

»Wohnen Sie hier?«

Luisa glaubte zu sehen, dass er sich in seiner Haut unwohl fühlte. Sie sah sich im Treppenhaus um. Die zerschlissene Tapete, die ausgetretenen Holzstufen, die zerbrochenen Fliesen mit dem Blumenmuster, das kaputte Fenster in der Tür zum Hof. Nein, all das wirkte auf andere Leute sicherlich wenig einladend. Es konnte eben nicht jeder die Schönheit von Nummer 7 sehen, so wie sie.

Trotzdem schämte sie sich plötzlich für das Haus. »Ähm, ich bringe nur jemandem den Einkauf«, flunkerte sie und fragte sich sofort, warum sie das gesagt hatte. Eigentlich log sie nie, na ja, fast nie.

Er räusperte sich, schien nicht recht zu wissen, was er sagen sollte. Wahrscheinlich war es ihm unangenehm, auf dieser Seite der Straße gesehen zu werden. Feigling, dachte Luisa.

»Schönen Tag«, murmelte sie und schob die Tür mit dem Fuß vor seiner Nase zu. Fehlte noch, dass er sie auf eine Tasse Kaffee einlud oder Schlimmeres. Sie hatte keine Zeit für Männer. Und erst recht nicht für solche von gegenüber.

Da öffnete sich die Haustür erneut, und sein Kopf erschien im Türspalt. »Was machen Sie kommenden Freitag?«

»Wie bitte?«

»Nun ja, ich frage mich, ob Sie mit mir eventuell irgendwo eine Tasse Kaffee trinken gehen würden. Oder Tee. Tee ginge natürlich auch.«

Luisa zögerte. »Also eigentlich …«

»Schön. Sagen wir um fünfzehn Uhr? Patisserie Körner?«

Die Konditorei war eine Institution in der Stadt, ihre Torten weltberühmt und der Kaffee dort ein Genuss!

Luisa überlegte, wann sie das letzte Mal jemand eingeladen hatte. Oder gar angebaggert. Es war Peter gewesen. Schnell verdrängte sie die aufkommenden Gedanken.

Gespannt sah der Fremde sie an. »Wir könnten natürlich auch einen Tag später … falls Ihnen das lieber ist.«

Jetzt musste sie lächeln. »Sie sind ganz schön hartnäckig, oder?«

»Prima!« Er strahlte sie an. »Also dann bis Freitag!« Sein Kopf verschwand, und die Tür fiel wieder zu, nur um ein weiteres Mal aufgeschoben zu werden. »Sollten Sie es sich anders überlegen«, sagte er hastig, »wäre das völlig in Ordnung für mich. Bedauerlich, aber okay. Ja?«

Sie nickte.

Dann schloss sich die Tür ein letztes Mal.

Verwirrt stand Luisa in der Dunkelheit. Hatte sie etwa ein Date? Langsam nahm sie die Stufen hinauf.

Quatsch! Das war doch keine echte Verabredung. Sie ging nur einen Kaffee trinken … mit einem verdammt gut aussehenden Mann. Allerdings jemandem, dessen Namen sie nicht einmal kannte.

Vorsichtig passierte sie das Loch im Treppengeländer, das entstanden war, als Familie Schmilinski vor zwei Jahren ausgezogen war. Papa Schmilinski war damals der Kühlschrank aus der Hand gerutscht und in den Abgrund gerauscht. Das kaputte Geländer hatte die Ascot Holding noch immer nicht repariert.

Luisa beachtete das Loch nicht. Sie dachte wieder an Peter. Er war seit vier unendlich einsamen Jahren tot. Wurde es nicht Zeit, dass sie sich endlich wieder dem Leben widmete? So schlimm war es doch nicht, sich mit einem Mann auf eine Tasse Kaffee zu treffen. Warum aber fühlte sich dieser Gedanke dann so eigenartig an? Fast so, als würde sie Peter betrügen.

Im zweiten Stock ging Luisa an der Haustür ihrer Nachbarin Anita Baumann vorbei. Die Rentnerin behauptete, früher einmal Schauspielerin gewesen zu sein und mit Filmgrößen wie Curd Jürgens und Heinz Rühmann vor der Kamera gestanden zu haben. Im Netz gab es keinen Hinweis auf eine Bekanntheit namens Anita Baumann. Die Bewohner von Nummer 7 ließen ihr den Traum.

Als Luisa an der Haustür vorbeiging, hörte sie die krächzend gebrochene Stimme der Bewohnerin, wie sie einen Song von Édith Piaf sang. Für die alte Dame war die Kündigung am schlimmsten, weil sie sich kein Seniorenheim leisten konnte und auch nicht wollte. Mehr als einmal hatte Frau Baumann gesagt, dass sie dieses Haus niemals verlassen würde. Jedenfalls nicht lebend.

Langsam ging Luisa in den dritten Stock, um bei ihrem Nachbarn Wolle an die Tür zu klopfen.

Der freischaffende Musiker passte öfter auf Matti und Lilli auf, wenn Luisa arbeiten musste oder Termine hatte.

Gerade hob sie die Hand, als die Wohnungstür von innen aufgerissen wurde und Elvis ins Treppenhaus stolperte.

»Hi!«, rief *The King* hastig. »Oben alles schicki. Matti macht Hausaufgaben und Lilli malt.« Er drängte sich mit seinem Gitarrenkoffer in der Hand an Luisa vorbei. »Sorry, habe es eilig. Bin spät dran.« Kurz hielt er inne. »Denkst du, das geht so?«

»Was?«

»Na, die Haare. Habe sie gefärbt. Schwarz.« Elvis, der eigentlich Wolfgang Eberleitner hieß und seit dreißig Jahren eine Karriere als Rockmusiker anstrebte, verdingte sich wahlweise als Elvis- oder Udo-Lindenberg-Imitator auf Betriebsfeiern und in Einkaufspassagen. Den Lindenberg machte er richtig gut nach. Aber sein Elvis brachte mehr Gage.

Luisa musterte Wolles Haare. »Vielleicht solltest du den Kragen etwas höher ziehen. Dann sieht keiner die schwarzen Farbverläufe an deinem Hals.«

Wolle ließ den Gitarrenkoffer fallen und fasste sich an den Nacken. »Mist, da habe ich gar nicht hingeguckt.«

»Wenn es nur getönt ist, bekommst du es vor dem Auftritt mit Seife vielleicht weg.«

Er nahm seine Gitarre wieder auf. »Bist du sicher?«

»Nein.« Kurz umarmte sie den Zwei-Meter-Mann. »Toi, toi, toi. Wohin geht es heute?«

»Äh, eine Hochzeit, glaube ich. Sie wollen *Love me tender* haben. Voll langweilig. Egal. Muss los.«

Luisa wusste nicht warum, aber plötzlich erschien das Bild des Mannes vor ihr, mit dem sie ein Date haben würde. Was würde er von ihr denken, wenn er hörte, dass sie doch in Nummer 7 lebte und ein drittklassiger Musiker sowie eine verrückte, wenn auch liebenswerte alte Schachtel ihre Nachbarn waren? Würde er die Nase rümpfen? Luisa beschloss, am kommenden Freitag nicht ins Café zu gehen, um ihn zu sehen. Die Peinlichkeit wollte sie sich ersparen.

Kapitel 3

Alles *schicki*? Aha, dachte Luisa und stellte die Einkaufstüten im Flur ihrer Wohnung ab. Deutlich konnte sie die Kinder in der Küche streiten hören.

»Das sage ich Mami«, rief Lilli weinerlich.

»Petze! Außerdem hast du mitgemacht.«

Vorsichtig öffnete Luisa die Küchentür.

Das Chaos darin hatte biblische Ausmaße. Der Boden war übersät mit Mehl. Eine Tüte Milch lag umgekippt auf dem Tisch. Lilli saß mit einer Teigschüssel auf dem Schoß vor dem Herd und maulte. Unterdessen stand ihr Bruder auf dem Stuhl, den er vor den Kühlschrank geschoben hatte, um sich Eier aus der Tür zu holen. Zwei lagen bereits auf dem Boden.

Es roch unangenehm nach geschmolzenem Plastik. Schon entdeckte Luisa die Schüssel im offenen Backofen, die dort vor sich hin schmurgelte. Warum auch immer.

»Hallo Mami!«, rief Lilli und strahlte sie an. »Wir backen einen Kuchen für dich.«

Luisa trat ein, als ihre von Kopf bis Fuß mit Mehl bestäubte Tochter ihr entgegenlief, um sie zu umarmen.

»Hast du die Wohnung?«, wollte Matti wissen, dem in diesem Moment die letzten beiden Eier aus der Hand rutschten und klatschend auf dem Boden landeten.

»Was für einen Kuchen backt ihr denn?«, fragte Luisa, statt auf die Frage ihres Sohnes zu antworten.

»Also nicht.« Umständlich kletterte er von dem Stuhl. »Hab ich gleich gewusst.« Er war groß genug, um zu verstehen, dass sie dringend eine neue Wohnung brauchten. Außerdem hoffte er auf ein Zimmer für sich, denn bisher mussten er und seine Schwester sich einen Raum teilen. Matti war sichtlich enttäuscht.

»Tut mir leid, Großer.«

Nachdem sie ordentlich gelüftet und die Küche aufgeräumt hatten, machten sich Luisa und ihre Kinder daran, einen Schokoladenkuchen zu backen. Mit extra Schokoglasur und Nüssen darin.

Es waren diese kleinen Momente, in denen das Leben, trotz aller Sorgen, schön war.

Nach getaner Arbeit zog ein köstlicher Kuchenduft durch die Wohnung und überdeckte gnädig den Gestank von geschmolzenem Plastik.

»Ich möchte ein riesengroßes Stück haben«, tat Lilli kund und kletterte schon mal auf ihren Stuhl.

»Bekommst du aber nicht«, widersprach ihr Bruder und stellte Teller auf den Tisch. »Du hast überhaupt gar nicht richtig geholfen.«

»Hab ich doch!«

»Nein. Du bist viel zu klein dafür.«

»Mami, Matti ärgert mich«, jammerte Lilli.

Gerade wollte Luisa ihre Kinder von einem neuen Streit abhalten, als das Licht über ihren Köpfen erst flackerte, um kurz darauf ganz auszugehen. Schemenhafte Dunkelheit umfing die kleine Familie.

»Verdammt!«, zischte Luisa. »Nicht schon wieder.« Es war nicht das erste Mal, dass im Keller die Leitungen durchschmorten.

»Du darfst nicht fluchen, Mami«, kam Lillis Stimmchen aus dem Dunkel.

»Matti, laufe zu Oma Baumann und Wolle, ich hoffe, er ist schon zurück. Sag ihnen, sie sollen zu uns kommen. Wir müssen reden. Jetzt.«

Im matten Licht der Straßenlaternen, das hereinschien, sah sie ihren Jungen aufspringen und in den Flur eilen. Abenteuer waren sein Liebstes. Sie hörte ihn die Taschenlampe vom Regal nehmen und die Haustür öffnen. Dann polterte er die Stufen im Treppenhaus hinunter.

Erschöpft ließ Luisa sich auf den Küchenstuhl sinken und schloss die Augen.

Lilli rutschte von ihrem Stuhl und schlappte ins Kinderzimmer. Mit Teddy Pu im Arm kam sie zurück. »Soll ich die Kerzen aus dem Wohnzimmer holen, Mami? Das findet Pu so hübsch.«

Luisa streichelte ihrer Tochter übers Haar. »Danke, Spätzchen. Das ist eine sehr gute Idee. Teelichter haben wir auch noch.«

Nachdem Lilli die Küche verlassen hatte, um sich auf die Suche nach den Kerzen zu machen, stützte sich Luisa mit den Ellenbogen auf dem Tisch auf und legte ihren schmerzenden Kopf in die Hände. Sie fragte sich, wie all das noch enden sollte.

Zehn Minuten später drängten sich die letzten drei Mieter von Haus Nummer 7 in Luisas kleiner Küche. Wolle war früher nach Hause gekommen, worüber er nun in aller Ausführlichkeit berichtete. Sein Auftritt sei in einem Fiasko geendet. Die Braut hasste Elvis und stand in Wahrheit auf die Stones. Daraufhin hatte die Schwiegermama zu weinen begonnen und behauptet, ihr Sohn hätte eine bessere Frau als seine frisch Angetraute verdient und überhaupt sei wie immer ihr Mann an allem schuld. Der wiederum hatte Wolle alias Elvis angegiftet, dass er vollkommen unecht aussehen würde. Dann hatte der Brautvater darauf bestanden, dass er auch gar kein Schmalzlockendouble bestellt hätte, sondern einen DJ.

Na ja, es war eben wie immer, wenn Wolle Geld verdienen wollte. Ein absolutes Chaos. Manchmal fragte Luisa sich, wie er es schaffte, seinen Optimismus zu behalten.

Als Wolle nach seinem Update noch einmal hörbar ein- und ausgeatmet hatte, erzitterten kurz die Kerzenflammen vor ihm auf dem Tisch. Die vielen Kerzen und Teelichter in der Küche verströmten wohlige Gemütlichkeit, obwohl der Anlass für das Kerzenmeer ärgerlicher Natur war.

»Wir müssen uns wehren«, entschied Oma Baumann und reckte kampflustig ihr Doppelkinn in die Höhe. »Ein Protestmarsch oder so etwas.« Sie hatte Lilli auf dem Schoß, mit der sie sich im Schein der Kerzen ein großes Stück Schokokuchen teilte. »Nein, irgendwo festkleben. Das machen die im Fernsehen auch so. Und da müssen wir hin. Günther Jauch oder Tagesschau. Mindestens.«

»Da bekommen wir nur Ärger. Ankleben wird als Terror eingestuft. Außerdem ist der Kleber nicht gut für die Haut.« Wolle nahm noch einen Schluck Bier. »Ein Flashmob oder so was wäre gut, Oma Baumann.«

»Sie sollen nicht immer Oma zu mir sagen, Herr Eberleitner.«

»Alles klar, Oma Baumann.«

»Wolle, könntest du deinen Freund bitten, die Leitungen im Haus zu prüfen? Es muss doch einen Grund geben, warum die Sicherungen immer rausfliegen.« Luisa seufzte.

Der Nachbar schüttelte den Kopf. »Nö, der kommt nicht mehr. Nur, wenn wir ihn bezahlen, hat er gesagt.«

Die alte Dame am Tisch horchte auf. »Lässt er sich auch in Naturalien entlohnen?«, wollte sie mit keckem Blick wissen.

»Oma Baumann! Nicht vor den Kindern.«

Beleidigt schaute die alternde Diva Luisa an. »Ich meinte doch den selbstgemachten Likör. Was dachten Sie denn, was ich meine?«

Wolle grinste Luisa an. »Genau, was meintest *du* denn?«

Schweigend aßen sie ihren Kuchen, zu dem Luisa geschlagene Sahne reichte. Leider war dies kein gemütlicher Adventskaffee, denn außer Lilli war allen am Tisch klar, dass sie zum letzten Mal in Nummer 7 Heiligabend feiern würden.

»Wie können Menschen nur so unchristlich sein?«, murmelte Oma Baumann und erzählte wohl zum hundertsten Mal die Geschichte von den Dreharbeiten zu einem Film, in dem sie eine kleine Rolle hatte. »Alles ging damals am Set schief. Der Beleuchter mit der roten Nase ließ einen Scheinwerfer fallen und hätte mich damit fast erschlagen … Wir waren längst hinter dem Zeitplan, sodass der Produzent hinschmeißen wollte …«

»Ist ja gut, Oma Baumann«, unterbrach Wolle genervt. »Das hilft uns nicht weiter.«

»Sag ich doch!«, insistierte die Nachbarin. »Wir dürfen nicht aufgeben. Stattdessen müssen wir improvisieren. Haben wir am Set damals auch gemacht. Außenaufnahmen waren die Lösung.«

»Warst du im Fernsehen?«, wollte Lilli wissen, während sie mit dem Zeigefinger die letzten Krümel vom Teller sammelte.

Oma Baumann antwortete nicht, sondern beugte sich ein wenig zu Luisa hinüber.

»Reden Sie doch mal mit diesem Dingsda von der Ascot Holding, der immer die Briefe unterschreibt. Der muss ein hohes Tier dort sein. Vielleicht hört er ja auf Sie. Sie sind so hübsch und sympathisch. Und klug sind Sie auch.«

Da kam Matti in die Küche. Niemand hatte bemerkt, dass er sich hinausgeschlichen hatte. Er schien Oma Baumanns Idee ebenfalls gehabt zu haben, denn wie aufs Stichwort trat er an den Tisch und legte seiner Mutter ein Schreiben des Vermieters vor. »Da unten steht der Name von dem Mann, richtig?« Er hielt seinen Finger auf die kraklige Unterschrift. »Und da oben ist seine Adresse. Ich konnte das lesen. War total leicht.« Jetzt wies er auf das elegante Logo der Ascot Holding, die ihren Sitz in der Innenstadt hatte.

Joost Behrens, Rechtsabteilung. Er war derjenige, der all die Versuche, in Nummer 7 bleiben zu dürfen, mit einem Federstrich weggewischt hatte.

»Wie stellt ihr euch das vor?«, wollte Luisa von den anderen wissen. »Denkt ihr etwa, wenn ich da hingehe und dem Mann den Kopf wasche, lassen die uns hier wohnen?«

Oma Baumann und die Kinder nickten. Wolle zuckte mit den Achseln.

Luisa holte tief Luft. »Das wird nicht klappen. Ich war doch schon in der Zentrale von der Ascot Holding. Die haben mich und unseren Anwalt nicht einmal hineingelassen, sondern gleich in der Empfangshalle abgefertigt.«

»Dann müssen wir eben zu demjenigen gehen, dem der Laden gehört«, schlug Oma Baumann vor. »Dem werde ich was erzählen, diesem Herrn Äskott!« Dabei hob sie noch einmal kämpferisch die Faust.

Wolle war nicht überzeugt. »Wir wissen nicht, wer das ist. Außerdem haben die meisten Firmen keinen Besitzer, sondern gehören anderen Firmen, denen wieder andere Firmen gehören. Wenn überhaupt, dann erwischen wir nur einen Sachbearbeiter.«

»Aber versuchen könnten wir es doch, oder?«, wollte Matti von den Erwachsenen wissen.

Luisa seufzte und zog ihren Sohn zu sich. »Was wir brauchen, ist ein Wunder, mein kleiner Großer. Ein richtiges Wunder.«

Kapitel 4

Wenn Durcheinander im Kopf herrscht, muss man die Wohnung aufräumen. Das hatte Luisas Mutter immer gesagt. Und so versuchte Luisa es auch ihren Kindern beizubringen. Allerdings hatte sie nur mäßigen Erfolg.

»Wo ist dein Schal, Matti?«

Der Junge hüpfte auf einem Bein über den Flur ins Kinderzimmer. »Weiß nicht.« Etwas fiel krachend zu Boden. »In der Legokiste, vielleicht.«

Es war Mittwoch, und das Kind hatte in der ersten Stunde in der Schule zu sein.

Luisa warf einen kurzen Blick auf ihre Armbanduhr. »Wir müssen uns beeilen, sonst ist der Bus weg.« Sie zerrte an Lillis Mütze, die nicht richtig auf dem Kopf des Kindes saß.

»Aua!«, beschwerte sich die Kleine. »Du ziehst an meinen Haaren.«

»Immer das Gleiche mit euch!«, rief Luisa, während sie mit einer Hand nach ihrer Tasche griff und mit der anderen eine Haarsträhne unter Lillis Mütze schob.

»Hab ihn!« Strahlend kam Matti mit dem Schal aus dem Kinderzimmer. »Lag in meinem Bett.«

Luisa verzichtete darauf, zu fragen, was das Kleidungsstück dort zu suchen hatte. Es war höchste Eisenbahn, dass sie loskamen.

Erst musste sie Matti zur Bushaltestelle bringen und dann

Lilli im Kindergarten abgeben. Danach hatte Luisa genau siebzehn Minuten, um im Laufschritt rechtzeitig das Büro zu erreichen. Machbar.

Hüpfend und trampelnd ging es im Eiltempo die Treppe hinunter. Niemanden im Haus störten diese Geräusche. Sie gehörten wie das Blubbern der Heizung, die Zugluft an den Fenstern oder das Flackern der Lampen einfach dazu.

Gerade hatten sie das Erdgeschoss erreicht, als Lilli plötzlich stehen blieb und nach oben lauschte. Fast wäre ihre Mutter gegen sie gelaufen. »Was ist? Hast du etwas vergessen?«

»Hör mal, Mami! Der Wolle singt. Das ist richtig schön.«

»Komm, Kleines. Wir haben es eilig.« Sie schob ihre Tochter zur Tür.

»Dieses Mal klingt es viel besser als sonst, Mami. Vielleicht macht er ein Weihnachtslied für uns.«

Luisa griff nach der Haustür, um sie zu öffnen. Ihr Körper war angespannt, erwartete sie doch, dass das Ding mal wieder klemmen würde.

Dieses Mal jedoch ging sie ohne Widerstand auf. Sie knarzte nicht einmal. Kurz geriet Luisa ins Stolpern.

»Nanu?« Fragend sah sie die jetzt offene Tür an. Erst dann bemerkte sie den alten Mann davor, der einen Schraubenzieher in seiner Linken hielt und zu dessen Füßen ein metallener Werkzeugkoffer stand.

»Guten Morgen«, grüßte der Mann vergnügt und trat zur Seite, damit die Kinder auf den Gehsteig flitzen konnten.

»Haben Sie etwa die Tür repariert?«, wollte Luisa ungläubig von ihm wissen. Richtige Handwerker hatte das Haus schon seit Ewigkeiten nicht mehr gesehen.

Er trug einen blauen Arbeitsanzug mit Namensschild auf der Brusttasche, Tomte. »Das war dringend nötig« erklärte er und lächelte Luisa unter seinem weißen Bart an. »Wenn man bedenkt, wie alt diese hübsche Haustür ist …« Seine Finger glitten über das verwitterte Holz und die abblätternde Farbe. »Wie oft sie in all den Jahren auf- und zugehen musste … wie viele unterschiedliche Leute über diese Schwelle traten. Ja, da muss ich sagen, dass sie dafür noch sehr gut in Schuss ist.« Er tätschelte die Tür. »Nicht wahr, altes Haus? Dir reicht ein wenig Öl hier oder dort, und schon bist du fast wie neu.«

Überrascht musterte Luisa die Haustür, durch die sie jeden Tag ging, ohne sie wirklich zu beachten – außer sie klemmte mal wieder. Zum ersten Mal bemerkte sie die geschnitzten Blumenranken am Rand. Nie war ihr aufgefallen, dass ein kleiner Kobold auf Höhe der Türklinke dahinter hervorlugte.

»Hat die Ascot Holding Sie geschickt?«, wollte sie von dem Mann wissen. Zwar konnte sie es sich nicht vorstellen, denn bisher hatte dort niemand auf ihre Briefe und Anrufe reagiert, aber es war Weihnachten. Wer weiß, vielleicht hatte irgendjemand in dem Unternehmen ein wenig Herz für Nummer 7.

Der Hausmeister lächelte auf die andere Straßenseite hinüber, dorthin, wo der Ascot-Kasten stand. »Ich hatte in der Gegend zu tun. Da dachte ich mir, ich könnte doch schnell mal rüberkommen und ein paar Kleinigkeiten erledigen.« Sorgsam verstaute er den Schraubenzieher in seinem Werkzeugkasten. Dann richtete Herr Tomte sich wieder auf.

»Wenn Sie etwas zu reparieren haben, junge Frau, rufen Sie mich einfach an. Ich komme vorbei. Ist ja nicht weit.«

Er reichte ihr eine kleine Pappkarte, auf der eine Handynummer stand. Mehr nicht.

Mit einem Tippen an den Schirm seiner Mütze wünschte Hausmeister Tomte einen schönen Tag und überquerte die Straße zum Neubau hinüber.

Kurz bevor er dort im Eingang verschwinden konnte, zuckte Luisa zusammen. Wenn die Ascot einen Handwerker für die da beschäftigte, warum sollte dieser nicht auch ein wenig für Nummer 7 arbeiten?

»Warten Sie!«, rief sie ihm nach. »Ich würde Ihr Angebot gerne annehmen. Der Strom fällt immer wieder aus, und die Klingeln funktionieren nicht.«

Mit einem breiten Lächeln schaute der Hausmeister sie an. »Kein Problem.«

»Bestimmt nicht?«

»Versprochen. Ich schaue vorbei.«

Sicher, dass dieser Tag ein guter werden würde, hastete Luisa ihren Kindern hinterher, die schon um die nächste Ecke gebogen waren.

Kapitel 5

Gleich am Nachmittag klopfte der Hausmeister von gegenüber an der Tür im vierten Stock. Matti hatte ihn hereingelassen. Aufmerksam beobachtete er nun den Fremden, der gerade unterm Waschbecken im Badezimmer hockte, um den Abfluss zu reparieren. Der Werkzeugkoffer stand verschlossen neben der Badewanne.

»Sind Sie ein echter Klempner?«

»Manchmal.«

»Ein Elektriker?«

»Kommt vor.«

»Aber Sie können doch nicht alles auf einmal sein, oder?«

Der Hausmeister robbte unter dem Becken hervor und öffnete seine Werkzeugkiste.

»An schlechten Tagen Tomte fragen«, meinte er nur, während er seinen Bart kratzte und unschlüssig in den Kasten schaute. »Ich repariere alles im Nu.« Er nahm eine Kombizange zur Hand, beäugte sie mit gerunzelter Stirn und legte sie zurück. Jetzt griff er nach einer Ratsche. Auch sie schien nicht das zu sein, was er suchte.

»Ich glaube, Sie müssen die da nehmen.« Matti wies zu einer Rohrzange. »Und dann das da aufmachen, denke ich.« Er zeigte zu einer der Muffen unter dem Waschbecken.

Der Hausmeister sah auf. »Du kennst dich gut aus, Kleiner. Woher weißt du das?«

»Mein Papa hat es mir gezeigt. Da war ich vier.«

Der Mann nahm die Rohrzange aus dem Werkzeugkoffer und legte sie am Abflussrohr an. Er schien gar nicht über Mattis Worte beleidigt zu sein, so wie viele andere Erwachsene es waren, wenn er ihnen etwas sagte. Das kam Matti eigenartig vor.

»Willst du später auch Handwerker werden?«, erkundigte sich der Hausmeister.

Matti schüttelte den Kopf. »Ich werde Pilot, wie mein Papa.«

»Ah, das ist bestimmt cool, oder?« Ein weiteres Mal beugte sich der alte Mann unter das Waschbecken.

Matti fand, dass alte Leute Worte wie cool nicht benutzen sollten. Das klang irgendwie falsch. Überhaupt kam ihm dieser Hausmeister immer seltsamer vor.

Immerhin hatte der Mann jetzt die Muffe gelöst. Sofort kam ein Schwall Wasser aus dem Rohr. Blitzschnell griff Matti hinter die Tür, wo Wischmopp und Putzkübel standen. Er schob den Eimer unter den Abfluss.

»Sag mal, Kleiner, ob du mir etwas zu trinken holen könntest?« Mit hektischen Bewegungen wischte der Mann mit einer Hand sein Gesicht trocken, ohne dabei die Rohrzange loszulassen, mit der er das Abflussrohr festhielt.

Kopfschüttelnd ging Matti in die Küche, wo seine Mutter das Mittagessen bereitete.

»Und?«, fragte diese munter, während sie die Kartoffeln stampfte. »Wie kommt Herr Tomte voran?«

Matti stellte sich auf die Zehenspitzen und holte ein Glas aus dem Regal. »Warum will er, dass wir ihn so nennen, Mama?«

Luisa zuckte mit den Achseln. »Nun, ich nehme an, dass er so heißt. Er ist doch nett, oder?«

Ja, das war er, aber etwas stimmte nicht mit ihm. Während Matti kaltes Wasser in ein Glas laufen ließ, überlegte er, ob er seiner Mutter sagen sollte, dass er den Mann eigenartig fand. Irgendwie traute er dem Fremden von dieser blöden Ascot-Dingsda nicht. Immerhin wollte die alle im Haus auf die Straße setzen. Es war ja nicht so, dass er doof war, nur weil er erst in die zweite Klasse ging.

Andererseits war seine Mutter total happy gewesen, als der Hausmeister vor der Tür stand.

Matti starrte auf das Wasser, das jetzt über den Rand des Glases lief.

»So, fertig«, kam da eine Männerstimme vom Flur. »Der Abfluss läuft wieder eins a. Wie neu, möchte ich fast sagen.«

Matti drehte sich um und sah den Hausmeister, wie der seine Hände an einem Putzlappen trockenrieb.

»Oh, das ging aber schnell!«, rief seine Mama.

Kritisch beäugte Matti den Mann. Wie hatte er in so kurzer Zeit den völlig verstopften Abfluss reparieren können?, fragte er sich.

»Gibt es noch etwas zu erledigen, Frau Thießen?«

Seine Mutter sah sich fragend um.

»Die Klingel vielleicht?«, schlug der Hausmeister vor.

Matti konnte sich nicht erinnern, dass die Wohnungsklingel jemals funktioniert hatte. Sie wohnten halt in einer Bruchbude.

»Aber die ist doch nicht so wichtig, Herr Tomte.« Es war lange her, dass Matti seine Mutter hatte lächeln sehen. »Bleiben Sie zum Mittagessen? Es gibt hausgemachten Kartoffelstampf mit Bohnen und Bratwurst.«

Der Hausmeister lachte. »Ich würde ja gerne, aber die Pflicht ruft.«

»Ich verstehe.« Mattis Mama wischte ihre Hände an einem Handtuch ab. »Danke, dass Sie den Abfluss repariert haben. Und das Licht im Hausflur. Darf ich Ihnen, wenn Sie schon eine Einladung zum Essen nicht annehmen, vielleicht …« Sie griff nach ihrer Tasche, in der sie immer ihr Portemonnaie aufbewahrte.

Aber der Hausmeister hob abwehrend die Hände, als hätte er sich verbrannt. »Ich bitte Sie. Herr von Arnheim bezahlt nicht unbedingt großzügig, doch es reicht.«

Mattis Mutter runzelte die Stirn. »Sie kennen den Besitzer des Hauses? Also den Chef der Ascot Holding?«

Der Mann schob die Hände in seine Hosentaschen. »Natürlich. Achim von Arnheim. Er wohnt draußen in der Bismarckstraße. Schicke Villa. Großer Garten mit Kletterbäumen.« Beim letzten Wort blinzelte er Matti zu, der mit dem Wasserglas in der Hand dastand und aufmerksam zuhörte.

Es gab Momente, da wusste Matti, dass etwas Bedeutendes passierte. So wie an dem Tag, als Mama ihm von Papa erzählte, der nicht wiederkommen würde. So ein Augenblick war auch jetzt, hier, mitten in der Küche. Nur nicht so schlimm. Irgendwie anders.

»Ihr Chef will uns rausschmeißen«, mischte Matti sich ein.

»Wie ist dieser Herr von Arnheim denn so?«, wollte seine Mutter schnell wissen. »Ich meine, so als Mensch.«

Der Hausmeister kratzte sich unter seiner Mütze. »Mürrisch, würde ich sagen. Und unhöflich. Ein wenig miesepetrig ist er auch. Na ja, wie die Leute eben sind, wenn sie feststellen, dass Geld nicht glücklich macht. Er lebt in einem riesigen Kasten mit englischem Butler und Haushälterin.« Herr Tomte griff nach seinem Werkzeugkoffer. »Dann kümmere ich mich schnell um die Klingel.«

Matti sah, wie seine Mutter ihm in den Flur nachlief. »Das ist wirklich nicht nötig. Wer etwas will, kann klopfen.«

31

»Falsch«, rief der Mann zurück. »Stellen Sie sich vor, das Glück steht vor Ihrer Tür und klingelt, doch Sie hören es nicht. Dann geht es, und Sie wissen nicht, ob es jemals zurückkehrt. Das wäre gar nicht gut, liebe Luisa. Sie haben nämlich eine Menge davon verdient.«

Als seine Mutter in die Küche zurückkam, lächelte sie. »So etwas Nettes hat schon lange keiner mehr zu mir gesagt«, murmelte sie.

Langsam wurde Matti der Mann unheimlich. Wie konnte es sein, dass er so schnell den Abfluss reparierte, obwohl er vorher nicht einmal gewusst hatte, dass er eine Rohrzange brauchte, um die Muffe zu lösen? Wie konnte es sein, dass sein Blaumann vom herauslaufenden Wasser eben noch total nass gewesen war, aber kurz darauf konnte man davon nichts sehen? Alles trocken. Und zu guter Letzt brachte er seine Mutter ständig dazu, zu lächeln. Nicht, dass Matti es störte, doch auffallend war es schon.

»Deckst du den Tisch, mein Großer?«

Matti murmelte etwas, das entfernt wie ein Ja klang, und ging, mit dem Glas in der Hand, in den Flur hinaus. Vor der offenen Haustür entdeckte er den Werkzeugkoffer.

Der Hausmeister aber war nicht zu sehen. Leise schlich er näher. Dann schob er vorsichtig den Kopf ins Treppenhaus.

Dort stand der alte Mann. Die Augen geschlossen, hatte er seine linke Hand auf die Klingel gelegt. Dabei bewegten sich seine Lippen fast unmerklich, als rede er mit sich selber.

Gerade wollte Matti ihn fragen, was er da machte, als Herr Tomte die Augen öffnete und ihn direkt ansah.

Vor Schreck fiel Matti das Glas aus der Hand. Die beiden schauten sich an. Keiner sagte etwas.

»Möchtest du ausprobieren, ob die Klingel wieder funktioniert?«

Stumm schüttelte Matti den Kopf.

»Na, dann versuche ich es.« Der Finger des alten Mannes drückte auf den Knopf.

Sogleich kam von drinnen ein lustiges Bimmeln. Aus der Küche hörte Matti die Stimme seiner Mama. »Wie wunderbar, Herr Tomte!«

»Mach den Mund lieber zu, Kleiner«, raunte der Hausmeister und griff nach seinem Werkzeugkoffer, den er nicht einmal geöffnet hatte. »Soll ich dir ein Geheimnis anvertrauen?«, fragte er leise.

Matti schüttelte den Kopf erneut. Sein Bedarf an Eigenartigkeiten war für heute gedeckt.

»Ich sage es dir trotzdem.« Der Mann grinste. »Ein kleines Wunder ab und zu hat noch niemandem geschadet.« Mit diesen Worten und einem verschwörerischen Augenzwinkern ging er die knarzenden Treppenstufen hinunter.

»Matti?« Die Stimme seiner Mutter direkt hinter ihm ließ ihn zusammenzucken. »Wo ist Herr Tomte? Ich wollte mich doch bei ihm bedanken.« Ein wenig enttäuscht schaute sie über das Treppengeländer. Dann nahm sie das volle Wasserglas vom Boden auf und ging zurück in die Wohnung.

Matti starrte auf das Linoleum zu seinen Füßen. Eigentlich müsste es nass sein, weil er doch gerade eben das Glas hatte fallen lassen. Aber da war nichts. Kein Wassertropfen. Keine Scherben. Nix.

Wow, dachte Matti nur, krass. Er hörte unten die Haustür zuklappen.

Diesen Hausmeister musste er im Blick behalten. So viel stand fest.

Kapitel 6

Herr Behrens ...« Die Stimme aus der altmodischen Gegensprechanlage auf seinem Schreibtisch krächzte bei jedem Konsonanten, den seine Assistentin in das identisch aussehende Gerät im Vorzimmer sprach.

Joost Behrens hätte sich eine modernere, irgendwie zeitgemäßere Umgebung für seine anwaltliche Tätigkeit bei der Ascot Holding gewünscht.

Doch schon sein Vater hatte an diesem Tisch gesessen, was ihm doch sicherlich etwas bedeute. Das zumindest hatte Achim von Arnheim damals gefragt, als Joost einen vorsichtigen Vorschlag hinsichtlich einer Modernisierung der Büros gemacht hatte.

Der Alte wies ihn damals darauf hin, dass seine juristische Aufgabe darin bestünde, rechtliche Empfehlungen zu geben, und nicht darin, innenarchitektonische Neuerungen einzuführen.

Dennoch hätte Joost sich ein Büro gewünscht, das weniger an ein Museum erinnerte. Er blickte von dem Schreiben vor sich auf, hinüber zu dem kleinen Lautsprecher, aus dem die Stimme von Frau Willmers kam.

»... ich habe Herrn Schmittke von der Buchhaltung in der Leitung. Er möchte Sie wegen der Herderstraße Nr. 7 sprechen.«

Joost seufzte. »Stellen Sie durch.«

Der Abriss des baufälligen Hauses hätte schon längst abgeschlossen sein sollen. Stattdessen weigerten sich einige Mieter, ihre Wohnungen in diesem zugigen alten Kasten zu verlassen. Dabei gab es nun wirklich hübschere Appartements in der Stadt.

Joost Behrens warf einen schicksalsergebenen Blick aus dem Fenster in den frustrierend diesigen Dezembertag hinaus und wartete auf die Stimme des Buchhalters. Die tickende Uhr über der Tür quälte ihn mehr als alles andere.

Es war erst halb elf. Auch dieser Tag würde lang und länger werden.

Gestern war er in die Herderstraße gefahren um sich ein Bild vor Ort zu machen, wie er Frau Willmers gesagt hatte. In Wahrheit aber wollte er raus und bei der Gelegenheit herausfinden, warum er eigentlich tagtäglich in die Ascot Holding kam.

Er hatte damals den Job mit einer Selbstverständlichkeit von seinem Vater übernommen, wie man sich am Morgen die Zähne putzte. Nach dem Studium hatte er sich nirgends beworben, obwohl mehrere renommierte Kanzleien ihm gut bezahlte Posten angeboten hatten. Es fühlte sich für Joost an, als sei es schon in seiner Wiege klar gewesen, wo er einmal arbeiten würde. In der Ascot Holding, ganz wie der Herr Papa.

Nach dem Examen hatte er die wahrscheinlich einzige Chance vertan, sein Schicksal selber in die Hand zu nehmen, um gegen den eigenen Vater und Achim von Arnheim zu rebellieren. Er hatte es verbockt. Darum saß er heute auf demselben hölzernen Drehstuhl, wie sein alter Herr es jahrelang getan hatte.

Joost seufzte.

Sogar der wuchtige Schreibtisch war jener, an dem schon

sein alter Herr gesessen hatte. Joost hatte mit dem Job aber nicht nur das Mobiliar und die tickende Uhr über der Tür übernommen, sondern auch Frau Willmers im Vorzimmer.

Kompetent und effizient, perfekt und streng. Sie erinnerte ihn an seine Deutschlehrerin in der achten Klasse.

Joost zuckte aus seinen Gedanken, als er die nasale Stimme des Buchhalters in der Leitung hörte. Es würde mindestens fünf Minuten dauern, bis der Mann zum Thema kam, wusste Joost.

Er dachte an Freitag. Im Café Körner würde er sie wiedersehen. Warum er sie angesprochen hatte? Er hatte keine Ahnung.

Als er sie mit den Tüten in Händen und der klemmenden Tür gesehen hatte, so verletzlich und zugleich wütend, da musste er einfach hinübergehen, um zu helfen. Dass sie zudem hübsch zu sein schien und er gerne ihr Gesicht sehen wollte, half ihm, nicht einen Moment über Konsequenzen nachzudenken.

Dabei hätte er sich niemals als Aufreißertyp bezeichnet. Im Gegenteil. Frauen machten ihn eher schüchtern. Die »Ich-bin-ein-erfolgreicher-Anwalt-Strategie« seiner Kollegen bei Partys oder in Bars lag ihm nicht. Er wusste, dass er mit dieser Masche die Damenwelt keine zehn Minuten täuschen konnte. Er hielt sich lieber zurück und überließ den anderen die Gunst der Stunde. Außerdem war er mit seiner Arbeit verheiratet. Er fand einfach keine Zeit für Romanzen. Leider.

Bei ihr aber war es anders gewesen. Ohne nachzudenken, hatte er das Gefühl gehabt, sie könnte ihm nur ein einziges Mal im Leben über den Weg laufen. Jetzt oder nie.

Er hatte sich nicht eine Sekunde gegönnt, um die Dinge abzuwägen, so, wie er es sonst immer tat. Stattdessen war er zu ihr gegangen und hatte seine Hilfe angeboten. Einfach so. Und sie hatte Ja gesagt.

Ein Lächeln schob sich in sein Gesicht. Er ließ die Hand durch seine Locken fahren, hob die Augenbraue und fühlte sich wie ein echter Don Juan.

Er freute sich auf Freitag, war aufgeregt wie ein Kind kurz vor der Bescherung.

Allerdings gab es da eine gewisse Sache. Dass er für die Ascot arbeitete, wollte er ihr lieber erst später sagen, wenn man sich ein wenig besser kannte. Sicher war sicher, denn das Image des Unternehmens war derzeit wegen einiger Großbauprojekte in der Stadt nicht das Beste.

Nun ja, wenigstens war sie keine Mieterin von Nummer 7.

»Entschuldigung, was sagten Sie, Herr Schmittke?«

Mit sehr gemischten Gefühlen lauschte Joost den umständlichen Worten des Abteilungsleiters, der glaubte, eine gute Idee zu haben, wie man die Räumung der Herderstraße Nr. 7 vorantreiben könnte. Es sei nur ein Anruf bei einem Bekannten beim örtlichen Energieversorger Stadtstrom nötig, meinte er. Ob die Sache rechtlich in Ordnung wäre, wollte er wissen.

Joost bestätigte, dass es für die Ascot Holding keine Nachteile hätte, wenn Schmittke mit seinem Freund spräche. Dann legte er auf und hasste seinen Job noch mehr.

Kapitel 7

Zwei Tage später, es war Mittagszeit, saßen Luisa und ihre Kinder in der Küche. Sie hatten gerade den Vanillepudding aufgegessen, als jemand an der Haustür klopfte. Lilli schleckte mit dem Finger die große Schüssel aus und hob den Kopf, als Oma Baumann und Wolle auch schon eintraten.

»Haben Sie auch so einen Wisch bekommen?«, wollte die alte Dame wissen, wobei sie einen Brief durch die Luft wedelte.

Kurz konnte Luisa das Logo der Stadtwerke darauf erkennen.

»Ich war noch nicht beim Briefkasten. Was ist denn los?«

»Eine Frechheit ist das!« Am Hals der Nachbarin hatten sich rote Flecken gebildet, die unter der schwarzen Federboa gut zu sehen waren. »Sie wollen uns zum 31. den Strom abstellen, weil die Leitungen im Haus marode seien und irgendeine Hauptleitung ausgetauscht werden müsse. Dürfen die das?«

Luisa griff nach dem Schreiben in Oma Baumanns Hand. »Das muss ein Fehler sein.«

Die Nachbarin schniefte und zupfte ein Taschentuch aus ihrem Ärmel. »Da steckt die Ascot hinter, wenn Sie mich fragen.«

Wolle nickte. »Habe versucht, bei der Stadtstrom jemanden zu erreichen, aber die wimmeln einen nur ab. Die Sachbearbeiterin sei im Urlaub, kommt erst im Januar wieder, und sonst ist keiner zuständig.«

»Gut, dann schreiben wir einen Brief und bitten um Aufklärung. Ich werde unseren Anwalt anrufen.« Luisa gab sich Mühe, mutig zu erscheinen, aber der Gang zum Briefkasten im Erdgeschoss würde ihr heute wohl besonders schwerfallen. Sie erhob sich, um das Telefon zu holen.

»Das Weichei?« Wolle schnaufte verächtlich. »Den Job kann sogar ich besser machen als der.«

Oma Baumann überlegte. »Wie wäre das: Wir kleben, äh, ketten uns an das Treppengeländer von der Ascot Holding. Dann schreien wir irgendwelche Slogans. Die holen die Polizei. Und mit denen kommt bestimmt auch das Fernsehen. Damit schaffen wir es in die Nachrichten und geben Interviews.«

Der Gedanke schien ihr zu gefallen. Sie wirkte in diesem Moment erstaunlich furchtlos, fand Luisa.

»Mama«, mischte Matti sich ein. »Warum gehen wir nicht zu diesem Von-Dingsda, dem unser Haus gehört?«

Die anderen horchten auf.

Oma Baumann legte den Kopf schief. »Von wem redet das Kind?«

Als Luisa nicht gleich antwortete, erklärte der Junge, wie sie von dem Mann erfahren hatten, der am Stadtrand in einer Villa wohnte.

»Dem gehört diese Ascot-Dingsda«, klärte Matti weiter auf. »Und wenn er der Chef ist, dann müssen doch alle tun, was er will, oder?«

»Mensch, Kleiner!«, rief Wolle. »Warum, denkst du, wohnt der Typ in einer Villa? Bestimmt nicht, weil er zu Leuten wie uns nett ist. Der macht sein Vermögen mit Skrupellosigkeit. Überall in der Stadt wirft die Ascot Mieter auf die Straße, um abzureißen und dann schnieke Neubauten dort hinzusetzen.« Er legte Matti seine Hand schwer auf den Kopf und nickte mitleidig, wie ein Wackeldackel auf der Hutablage eines alten Mercedes. »Glaube mir, Kleiner, der hört nicht auf uns, sondern nur auf das hier …« Er rieb Daumen und Zeigefinger aneinander. »Knete. Darum geht es. Nett sein haben solche Leute nicht im Programm.«

»Aber die Idee ist trotzdem gut«, widersprach Oma Baumann und schlug mit der Faust in ihre flache Hand. »Kommt! Wir werden diesem feinen Herrn einen Besuch abstatten. Schauen wir, ob er unsere Argumente versteht.« Mit Kampfesmiene und geschüttelter Protestfaust, als zöge sie in eine Schlacht, sah sie einen nach dem anderen an.

Doch niemand teilte ihre Begeisterung. Und so stampfte sie wütend auf. »Dass die uns den Strom abstellen werden, ist doch kein Zufall! Wollen wir das einfach so hinnehmen? Gebt ihr etwa auf?«

Luisa überlegte einen Moment. Die Position der Mieter gegen Ascot oder Stadtstrom war denkbar schlecht. Beides waren große, anonyme Unternehmen, die die Hausbewohner von Nummer 7 lieber heute als morgen loswerden wollten. Ein Mensch aus Fleisch und Blut aber, dachte sie, den kann man vielleicht überzeugen.

Allerdings nicht mit dieser auf Krawall gebügelten Truppe.

»In Ordnung, wir fahren zu diesem von Arnheim. Ich rede mit ihm. Nicht ihr!«

Oma Baumann nörgelte, Matti grinste stolz, und Wolle konnte sich nicht recht entscheiden. »Weiß nicht. Du bist nur eine Frau.« Schnell hob er die Hände. »Will ja keinem zu nahe treten, aber ein Mann mit bösem Blick … Der hat irgendwie bessere Argumente, finde ich.«

»Wenn du ihm drohst, Wolle, wird die Polizei flotter vor der Tür stehen, als du Reeperbahn sagen kannst.«

Kapitel 8

Kurz darauf fuhren alle in Wolles VW-Bulli aus der Stadt. Hinten saßen Luisa und die Kinder, vorne Oma Baumann, die eine auffallend schwere Handtasche auf ihrem Schoß hielt und sich weigerte, zu sagen, was sie mitgenommen hatte.

Luisa befürchtete, es könnte sich dabei um gefährlichere Gegenstände als nur einen Hausschlüssel und eine Geldbörse handeln.

»Wir sind uns also einig«, versicherte sie sich noch einmal. »Ich gehe alleine hinein und werde versuchen, mit dem Mann zu reden. Ganz sachlich. Keine Vorwürfe. Schließlich macht er ja nichts weiter, als ...«

»Auf unsere Kosten Geld zu verdienen«, unterbrach Wolle sie.

Luisa atmete tief ein. »Vielleicht müssen wir ihm nur klarmachen, dass sein Handeln für andere Menschen existentielle Konsequenzen hat.«

Wolle lachte. »Etwas sagt mir, dass dieser von Arnheim sich einen Dreck darum schert.«

Je näher sie dem Stadtrand kamen, umso stiller wurde es im Wagen. Draußen fiel gerade ein mächtiger Regenschauer aus den Wolken. Die Scheibenwischer quietschten von links nach rechts und nach links und rechts ...

Das stete Geräusch machte es Luisa schwer, ihre Worte

für eine Begegnung mit dem Chef der Ascot Holding zu finden. Sofern sie überhaupt bis zu ihm vordringen konnte. Immerhin hatte sie keinen Termin. Vielleicht war er gar nicht zu Hause, sondern in seinem Büro in der Innenstadt.

Luisa faltete ihre Hände auf dem Schoß. Ruhig und sachlich wollte sie sein. Höflich und respektvoll, aber gleichzeitig auch energisch genug, um der Angelegenheit die nötige Dringlichkeit zu verleihen. »Guten Tag, Herr von Arnheim«, probte sie leise, während der VW-Bulli die Autobahn Richtung Norden verließ. »Danke, dass Sie sich einen Moment Zeit für mich nehmen ... Ähm, ich werde Ihre Zeit bestimmt nicht zu sehr beanspruchen ... nein, zu devot.« Sie begann von Neuem.

Eine Dreiviertelstunde später hielt der Wagen an einer Landstraße außerhalb der Stadt. Wolle wies zu dem schmiedeeisernen Tor hinüber. Eine fast drei Meter hohe Mauer umgab das Anwesen. Dahinter standen Tannen. Von einer Villa war nichts zu sehen. »Das muss es sein.«

Luisa sah hinaus. »Bist du sicher?«

»Jepp. Jedenfalls, wenn man der Mauer glauben darf. Die ist echt lang. Was immer sie einzäunt, ist mächtig groß. Außerdem gibt es hier weit und breit keine anderen dicken Häuser.«

Der Motor des VW-Bulli knatterte im Leerlauf, und die Scheiben begannen langsam von drinnen zu beschlagen. Es hatte zu regnen aufgehört.

»Ich sehe da aber gar nichts«, meinte Matti.

»Ich auch nicht«, stimmte seine kleine Schwester zu. »Da sind nicht einmal Türmchen.«

»Eine Villa ist doch kein Schloss, Doofie.«

»Selber Doofie.«

Wolle drehte sich herum. »Bist du sicher, Luisa, dass du da alleine reingehen willst? Was ist, wenn der Bodyguards oder so etwas hat? Die haben bestimmt Waffen. Vielleicht wird es gefährlich. Du weißt schon, russische Mafia und so. Habe da gestern einen Film im Fernsehen …«

Ohne auf seine Befürchtungen zu reagieren, stieg Luisa aus.

All die Worte, die sie sich eben noch zurechtgelegt hatte, waren aus ihrem Kopf verschwunden. Mit einem tiefen Seufzer drehte sie sich zum VW-Bulli um und sah ihre beiden Kinder und die Nachbarn an. Es gab kein Zurück.

Oma Baumann, mit ihrer Handtasche auf dem Schoß, die in kein Altersheim gesteckt werden wollte. Wolle, der von einer Karriere als Rockstar träumte. Lilli, die mit Teddy Pu am Fenster saß und ein Bild an die beschlagene Fensterscheibe malte, während ihr Bruder den Blick seiner Mutter tapfer erwiderte. Von Jahr zu Jahr wurde er seinem Vater ähnlicher. Ahnte er, was kommen würde, wenn sie aus der Wohnung ziehen mussten, bevor sie eine neue gefunden hatten?

»Auf in den Kampf!«, rief Luisa ihnen zu und ging mit festem Schritt über die Straße.

Je näher sie aber dem Tor kam, umso langsamer wurde sie.

Vor dem Eisengitter blieb sie stehen. Nirgends gab es eine Klingel oder eine Kamera, die ihr Erscheinen ankündigen konnte. Sie zögerte, überlegte, ob all das hier nicht kompletter Unsinn sei, als jemand ihre Hand nahm.

»Matti? Was machst du hier?«

»Wir kommen mit«, piepste Lillis Stimme auf der anderen Seite.

»Wir sind Familie. Und die muss zusammenhalten, sagst du doch immer, Mama.«

»Genau«, stimmte seine kleine Schwester zu und drückte Teddy Pu fester an sich.

»Seid ihr sicher, dass ihr mitkommen wollt?«

Die beiden nickten.

»Na dann!«

Gemeinsam schoben sie das Tor auf und betraten das Grundstück der Villa von Arnheim.

Kapitel 9

Der Wind nahm zu. Bestimmt würde es bald wieder regnen. Luisa aber hatte keinen Blick für das Wetter. Sie starrte das verwitterte graue Gebäude an, das sich vor ihnen erhob, je näher sie und ihre Kinder ihm kamen. Es verfügte auf jeder Flügelseite über einen trutzigen Anbau, hatte einen Turm in der Mitte, auf dem eine nasse Flagge im Wind hin und her klatschte.

»Mami, ist das ein Geisterschloss?«

»Quatsch!«, antwortete Matti. »Es gibt keine Geister.«

»Gibt's doch!«

»Nein!«

»Ruhe!«

Die Kinder schwiegen. Gemeinsam betrachteten die drei das Haus mit seinen hohen Fenstern und dem imposanten Portal, das wie aus der Zeit gefallen zu sein schien.

»Queen-Anne-Stil, würde ich sagen«, murmelte Luisa, um besonders ihre Tochter zu beruhigen, die gerade dringend und unbedingt auf ihren Arm wollte. Sie hob die Kleine hoch. »Das Haus ist über hundertfünfzig Jahre alt. Da hat man so gebaut. Du magst doch Schlösser?«

»Ja, aber ich will da nicht mehr hin, Mami. Der Mann von Dingsda ist bestimmt böse.« Lilli legte ihren Kopf auf Luisas Schulter.

Luisa wusste, wie sich ihre Tochter fühlte. Auch ihr war

nicht wohl bei der Sache. Trotzdem konnte sie nicht kneifen. »Wir werden nicht lange bleiben. Wer weiß, vielleicht ist gar keiner zu Hause.«

Als sie den Haupteingang erreichten, meinte Luisa an einem der Fenster im Erdgeschoss gesehen zu haben, dass sich eine Gardine bewegte. Es war also doch jemand da.

Sie trat zur Tür und suchte eine Klingel. Die aber gab es nicht. Stattdessen war da eine Kette mit einem Griff daran. Sehr ungewöhnlich, dachte Luisa und zog an dem antiken Ding, in der Hoffnung, es möge funktionieren. Falls nicht, könnte sie es mit dem Türklopfer versuchen, dessen Löwenkopf sie anglotzte, als sei er auf Drogen.

Drinnen läutete eine Glocke.

»Mami, ich muss mal Pipi«, flüsterte Lilli da.

»Nicht jetzt, Schatz. Halte noch ein wenig durch. Falls jemand öffnet, fragen wir nach einer Toilette.«

»Im Mittelalter gab es aber keine Klos«, widersprach ihr Sohn. »Nur stille Örtchen.«

Bevor Luisa ihn darüber informieren konnte, dass das Mittelalter vor hundertfünfzig Jahren längst vorbei war und dieses Haus ganz bestimmt gewisse moderne Errungenschaften vorzuweisen hatte, wie zum Beispiel Badezimmer, wurde die Tür geöffnet.

»Sie wünschen?« Ein schwarz gekleideter Butler stand vor ihnen und sah Luisa mit hochgezogener Augenbraue an.

»Ich muss mal Pipi«, flötete Lilli, rutschte vom Arm ihrer Mutter und begann von einem auf das andere Bein zu hüpfen.

»Still«, mahnte Luisa. Sie hob den Kopf und reckte ihr Kreuz. »Ich möchte Herrn von Arnheim sprechen.«

»In welcher Angelegenheit?«

»Ich muss aber wirklich ganz dringend Pipi, Mami.«

Entschuldigend lächelte Luisa den Mann in der Tür an. Sie hätte die Kinder im Wagen lassen sollen.

Gerade wollte sie von der Herderstraße erzählen, da kam aus dem Inneren des Hauses eine dröhnende Männerstimme.

»Wer ist an der Tür, James?«

»Eine junge Dame, Herr von Arnheim«, antwortete der Butler.

Luisa versuchte, um den Diener herum in die dahinterliegende Halle zu schauen, in der Hoffnung, dort den Hausherrn zu entdecken. Doch James verstellte ihr den Blick.

»Bringen Sie sie in den Salon.«

Der Diener mit dem englischen Namen, dessen Akzent eher auf Ruhrpott als Windsor schließen ließ, stockte einen kurzen Moment. Dann wies er die nicht minder überraschte Luisa mit den Kindern in knapper Geste herein.

»Hier könnte ich Fußball spielen, Mama«, raunte Matti ihr zu, sichtlich von der Größe der Eingangshalle beeindruckt.

»Wehe dir!«, zischte sie.

»Mami, ich muss wirklich ganz dolle«, jammerte Lilli erneut, während sie alle dem Diener über einen langen Teppich folgten.

»Entschuldigen Sie«, rief Luisa dem Mann nach.

Der drehte sich um. »Ja, bitte?«

Kurz fragte Luisa sich, wie er das mit der Augenbraue bloß so perfekt hinbekam. Ob man das auf der Butlerschule lernte?

»Meine Tochter ... Hätten Sie vielleicht eine Toilette im Haus?« Die Frage war dämlich. Bestimmt gab es hier Dutzende davon.

Der Mann wies zu einer unauffälligen Tür in der äußersten Ecke des Foyers. »Dort hinein. Den Gang entlang. Zweite Tür rechts finden Sie das Badezimmer.«

Luisa beugte sich zu ihren Kindern. »Matti, mein Großer, geh mit Lilli dorthin und pass auf sie auf, damit sie sich nicht verläuft.«

Ihr Sohn zögerte, während die Kleine immer hektischer hin und her hüpfte.

»Bitte, Matti, tu mir den Gefallen. Ich muss dringend mit Herrn von Arnheim sprechen. Ihr wisst warum. Danach fahren wir gleich wieder nach Hause. Versprochen.«

Der Junge grummelte ein »Immer ich«. Dann nahm er sein Schwesterchen an die Hand und zog es zur Tür hinüber.

»Möchten Sie Ihre Jacke ablegen?«

Luisa schüttelte den Kopf. »Wir bleiben nicht lange.«

»Wie Sie wünschen.«

Er geleitete sie zu einer doppelflügeligen Eichentür mit Schnitzereien. Sie schluckte.

Bevor er die Tür allerdings öffnete, hielt er inne. »Wie, sagten Sie, ist Ihr Name?«

»Luisa Thießen. Ich wohne in der Herderstraße Nr. 7. Herr von Arnheim will das Haus abreißen lassen, aber ...«

Da hörten sie die Stimme des Hausherrn hinter der Tür. »Himmelherrgott! Schicken Sie sie endlich rein! Ich habe lange genug auf sie gewartet.«

Butler James zögerte kurz.

»Gibt es ein Problem?«, fragte sie vorsichtig.

Bevor der Diener antworten konnte, wurde die Tür von innen geöffnet. Eine ältere Frau in dunklem Kleid und mit Rüschenkragen stand dort. Ihr strenger Blick erinnerte Luisa an ihre Religionslehrerin von damals. »James, Herr von Arnheim wartet.«

»Sehr wohl.« Der Butler trat beiseite.

Luisa folgte der Dame und dachte nur »Wow«, als sie sich umsah. Regale, voll mit ledergebundenen Büchern, die bis unter die Stuckdecke des Raumes reichten. Dunkelblaue Samtvorhänge mit Kordeln an den bodentiefen Fenstern, die in den Garten hinausführten. In einem offenen Kamin brannte ein Feuer. Eine Standuhr tickte.

Ein lebendiges Museum, war ihr erster Gedanke.

Ihr Blick fiel auf den Hausherrn, der hinter einem enorm großen Eichenschreibtisch fast verschwand. Sein Haar glänzte silbern und war erstaunlich voll. Er trug einen dunklen Anzug mit Einstecktuch. Irgendwie sah er krank aus, so dünn und zerbrechlich, wie er wirkte. Dann aber waren da seine Augen, die sie durch eine kleine runde Brille scharf musterten.

Luisa schätzte, dass von Arnheim über achtzig Jahre alt sein musste. Erst jetzt bemerkte sie neben dem Schreibtisch ein schwarzes Monster, eine Mischung aus Wolf und Hund. Das Tier saß auf einer karierten Wolldecke und fixierte sie ebenso durchdringend wie der alte Mann. Erschrocken blieb Luisa stehen.

»Danke, Frau Schwertstätter. Sie können gehen.«

Die Dame rührte sich nicht. »Sie sollen sich nicht überanstrengen, Herr von Arnheim. Sie wissen, was der Arzt gesagt hat.«

Luisa fragte sich, ob es vielleicht auch einen anderen Grund geben könnte, dass die Frau im Raum bleiben wollte. Neugier eventuell?

»Ich werde klingeln, wenn ich etwas benötige«, antwortete ihr Arbeitgeber knapp.

»Verzeihen Sie!«, rief Luisa ihr nach, bevor sie in der Halle verschwinden konnte. »Meine Kinder sind ebenfalls hier. Ob Sie kurz auf sie aufpassen würden?«

»Kinder?« Die Hausdame warf von Arnheim einen überraschten Blick zu.

Luisa lächelte entschuldigend. »Ich habe Angst, die

Kleinen könnten sich in diesem großen Haus verlaufen.« In Wahrheit aber befürchtete sie, dass die beiden vor lauter Langeweile Blödsinn anstellten, den ihre Haftpflichtversicherung bestimmt nicht bezahlen würde.

»Ich werde sehen, was ich tun kann«, antwortete die Dame und ging hinaus.

Dann war Luisa mit Achim von Arnheim und dem Monster allein im Raum. Der Stolz darüber, überhaupt vorgelassen zu werden, war verflogen und einer gewissen Panik gewichen, dass sie nicht die richtigen Worte finden könnte. Oder von dem Biest zerfleischt zu werden. Luisa schluckte, als sie näher an den Schreibtisch trat.

»Spüre ich da Angst vor meinem Wotan?« Von Arnheim tätschelte den breiten Kopf des Tieres, das sie nicht aus den Augen ließ. »Ein seltener Louisiana Catahoula. Man nutzt sie für die Jagd auf Wildschweine.«

»Aha.« Luisa musterte das Vieh, welches sie irgendwie an Sherlock Holmes *Hund von Baskerville* erinnerte. Fehlten nur die roten Augen.

»Hat er schon gefressen?«

»Möglich. – Wir sollten die Angelegenheit schnell hinter uns bringen«, entschied von Arnheim. In seiner kratzigen Stimme lag ein gewisser Nachdruck, der keine Widerrede duldete.

»Setze dich.« Knapp nickte er zu dem gepolsterten Sessel auf der anderen Seite des Schreibtisches.

Hatte er sie eben geduzt?

Mit ungutem Gefühl im Bauch trat sie zu dem Stuhl, ohne den Hund aus den Augen zu lassen. Sie beobachtete ihren Vermieter, der seine faltigen Hände auf eine ledergebundene Mappe gelegt hatte, die er nun aufschlug.

»Mein Anwalt hat alles vorbereitet.«

»Wie bitte?« Luisa setzte sich aufrechter hin. »Aber Sie wissen doch gar nicht …«

»Papperlapapp. Ich weiß genug.« Er musterte sie aus schmalen Augen, wie man ein Hemd auf Flecken hin prüfte.

Luisa schaute an sich herunter. Hätte sie sich vielleicht anders anziehen sollen? Ihre Jeans und die Winterjacke machten offenbar keinen Eindruck auf den Mann.

»Darf ich fragen, warum Sie mich duzen?«

»Stimmt, wir kennen uns noch nicht. Ich bin dein Vater. Aber das weißt du ja.«

Luisas Mund klappte auf. »Sie sind wer?« Fast hätte sie gelacht. Doch sein Blick sagte ihr, dass er es ernst meinte. »Hier liegt ein Missverständnis vor, Herr von Arnheim.«

»Nein, tut es nicht.« Er schlug die Mappe vor sich auf, nahm einen schwarzen Füllfederhalter der Marke Montblanc zur Hand, schraubte ihn auf und unterschrieb das oben liegende Papier.

»Was ist das?«

»Eine Vereinbarung.«

»Wozu denn das?« Die Angelegenheit nahm eine völlig andere Wendung, als Luisa erwartet hatte. »Ich unterschreibe nichts.« Die Worte waren ein wenig zu heftig aus ihr herausgeschossen. Zeigten sie doch unmissverständlich ihre Nervosität.

Er blickte auf.

»Ich meine, man sollte stets prüfen, was man unterschreibt, oder nicht?«

»Korrekt. Dein Studium scheint nicht gänzlich umsonst gewesen zu sein.«

Woher wusste er, dass sie früher studiert hatte? Hatte die Ascot etwa ein Dossier über ihre Mieter angelegt? Gab es Akten, von denen niemand etwas ahnte?

Der Wunsch, die Villa des Mannes sofort zu verlassen, wurde immer stärker.

Die Feder des Füllers kratzte über das Papier, als er seinen Namen auf eine Linie am unteren Rand der letzten Seite setzte. »Zumindest lernen wir uns am Ende ja kennen.« Er schob ihr die Unterlagen hinüber.

Sie spürte, wie ihre Hände nass wurden, und auch sonst war es im Raum plötzlich entsetzlich warm. Luisa öffnete den Reißverschluss ihrer Jacke und zog den Schal vom Hals. Ihr Blick fiel auf die Mappe vor sich.

»Ähm. Das muss eine Verwechslung sein, Herr von Arnheim. Ich kam hierher, weil ich mit Ihnen etwas besprechen will. Es geht um …«

Er hörte ihr nicht zu. »Du hast deine Kinder mitgebracht?«

»Ja. Matti und Luisa. Sie sind sieben und vier Jahre alt. Wir wohnen …«

»Irrelevant. Ich mag keine Kinder. In diesem Fall aber könnten sie hilfreich sein.«

»Wie bitte?«

»Nun unterschreib endlich. Ich habe nicht ewig Zeit.«

Was immer auf den Seiten stand, sie würde ihren Namen nicht daruntersetzen, so viel war klar. Mit einer knappen Geste schob sie die Mappe zurück.

Nachdenklich kraulte er seinen Hund.

»Bisher hatte ich nur mit Ihrer Firma, der Ascot Holding, zu tun«, startete sie einen weiteren Versuch, ihr Anliegen vorzubringen. Er aber hörte nicht zu. Stattdessen zog er eine Schublade auf und begann, darin etwas zu suchen.

»Mein Anwalt Joost Behrens ist mit diesem speziellen Fall vertraut.«

Luisa kannte den Namen. Klar, das war der Schnösel, der in seinem Schreiben ihr und den anderen eine allerletzte

Frist bis Ende Januar eingeräumt hatte. Großzügig hatte er es genannt. Pah!

Sie nahm all ihren Mut zusammen. »Herr von Arnheim. Sie haben ein so großes, schönes Haus. Ich kann mir vorstellen, dass man da manchmal nicht sieht, wie es anderen Menschen geht. Aus diesem Grund …«

»Die Zukunft meines Unternehmens steht auf dem Spiel. Und ich erwarte von dir, dass du die Verantwortung übernimmst.« Er hob den Kopf. »Oder gedenkst du dich wieder herauszureden? Das mag ich nämlich nicht. Jeder muss an dem Platz seinen Mann … also seine Frau stehen, den das Schicksal dafür vorgesehen hat.« Dann wandte er sich erneut der Schublade zu, während sein Hund schwanzwedelnd neben ihm stand.

»Wovon reden Sie? Und überhaupt, wen interessiert schon die Ascot?« All die Verzweiflung der letzten Wochen brach aus ihr heraus. »Ich erziehe zwei Kinder und …«

»Ah! Da haben wir es ja«, unterbrach er sie und hielt stolz eine kleine Tüte in die Luft. Das Monster hechelte und reckte den Hals, während sein Herrchen ein Leckerli für ihn herausfummelte. »Wo ist der Vater?«, wollte von Arnheim von Luisa wissen. »Oder gibt es keinen?«

»Natürlich haben die Kinder einen! Also, hatten. Er …« Sie hielt inne. »Das geht Sie absolut nichts an.«

»Das sehe ich anders. Wer ist der Vater?«

»Peter Thießen«, antwortete sie. »Er war Pilot.«

»Lauter! Ich verstehe kein Wort.«

Luisa erschrak. Wie redete dieser Mann eigentlich mit ihr? Andererseits hatte er recht. Sie wollte etwas von ihm. Und darum konnte er den Preis bestimmen. Und wenn der Preis ein Name war, sollte er ihn haben.

»Er starb vor vier Jahren bei einem Autounfall, als er zu

mir in die Klinik wollte, weil unser zweites Kind zur Welt kam. Lilli.«

Wenn Luisa ein mitfühlendes Wort von dem Mann erwartet hatte, wurde sie enttäuscht.

»Wenigstens Witwe.«

»Bitte?« Sie sprang auf.

»Es wird Fragen wegen der Kinder geben. Da ist es gut, wenn man eine Antwort hat.« Er griff nach seinem Stock, stemmte sich vom Stuhl hoch und kam um den Schreibtisch herum. Dann musterte er sie von oben bis unten. »Ja, da gibt es eindeutig eine Ähnlichkeit mit deiner Mutter.«

»Ich glaube nicht, dass *Sie* meine Mutter kennen.«

»Sie ist tot«, sagte er nur.

»Woher wissen Sie das? Kannten Sie sie etwa?«

Er machte ein Geräusch, das entfernt an ein Lachen erinnerte. »Da ich dein Vater bin, ist mir zwangsläufig auch deine Mutter bekannt.«

Luisa wurde schwindelig. Offenbar hielt von Arnheim sie für jemanden, der sie nicht war. Er musste altersverwirrt sein. Eine andere Erklärung fand sie für diese Situation nicht.

Sie erhob sich aus dem Sessel und ging zur Tür. »Verzeihen Sie, dass ich hier einfach hereingeplatzt bin. Es war der letzte Versuch, die Dinge geradezurücken.« Ihre Hand legte sich auf den Türknauf, als sie sich noch einmal zu ihm umdrehte. »Sie haben alles. Und so viele Menschen haben nichts. Heißt es nicht, dass das Ende des Lebens die Menschen milde stimmt? Nun, das scheint auf Sie nicht zuzutreffen!« Sie öffnete die Tür und ging in die Halle.

»Ich habe dir nicht erlaubt, den Raum zu verlassen, junges Fräulein!«, hörte sie ihn hinter sich zetern. »So ein großzügiges Angebot mache ich kein zweites Mal!« Seine Stimme zitterte vor Wut.

Luisa sah die Hausdame mit einer kleinen Medizinflasche und einem Löffel in der Hand in die Halle eilen. »Himmel! Wollen Sie ihn umbringen?! Sehen Sie nicht, dass er krank ist?«

»Was für ein undankbares Kind du bist!«, kam es aus dem Arbeitszimmer. »Deine Mutter würde sich im Grab umdrehen, wenn sie es wüsste. Ich hatte es ihr versprochen! Hörst du?«

Jetzt kam auch Butler James in die Halle gelaufen.

»Ich will die Person nie wiedersehen!«, hörte Luisa von Arnheim rufen.

»Ich Sie auch nicht!«, schrie sie zurück. »Sie sind ja komplett übergeschnappt.« Dann wandte sie sich dem Butler zu. »Wo sind meine Kinder?« Sie sah sich um. »So lange kann ein Gang ins Bad doch nicht dauern.« Sie lief auf die Tür zu, durch die die beiden vorhin verschwunden waren. »Matti? Lilli? Wir gehen!«

Niemand antwortete, was Luisa nervöser machte.

James trat zu ihr. »Ich fürchte, dass es hier ein Missverständnis gibt.«

»Missverständnis? Oh nein, Ihr Boss spinnt, er ist absolut verrückt, durchgeknallt. Das kommt bestimmt vom vielen Geld. So etwas kann nicht ohne Folgen bleiben – wo sind meine Kinder?«

Das Gesicht des Butlers verzog sich eine Spur zu einem Lächeln. »Nein, Herr von Arnheim ist weit entfernt von geistigem Verfall. Er ist absolut klar im Kopf.« Er räusperte sich. »Glauben Sie mir, hier liegt nur ein Irrtum vor.« Er folgte ihr zur Treppe hinüber, wo Luisa kurz überlegte, ob sie hinauflaufen sollte, um Lilli und Matti zu finden.

»Ich befürchte, er hält Sie für seine Tochter.«

»Sag ich doch. Irre.«

In diesem Moment trat von Arnheim am Arm seiner Hausdame in die Halle. »Wo sind die Kinder?«, verlangte er von seinem Butler zu wissen.

»Ich werde sie sofort suchen«, sagte James und ging davon.

»Sorgen Sie dafür, dass die Gören nichts mitgehen lassen«, rief von Arnheim ihm hinterher.

»Jetzt reicht's«, zischte Luisa. Sie machte auf dem Absatz kehrt und lief die Treppe in den ersten Stock hinauf. »Matti! Lilli! Kommt sofort her. Wir gehen. In diesem Irrenhaus bleibe ich keine Minute länger.«

Kapitel 10

Im ersten Stock lag das Schlafzimmer des Hausherrn. Gerade stellte Frau Schwertstätter das Medizinfläschchen auf den Nachttisch. »Ich denke, wir sollten Doktor Sievers anrufen. Sie wirken recht aufgebracht.«

Von Arnheim stand am Fenster und starrte in den Park hinaus. »Unsinn! Mir geht es bestens.«

Sie schlug sein Bett auf. »Der Arzt sagte, Sie müssen vorsichtig sein, immerhin hatten Sie kürzlich Herzprobleme, von denen Sie sich noch nicht erholt haben.«

»Sind Sie unter die Mediziner gegangen?«, raunzte er sie an.

»Ihr Blutdruck ist zu hoch«, fuhr die Hausdame unbeirrt fort.

»Papperlapapp! Holen Sie Joost Behrens her. Sofort.«

»Sie sollten sich wirklich mehr schonen, Herr von Arnheim.« Sie warf einen letzten prüfenden Blick durch den Raum. Dann ließ sie ihren Arbeitgeber allein.

Als sie in den Flur trat, kam James gerade mit einem Tablett um die Ecke, auf dem eine Tasse dampfenden Kräutertees stand. »Wie geht es ihm?«

»Störrisch, wie immer. Er will seinen Anwalt sehen.«

»Ich rufe Herrn Behrens gleich an.«

Frau Schwertstätter überlegte. »Denken Sie, er plant, die junge Dame zu verklagen?«

»Warum denn das? Sie hat doch nichts getan.«

»Nein. Aber er kann es nicht leiden, wenn er seinen Willen nicht bekommt. – Ich weiß gar nicht, weshalb er plötzlich der Meinung ist, sie sei sein Kind?«

»Nun, es gibt gewisse Ähnlichkeiten«, gab der Butler zu bedenken. »Andererseits … Enkelkinder hatte er bisher nie erwähnt. Abgesehen davon sagte die junge Frau, sie heiße Luisa Thießen.«

»Vielleicht wollte seine Tochter sich unter einem falschen Namen Zutritt zum Haus verschaffen, um es auszukundschaften«, gab die Hausdame zu bedenken. Sie liebte Spionageromane.

»Warum sollte sie das tun?«

»Auch wahr.«

Die beiden schwiegen für einen Moment.

Dann fiel Frau Schwertstätter eine andere Möglichkeit ein. »Ob sie von Clarissa irgendwo gehört hat und hierherkam, um sich bei Herrn von Arnheim einzuschmeicheln? – Ein alter, reicher Mann, einsam, in einem großen Haus. Das lockt diese jungen Dinger sicherlich an, oder? Jedenfalls sah ich so etwas kürzlich im Fernsehen.«

James schüttelte den Kopf. »Dann wäre der Besuch anders verlaufen. Nein, was immer sie hier wollte, sie hat es nicht bekommen, nehme ich an. Ich denke, wir sollten uns nicht in die privaten Angelegenheiten unseres Arbeitgebers einmischen, Frau Schwertstätter.«

»Wie recht Sie haben, James. Aber komisch ist es schon, dass diese Person gerade jetzt auftaucht, wo er seine Tochter so verzweifelt sucht.« Die Hausdame öffnete die Tür zu von Arnheims Zimmer. »Bis heute Morgen wirkte er auf mich alles andere als verwirrt«, raunte sie ihm noch zu.

James beugte sich ein wenig zu ihr. »Ja, eigenartig. Er ist

vielleicht gesundheitlich angeschlagen, aber im Kopf schien er mir noch immer der Alte.«

Die Hausdame lächelte. »Und bockig war er auch früher schon.«

»Wem sagen Sie das«, seufzte James und ging hinein.

Mit Lilli auf dem Arm und Matti an der Hand stapfte Luisa die Auffahrt hinunter. Sie hatte es vermasselt. Absolut an die Wand gefahren.

Als sie durch das Tor traten, kamen ihnen die anderen bereits entgegengelaufen.

»Und? Wie war es?«, wollte Wolle wissen.

Luisa wusste nicht, was sie darauf antworten sollte.

Oma Baumann drückte ihre Handtasche fest vor den Bauch und schaute sie von unten her an. »Dürfen wir bleiben?«

Alle blickten Luisa an. Endlich schüttelte sie den Kopf. »Es war eine Katastrophe. Der Mann ist verrückt, absolut gaga. Er hält mich für seine Tochter.«

»Pervers!«, entfuhr es Wolle spontan.

»Er haust tatsächlich in dem großen Kasten alleine mit Hausdame und Butler.«

Gemeinsam gingen sie zum VW-Bulli zurück und stiegen ein. Nur die alte Nachbarin stand noch immer vor dem Tor. Die Hände auf die Eisenstangen gelegt, schaute sie die Auffahrt hinauf.

»Oma Baumann!«, rief Wolle ihr durch das offene Fahrerfenster zu. »Komm. Wir fahren heim. Die Sache war ein Flop.«

Die Frau bewegte sich nicht.

»Hallo? Ist alles okay?«, fragte er nach. Wolles Finger tippten nervös auf das Lenkrad.

»Seien Sie doch mal still. Ich kann ja meine eigenen Gedanken nicht hören!«, rief die alte Dame über ihre Schulter zurück. »Außerdem sollen Sie nicht immer Oma zu mir sagen! Ich bin noch keine siebzig.«

Die anderen im Auto grinsten. Alle wussten, dass Anita Baumann die achtzig längst überschritten hatte.

Luisa schaute zu der alten Frau, die regungslos am Tor stand. Jeder von ihnen hatte seinen eigenen Grund, warum er die Herderstraße Nr. 7 nicht verlassen wollte. Oma Baumann, weil sie sich kein Seniorenheim leisten konnte. Luisa, weil sie die schönste Zeit ihres Lebens hier mit Peter verbracht hatte. Alles erinnerte sie an ihn. Sollte die Ascot das Haus tatsächlich abreißen, würde es sich wie ein zweiter Tod anfühlen, da war Luisa sicher.

Und Wolle? Nun, der war ein Überlebenskünstler und blieb aus reiner Faulheit oder weil die anderen mittlerweile seine Familie waren.

»Es tut mir so leid«, seufzte Luisa jetzt. »Ich dachte wirklich, dass es möglich wäre, mit dem Mann vernünftig zu reden. Aber dieser von Arnheim ist ein schrecklicher Mensch.«

»Hatte nichts anderes erwartet«, grummelte Wolle. »So sind sie, die Reichen.«

Da wurde die Beifahrertür aufgezogen, und Oma Baumann stieg ein. Ein breites Lächeln überzog ihr Gesicht, das an ein Honigkuchenpferd erinnerte.

»Was wäre, wenn unsere liebe Luisa zurückgeht und tatsächlich die Tochter spielt?«

»Wie bitte?«

»Undercover natürlich. Wir wüssten dann genau, was der Feind plant.«

Empört sah Luisa zu ihrer Nachbarin. »Das werde ich nicht machen!«

Wolle wiegte seinen Kopf hin und her. »Total bescheuert, aber genial. Was haben wir zu verlieren?« Er drehte sich nach hinten um. »Du musst nur dafür sorgen, dass er unsere Nummer 7 in Ruhe lässt.«

»Das ist kriminell.«

»Unsinn. Du willst ihm ja nicht die Hütte klauen oder das Silber«, widersprach Wolle.

Oma Baumann war von ihrer Idee begeistert. »Ich würde es ja selber machen. War früher eine wirklich gute Schauspielerin. Wenn ich so an meine Zeit bei der UFA denke.« Ein schweres Seufzen entfuhr ihrer breiten Brust. »Aber als Tochter von dem Alten gehe ich wohl nicht mehr durch, oder?«

Keiner widersprach.

»Seid ihr alle völlig plemplem? Ich marschiere da nicht noch einmal rein!« Luisa schnallte sich an und nahm Lilli auf den Schoß. »Schluss mit den Diskussionen!«

Wolle startete den Wagen.

Schweigend fuhren sie zurück in die Stadt, und Luisa wusste, sie hatte die allerletzte Chance vertan, die Herderstraße Nr. 7 zu retten.

Kapitel 11

Man hatte ihn aus einer Sitzung geholt, bei der er gehofft hatte, eine Klagewelle gegen ein neues Bauprojekt verhindern zu können. Im entscheidenden Moment, als die Gegenseite schon einzuknicken schien, platzte Frau Willmers herein und schob Joost Behrens einen Zettel zu. »Sofort zu VA. Es ist äußerst dringend.« Zähneknirschend hatte er die Verhandlung verlassen und sich auf den Weg in die Villa gemacht.

Er reichte dem Butler seinen Mantel. »Wo ist er?«

»In seinen Räumen im ersten Stock.«

»Hat er gesagt, was er will?« Joost konnte es nicht leiden, wenn er absolut keine Ahnung hatte, was ihn erwartete.

»Er hatte Besuch.«

»Von wem?«

»Das ist schwer zu erklären. Besser, Sie fragen Herrn von Arnheim persönlich.«

Der Butler wollte ihn nach oben geleiten, doch Joost winkte ab. »Lassen Sie. Ich kenne den Weg. Danke.«

Immer zwei Stufen auf einmal nehmend, eilte er hinauf, um das Gespräch mit seinem Arbeitgeber schnell hinter sich zu bringen. Er wusste, dass von Arnheim die Angewohnheit hatte, jedem Treffen eine ungewöhnliche Note zu geben, die Joost stets einen Haufen Mehrarbeit einbrachte und das Gefühl, ein kompletter Versager zu sein. Da hatten der Chef der Ascot Holding und sein Vater einiges gemeinsam.

Oben angekommen, klopfte er. Wie immer blaffte von Arnheim sein »Herein«. Dieses Mal aber konnte Joost nicht erkennen, in welcher Stimmung der Alte war, denn der Chef saß in einem gemütlichen Ohrensessel am Fenster und drehte ihm den Rücken zu. Sein sorgfältig rasiertes Gesicht spiegelte sich in der Scheibe, während er in den Garten hinausblickte.

»Guten Tag, Herr von …«

»Meine Tochter war hier.«

Joost hielt in seiner Bewegung inne. »Wer?«

»Hören Sie schlecht, junger Mann? Clarissa war hier.«

Gerne hätte Joost sich jetzt hingesetzt. Da sein Arbeitgeber ihm aber keinen Platz anbot, musste er sich mit der Lehne eines Stuhls begnügen, auf die er sich stützte.

»Das ist doch eine gute Nachricht«, sagte er halbherzig, denn er konnte sich das plötzliche Auftauchen der Frau nicht erklären. Seit Jahren versuchte von Arnheim Kontakt zu seiner nichtehelichen Tochter aufzunehmen. Dabei ging es ihm weniger um ein längst überfälliges Vater-Tochter-Verhältnis, sondern einzig darum, die Nachfolge in der Ascot Holding zu klären. Leider aber ließ der Anwalt von Clarissa von Arnheim stets mitteilen, dass kein Interesse an einer Kontaktaufnahme von Seiten der jungen Frau bestand.

»Das verstehe ich nicht. Warum erscheint sie hier, ohne sich zuvor anzukündigen?« Zumindest bei ihm hätte sie sich doch melden können, immerhin war er der Familienanwalt in dieser heiklen Angelegenheit. Genauso wie es sein Vater jahrelang gewesen war. Auch von Arnheim hatte Joost geerbt.

Der alte Mann legte seine Hände auf die Armlehnen des Ohrensessels und grinste.

»Ich habe das damals immer so gemacht.«

»Was meinen Sie?«

»Nun, bei wichtigen Verhandlungen bin ich eine Stunde

früher als geplant aufgetaucht. Manchmal auch gar nicht. Das verwirrt die andere Seite. Nennen Sie es psychologische Kriegsführung.«

Jetzt setzte Joost sich doch. »Befinden Sie sich denn im Krieg mit Ihrer Tochter?«

Von Arnheim überlegte kurz. »Mehr oder weniger. Wahrscheinlich nimmt sie es mir übel, dass ich nicht zur Beerdigung ihrer Mutter gekommen bin.«

»Sie waren nie mit der Frau verheiratet.«

Dass von Arnheim zu der Zeit bereits eine Gattin gehabt hatte, erwähnte Joost nicht. Hatten nicht alle mächtigen Männer irgendwelche Affären? In gewissen Kreisen schien es noch heute ein besonderer Männersport zu sein, ein Kräftemessen der Eitelkeiten um die Frage, wer die meisten und hübschesten Geliebten vorweisen konnte.

Joost jedenfalls wusste von mindestens zwei Frauen, die sein eigener Vater früher neben der Familie ausgehalten hatte. Schnell schob er die Erinnerung fort.

»Trotzdem haben Sie das Kind großzügig und ohne mit der Wimper zu zucken unterstützt. Sie haben die gesamte Ausbildung finanziert, das Internat ebenso wie das Studium in Cambridge und Oxford. Sogar eine Eigentumswohnung in London schenkten Sie ihr.« Joost beugte sich vor. »Und nun wollen Sie sie auch noch in die Firma aufnehmen.« Er schüttelte den Kopf. »Nein, ich verstehe nicht, warum hier psychologische Kriegsführung nötig sein soll.«

Von Arnheim lachte trocken auf. »Weil sie meine Tochter ist. Begreifen Sie das denn nicht? Sie will mir zeigen, dass sie die Kniffe beherrscht, mit denen ich die Ascot Holding groß gemacht habe.« Genervt winkte der Alte mit der Hand hin und her. »Egal. Bringen Sie sie zurück. Sie muss unterschreiben.«

»Sie hat die Vereinbarung nicht unterzeichnet?« Jetzt war Joost völlig verwirrt. Er hatte die Bedingungen für die Unternehmensnachfolge aufgesetzt, die Clarissa von Arnheim bis zum Tod ihres Vaters mit großzügigen Privilegien ausstattete und ihr eine steile Karriere in der Ascot Holding garantierte.

»Wahrscheinlich will sie verhandeln. Schaffen Sie sie her.«

»Jetzt?«

»Sofort.«

Damit war die Audienz bei Achim von Arnheim beendet. Joost erhob sich. »Hat sie Ihnen gesagt, in welchem Hotel sie abgestiegen ist?«

»Bin ich ein Detektiv?«, blaffte der Alte.

»Natürlich nicht.«

Joost ging zur Tür. Er würde in den üblichen Fünf-Sterne-Hotels nach der Tochter fragen müssen. Gerade wollte er die Tür hinter sich zuziehen, als er von Arnheims Stimme hinter sich hörte.

»Sie soll meine Enkel mitbringen.«

Joost stockte der Atem. Die Clarissa, die er seit Monaten versuchte zu erreichen, war definitiv kinderlos.

Höchst alarmiert ging er nach unten.

In der Halle traf er James. »Kann mir jemand erklären, was hier passiert ist?«

»Sie stand plötzlich mit zwei Kindern vor der Tür, stritt sich mit Herrn von Arnheim und verließ kurz darauf ziemlich aufgebracht das Haus.«

»Behauptete sie, seine Tochter zu sein?«

»Das kann ich Ihnen nicht sagen. Frau Schwertstätter und ich waren bei dem Gespräch nicht zugegen. Mir stellte sie sich als eine gewisse Frau Thießen vor.«

Joost horchte auf. »Thießen? Luisa Thießen?«

Der Butler nickte. »Sie kennen sie?«

»Ach.« Er kannte den Namen aus mehreren Schreiben eines untalentierten Kollegen vom Mieterinteressenverein.

Joost überlegte.

Daher wehte also der Wind. Eine Mieterin der Herderstraße hatte sich in die Höhle des Löwen gewagt, um die Gunst der Stunde zu nutzen. Sie musste irgendwo aufgeschnappt haben, dass von Arnheim seit Längerem seine Tochter suchte. Dass dem so war, konnte man in der Stadt ein offenes Geheimnis nennen. Es wunderte Joost, dass bisher niemand auf den Gedanken gekommen war.

Dass der alte Mann darauf jedoch hereingefallen war, schien Joost mehr als eigenartig.

»James, ist Ihnen in letzter Zeit etwas an Herrn von Arnheim aufgefallen?«

»Was genau sollte das sein?«

»Nun«, er räusperte sich, »wirkte er auf Sie verwirrt oder desorientiert?«

»Nicht, dass ich wüsste.«

»Redet er mit sich selbst? Verliert er ständig Sachen?«

»Nein.«

»Und dass er eine Fremde für seine Tochter hält, überrascht Sie nicht?«

»Doch, Herr Behrens. Sehr.«

Das ungute Gefühl in Joosts Bauch nahm zu.

Kapitel 12

Draußen war es längst dunkel. Das Abendbrot hatten sie vor dem Fernseher eingenommen, weil heute *Drei Haselnüsse für Aschenbrödel* lief. Eingekuschelt in eine Wolldecke, saßen Luisa und ihre Kinder auf dem Sofa und schauten dem Mädchen mit den langen Haaren dabei zu, wie sie mit ihrem Prinzen auf einem Schimmel über die weite Schneelandschaft ritt.

Matti konnte einige Passagen bereits auswendig mitsprechen, und Lilli meinte recht energisch, dass die Stiefmutter total doof sei. Dann streckte sie der Mattscheibe die Zunge raus und sagte, sie wolle auch ein weißes Pferd haben, wie das Mädchen im Fernsehen. »Es muss nicht groß sein. Nur so, vielleicht.« Dabei hielt sie ihr Händchen in die Höhe.

»Und wo soll es schlafen?«, gab Matti zu bedenken.

»In meinem Bett«, antwortete Lilli wie selbstverständlich.

Luisa grinste und schob sich ein Stückchen vom Schokokuchen in den Mund.

Die Kerzenflamme im Adventsgesteck auf dem Tisch flackerte, weil die Fenster in der Wohnung undicht waren. Dicke Tropfen kullerten am Wachs herunter und bildeten einen weißen See zwischen den Tannenzweigen, die ein würziges Waldaroma verströmten.

Immer wieder glitten Luisas Gedanken zu dem verrückten Besuch bei von Arnheim. Er hatte sie nicht einmal ausreden lassen. Sie fragte sich, wie es sein konnte, dass ein derart verwirrter alter Herr ein so mächtiges Unternehmen wie die Ascot leiten konnte. Der Mann trug Verantwortung für Hunderte von Angestellten und Tausenden von Mietern.

Sie griff nach dem Becher Kakao auf dem Tisch.

Wahrscheinlich, so tröstete sie sich, hatte er seine Abteilungsleiter und einen Geschäftsführer im Ascot Building. Wie ein greiser Löwe ohne Zähne war er nur noch das Aushängeschild des Familienunternehmens.

»Liest du uns etwas vor, Mami?«

Lillis Stimme schreckte Luisa aus den trüben Sorgen. Der Filmabspann flimmerte über den Bildschirm. Sie nickte. »Natürlich, Kleines. Aber nur in eurem Bett. Vorher putzt ihr die Zähne und sagt Papa gute Nacht.«

Die Kinder schälten sich aus der Wolldecke und tapsten hinüber zur Anrichte, wo eine Fotografie ihres Vaters in einem silbernen Rahmen stand. Daneben klemmte ein Bild der kleinen Familie, als Matti gerade so alt war wie Lilli jetzt. Damals war Luisa mit ihrem Töchterchen schwanger gewesen. Dennoch klebte Lillis Köpfchen ebenfalls auf dem Foto.

Luisa hatte es von einem der Babyfotos ausgeschnitten und eingeklebt, damit es so aussah, als seien sie tatsächlich zu viert gewesen.

In Wahrheit aber hatte Peter seine Tochter nie kennengelernt.

»Gute Nacht, Papi!«, rief die Kleine und warf dem Foto eine Kusshand zu. Dann lief sie ins Kinderzimmer, das sie sich mit ihrem großen Bruder teilte.

Matti aber stand vor dem Bild und sah es still an.

»Und du? Sagst du ihm nicht gute Nacht?«

Er schüttelte den Kopf und folgte wortlos seiner kleinen Schwester.

Luisa sah ihm nach und fragte sich, ob nur sie es war, die Peter noch vermisste. Lilli kannte ihren Vater nicht, und Matti? Er wurde älter. Vielleicht hatte er ihn längst vergessen.

Sie aber wollte sich erinnern, obwohl es ihr in letzter Zeit immer schwerer fiel, zwischen all den Sorgen Platz für schöne Erinnerungen an bessere Tage zu finden.

Jemand hatte ihr einmal gesagt, sie müsse das Vergangene hinter sich lassen, weil sie sonst niemals eine Zukunft haben würde.

Luisa dachte an ihr Date am Freitag. Vielleicht sollte sie doch hingehen. Andererseits fühlte es sich falsch an, fast, als würde sie einen Verrat an Peter begehen. Nachdenklich betrachtete sie sein Foto. Wenn sie hier auszog, würde sie ein weiteres Stück ihrer Vergangenheit mit ihm verlieren. Schnell schob Luisa den Gedanken fort.

»Habt ihr die Zähne geputzt?«, rief sie den Kindern zu und machte sich auf den Weg ins Badezimmer.

Da läutete es an der Haustür.

Luisa zuckte zusammen.

Seit Jahren hatte das Ding nicht mehr gebimmelt. Sie lachte den Schreck fort und bedankte sich im Stillen bei dem netten Hausmeister von gegenüber.

Sie ging zur Tür. Wer immer um diese Zeit etwas von ihr wollte, war mit Sicherheit keiner der Nachbarn. Die klopften einfach und traten ein.

Neugierig öffnete Luisa die Tür.

Ihrem »Ja, bitte« folgte ein überraschtes »Oh«.

Der Mann vor ihr blickte noch einmal auf das Namensschild neben dem Klingelknopf. »Ähm.«

»Haben Sie sich verirrt? Oder wollten Sie mich an unseren Kaffee morgen erinnern?«

»Frau Thießen?«

Sein förmlicher Tonfall sagte ihr, dass sich die Sache mit dem Date gerade erledigt hatte. Ihr Lächeln zerfiel.

»Ja, das ist mein Name. Und mit wem habe ich das Vergnügen?«

Umständlich zog er eine Visitenkarte aus seinem Mantel und reichte sie ihr. »Joost Behrens. Ich arbeite für die Ascot Holding.«

Luisa stemmte die Fäuste in die Seiten. »Ach, Sie sind der Kerl, der uns auf die Straße setzen will?«

»Darum bin ich nicht hier. Herr von Arnheim bat mich, in einer privaten Angelegenheit mit Ihnen Kontakt aufzunehmen.« Er schob die Tür beiseite und trat ein. »Darf ich?« Er ging an ihr vorbei.

»Spinnen Sie? Raus aus meiner Wohnung.« Luisa hielt die Tür weit auf und wies hinaus.

Er machte keine Anstalten zu gehen. »Es ist besser, wenn niemand vom Grund dieses Besuchs erfährt.« Der Anwalt drückte die Tür ins Schloss.

»Sind Sie verrückt? Verlassen Sie sofort meine Wohnung, oder ich hole die Polizei.«

»Vorher will ich wissen, was für eine abgekartete Sache hier läuft. Was wollten Sie von Herrn von Arnheim? Und die angeblich klemmende Tür unten, das war doch auch kein Zufall, oder irre ich?«

Luisas Mund klappte auf und wieder zu.

»Warum haben Sie sich als seine Tochter ausgegeben? Spekulieren Sie etwa auf das Erbe?«

»Was für ein Erbe?«

Der Mann lachte. »Sagen Sie nur, Sie haben nicht gehört, dass von Arnheim sehr reich ist?«

Luisa trat einen Schritt dichter an ihn heran. Er roch dezent nach *Bond No. 9*.

»Hören Sie mir gut zu, Herr Anwalt. Ich war bei Ihrem Arbeitgeber, um mit ihm über dieses Haus zu reden. Mehr nicht.«

»Er hält Sie für seine Tochter.«

»Ich weiß. Aber das interessiert mich nicht.«

Aus dem Augenwinkel sah Luisa, dass Lilli und Matti in den Flur traten und neugierig den ungebetenen Gast anschauten.

»Wer ist das, Mami?«

Irritiert sah Joost Behrens die beiden an.

»Hallo«, piepste Lilli.

»Ähm, hallo.« Kurz kam der Anwalt aus dem Konzept. Dann drückte er seinen Rücken durch und fuhr fort: »Hören Sie, Frau Thießen, Herr von Arnheim hat mich geschickt, um Sie und die Kinder zurückzuholen.«

Luisa glaubte, nicht recht verstanden zu haben. »Was hat er?«

»Er will, dass Sie ...«

Verärgert wedelte sie mit ihrer Hand durch die Luft. »Ja, ja, das begreife ich schon, aber warum?«

»Nun, ich nehme an, er möchte mit Ihnen reden.«

»Über Nummer 7?« Ein wenig Hoffnung schob sich in Luisas Herz. Sollte ihr heutiger Überfall in der Villa doch nicht umsonst gewesen sein?

»Ich vermute nicht.«

Luisa verschränkte die Arme vor der Brust. »Dann werde ich auch nicht hingehen.«

Der Anwalt zögerte.

Ihre Blicke trafen sich. Für einen kurzen Moment glaubte Luisa, in seinen Augen so etwas wie Bedauern gesehen zu haben.

»Mich würde allerdings interessieren, warum Herr von

Arnheim gerade Sie für seine Tochter hält. Sie sehen ihr nicht wirklich ähnlich.«

Luisa zuckte mit den Schultern. »Keine Ahnung. Vielleicht hat er schlechte Augen. Oder ist wirr im Kopf.«

»Bis gestern war er vollkommen klar«, widersprach der ungebetene Gast. »Und dennoch meint er plötzlich, eine Fremde sei sein Kind. Wie kann das sein?«

»Wollen Sie etwa sagen, ich hätte ihm den Floh ins Ohr gesetzt?«, zischte Luisa.

»Das will ich nicht hoffen«, zischte Joost Behrens zurück. Leise, damit es die Kinder nicht hören konnten, kam er näher an ihr Ohr. »Denn falls Sie eine solche Dummheit begangen haben, werde ich dafür sorgen, dass Sie vor Gericht kommen. Versuchter Betrug dürfte da wohl das kleinste Delikt sein.«

»Sie drohen mir?«, flüsterte sie zurück. Er roch wirklich sehr gut.

Der Anwalt nahm Luisas Mantel von der Garderobe und reichte ihn ihr. »Am besten klären Sie die Sache auf. Sofort. Und ich werde währenddessen neben Ihnen stehen und genau hinhören. Ein falsches Wort, und ich …« Er schaute sie vielsagend an.

Luisa riss ihm den Mantel aus der Hand und hängte ihn wieder an den Haken zurück. »Ha! Ich komme nicht mit, Herr Behrens!« Sie zeigte zur Tür. »Und nun raus hier!«

Gebannt verfolgten Matti und Lilli den Wortwechsel.

Kurz schloss der Ascot-Anwalt die Augen. »Frau Thießen, ich warne Sie. Wenn Sie das Missverständnis …«

»Ach, jetzt ist es plötzlich nur ein Missverständnis? Eben war es noch ein Betrugsversuch. Sie sollten sich entscheiden.«

Kopfschüttelnd sah er sie an. »Mit Ihnen kann man nicht vernünftig reden.«

»Wenn Sie *Ihre* Vernunft meinen, dann stimme ich absolut zu!«

»Die Sache wird ein Nachspiel haben.« Sichtlich wütend trat er zur Haustür und legte die Hand auf die Klinke. Energisch drückte er den Griff herunter und zog.

Doch nichts passierte.

Erfolglos versuchte er es ein weiteres Mal.

»Himmel, was soll das, Frau Thießen? Hören Sie auf mit diesen Späßchen. Öffnen Sie die Tür.«

Luisa schob ihn beiseite. »Können Sie das etwa auch nicht?«

Sie zog an der Klinke. Nichts passierte. Mit gerunzelter Stirn rüttelte sie daran, zerrte und riss.

»Das verstehe ich nicht.«

»Muss der Mann jetzt hierbleiben, Mami?«, wollte Lilli hinter ihnen wissen.

Luisa und der Anwalt fuhren herum.

»Nein!«, riefen beide im Chor.

Die Kinder erschraken.

Luisa bemühte sich um einen milden Ton. »Geht ins Bett. Im Flur ist es für euch zu kalt.«

Über ihre Schulter aber zischte sie dem Ascot-Mann zu: »Das liegt übrigens an der alten, kaputten Heizung. Mal funktioniert sie, mal nicht. Das hatte ich schon vor einem Jahr gemeldet.«

Sie schob Lilli und Matti zurück ins Kinderzimmer und versprach, später eine Gutenachtgeschichte vorzulesen, sobald sie dieses Problem – wieder warf sie Joost Behrens einen schneidenden Blick zu – gelöst hätte. Dann zog sie die Zimmertür hinter den Kindern zu.

Mit energischer Miene ging sie zur Haustür zurück, wo der Anwalt ratlos herumstand.

»Wie haben Sie das gemacht? Ich meine, das ist doch kein Zufall, dass das schon wieder passiert.«

Die Situation fühlte sich irgendwie schräg an, ohne dass sie hätte sagen können, warum.

»Das Haus ist alt und sanierungsbedürftig. Alles ist feucht, schief und krumm. Kein Wunder, dass sich das Holz verzieht.« Sie drängte ihn an die Wand, griff ein weiteres Mal beherzt nach der Türklinke. Als die Tür sich weiterhin weigerte aufzugehen, schlug sie wütend ihre flache Hand dagegen.

»Haben Sie einen Balkon?«, wollte der Anwalt wissen. »Vielleicht kann man zur Nachbarwohnung hinüberklettern oder … Nein, ich habe eine bessere Idee! Wir rufen die Polizei.« Sofort griff er tief in die Taschen seines Mantels, auf der Suche nach einem Telefon.

Luisa grinste. »110 anrufen, weil Sie nicht in der Lage sind, durch eine Tür zu gehen? Die lachen sich schlapp, versprochen.«

Er überlegte, und sie glaubte, seine Gedanken erahnen zu können: Wahrscheinlich war er verheiratet oder verlobt. Da machte es sich nicht gut, bei einer alleinstehenden Frau des Nachts im Flur von den Ordnungshütern gerettet zu werden. Solche Dinge gingen in einer kleinen Stadt schnell herum.

Ihr Blick fiel auf seine rechte Hand. Kein Ring. Aber das war so oder so egal, weil sie nicht gedachte, mit ihm einen Kaffee trinken zu gehen. Der Drops war gelutscht.

»Haben Sie denn eine bessere Idee?«, wollte er wissen.

»Ja.«

Luisa marschierte in die Küche. Dort lag noch immer die Karte von dem netten Hausmeister auf dem Tisch. Er würde den Anwalt seines Chefs nicht verpfeifen, da war sie sicher. Außerdem würde es kostengünstiger sein, diesen Herrn Tomte zu holen, als einen Schlüsseldienst.

Sie griff zu ihrem Telefon und wählte die Nummer. »Vertrauen Sie mir, Herr Behrens. Es ist nämlich auch in meinem Interesse, dass Sie hier schnellstmöglich verschwinden.«

Den Rücken an die Wand im Flur gelehnt, warteten Luisa und Joost Behrens auf Erlösung. Beide hielten die Arme vor der Brust verschränkt und schwiegen sich beharrlich an, als es endlich an der Tür klopfte.

Luisa legte das Ohr an die Tür. »Herr Tomte, sind Sie das?«

»Ja, ja. Ich bin's.«

»Die Tür klemmt. Können Sie uns helfen?«

»Aber natürlich. Kein Problem.«

Luisa war unglaublich froh, die Stimme des Hausmeisters zu hören, ein Glück, dass er trotz seines Feierabends gekommen war.

Auf der anderen Seite der Tür klapperte und kratzte es.

Da trat Joost Behrens neben sie. »Bitte verstehen Sie, Frau Thießen, es war nicht meine Absicht …«

»Ausfallend zu sein?«, unterbrach sie ihn mit kämpferischem Unterton.

Er kniff die Lippen zusammen. »Hereinzuplatzen. Das wollte ich sagen.«

Luisa sagte nichts. Ja, sie mied sogar seinen Blick. Schnell drehte sie sich um und klopfte an die Haustür. »Sind Sie endlich fertig, Herr Tomte?«

»Ja, ja, einen kleinen Moment noch.«

»Die Sache ist die, Frau Thießen«, begann der Anwalt von Neuem. »Ich versuche seit geraumer Zeit, die wahre Tochter meines Arbeitgebers zu motivieren, endlich einmal ihren Vater zu besuchen.«

»Warum? Weil Weihnachten ist?«

»Nein, weil er alt ist. Und er weiß es. Er hat keine anderen Kinder, die ihn beerben könnten.«

Luisa runzelte die Stirn. »Das verstehe ich nicht. Wozu braucht er einen Anwalt, um seine Tochter zu treffen?«

»Sie will ihn nicht sehen. Nicht einmal sprechen.«

»Das ist zwar traurig, geht aber wohl vielen Leuten so, habe ich mir sagen lassen.«

Er trat einen Schritt näher. »Bitte, Frau Thießen, kommen Sie mit. Erklären Sie Herrn von Arnheim, dass er sich irrt. Wenn bekannt wird, dass er fremde Leute für … Glauben Sie mir, das wird ungeahnte Auswirkungen auf die Reputation der Firma haben.«

Sie lächelte kalt. »Na, geht doch. Immerhin haben Sie *bitte* gesagt. – Also gut. Es ist auch in meinem Interesse, dass das geklärt wird. Ich bin nämlich keine Hochstaplerin. Morgen komme ich noch einmal vorbei. Nicht jetzt. So lange wird er ja wohl warten können.«

In diesem Moment ging die Tür auf, und ein strahlender Herr Tomte stand im Blaumann und mit Werkzeugkoffer in der Hand da. Er zog seine Mütze. »Guten Abend.«

Ohne ein Wort drängte sich der Anwalt an ihm vorbei, als könne er gar nicht schnell genug wegkommen.

»Gut, also morgen. Ich werde da sein, Frau Thießen«, rief er zurück.

Kaum war er außer Sicht, murmelte Luisa nur: »Blödmann.«

Hausmeister Tomte legte seinen Kopf schief. »War das ein missglücktes Rendezvous?«

»Ganz bestimmt nicht«, zischte Luisa.

Eigentlich hätte sie gerne ein Date mit einem so gut aussehenden Mann wie diesem Anwalt gehabt. Und sei es nur, um ihre Sorgen für einen Nachmittag zu vergessen. Ein wenig enttäuscht wandte sie sich an den netten Hausmeister von gegenüber. »Ich danke Ihnen, dass Sie mich vor dem Kerl gerettet haben, Herr Tomte. – Wie kann es sein, dass Sie so schnell hier waren?«

»Ich hatte in der Gegend zu tun.«

Erstaunt sah Luisa ihn an. »So spät arbeiten Sie noch für die Ascot Holding?«

»Aber nein«, lachte er. »Ich liebe meinen Job und drehe hier manchmal noch eine Runde.« Gerade wollte er sich verabschieden, als sie ihn fragte, ob er vielleicht Zeit hätte, auf einen Kaffee oder Tee hereinzukommen.

»Als kleines Dankeschön«, fügte sie schnell hinzu, damit er ihr Angebot nicht falsch verstand. Obwohl er auf sie nicht den Eindruck machte, als würde er hinter einer freundlichen Geste etwas anderes als eine freundliche Geste sehen.

»Mit einem Keks?«

»Besser.«

Und so saßen Luisa und der Hausmeister kurz darauf bei einem heißen Weihnachtstee und den letzten Stücken Schokokuchen in der Küche.

Nachdenklich schaute sie in die Tasse vor sich.

»Die Kinder schlafen?«, unterbrach Herr Tomte die Stille. Sie nickte.

»Ihr Matti ist ein kluger Junge.«

»Danke.«

»Bedrückt Sie etwas?«

»Ich weiß ja, dass Ihr Arbeitgeber uns früher oder später auf die Straße setzen wird. Nummer 7 bröckelt an allen Ecken und Kanten. Aber …«

»Sie finden, das alte Haus sollte nicht abgerissen werden?«

Luisa zuckte mit den Achseln. »Na ja, es hat seine beste Zeit hinter sich, oder?«

»Ja?« Prüfend schaute er zur Decke und den Fenstern, den Wänden und der Tür. »Nun, hier und da ein wenig Farbe …«

Sie lachte. »Herr Tomte, das Haus ist kurz vor dem Einstürzen. Wir müssen hier raus. Und ich weiß nicht wohin. Nummer 7 ist unser Zuhause. Das aber ist für die Ascot Holding kein Grund, das Gebäude zu sanieren.« Sie zog ein Taschentuch aus ihrer Jeans und putzte sich die Nase. »Sie haben uns gekündigt, weil das Objekt nicht mehr wirtschaftlich zu betreiben sei. Verwertungskündigung nennen die es.«

»Geben Sie auf?«, fragte er besorgt. »Ich meine, das Haus hat doch nur noch Sie.«

»Ich sehe keinen Weg, wie wir die Kündigung und den Abriss verhindern können, Herr Tomte.«

Traurig sah er sie an. Dann erhob er sich. »Kommen Sie mal mit. Ich möchte Ihnen etwas zeigen.«

Sie schaute auf. »Jetzt?«

»Ja. Es wird nicht lange dauern.« Er ging in den Flur.

Zögerlich folgte Luisa ihm. Im Kinderzimmer war es ruhig. Lilli und Matti schienen eingeschlafen zu sein. Auch das Treppenhaus lag still da.

»Moment«, sagte sie, »ich ziehe mir schnell eine Wolljacke über. Es ist heute Nacht recht kalt.«

Beim Hinausgehen nahm sie den Schlüssel vom Haken und zog leise die Tür hinter sich zu. Dann folgte sie dem alten Mann die Stufen hinauf.

Auf dem Weg nach oben erzählte Herr Tomte die Geschichte von Nummer 7.

»Das Haus war einmal ein Prachtstück. Ich würde sogar sagen, das glanzvollste Gebäude im ganzen Viertel.« Er drehte sich zu ihr. »Ich weiß, was Sie jetzt denken.«

»Was denn?«

»Das ist über hundert Jahre her, wie kann er wissen, ob es das schönste Haus war. Stimmt's?«

»Erwischt. Aber vielleicht gibt es ja alte Fotos, die Sie gesehen haben.«

»Das könnte wohl sein.« Er nahm seinen Weg wieder auf. »Ich werde Ihnen jetzt etwas über diese Schönheit erzählen. 1909 ließ ein reicher Tabakhändler namens Friedrichsen dieses Haus bauen. Ein junger Mann, er hieß Hannes, arbeitete auf der Baustelle als Maurer. Er hatte gerade erst sein Gretchen geheiratet und war Vater geworden. Er hatte den Traum, eines Tages seiner kleinen Familie eine Wohnung in Nummer 7 mieten zu können. Jenes Haus, das er mit eigenen Händen gebaut hatte.«

Nun hatten der Hausmeister und Luisa das Zwischengeschoss zum Dachboden erreicht.

»Und, hat er es geschafft?«

»Nein, bedauerlicherweise nicht. Die Mieten waren einfach zu hoch für einen kleinen Handwerker. Aber schauen Sie hier ...« Er zog ein Stück abgeblätterte Tapete beiseite, hinter der das blanke Mauerwerk zutage trat. Mit dem Finger wies er auf einen Stein, in den jemand die Initialen HU geritzt hatte.

»Das war er? Hannes?«

»Ja. Er starb im Ersten Weltkrieg an der Front. Er hinterließ seine Grete und drei Kinder.«

»Arme Frau. Ich weiß, wie sie sich gefühlt haben muss. Die Geschichte ist sehr traurig. Aber warum erzählen Sie mir das?«

»Die junge Witwe wäre fast an gebrochenem Herzen gestorben.« Er musterte Luisa lange. »Ganz so wie Sie.«

»Ich?«

»Sie sind doch verwitwet, oder?«

»Das wissen wahrscheinlich alle in der Straße.«

Aufmunternd lächelte der Hausmeister. »Zurück zu Gretchen. Sie nahm den Heiratsantrag eines älteren Herrn an, um sich und die Kinder durchzubringen. Und nun raten Sie, wo sie wohnten.«

»Hier?«

»Richtig. Sie lebten über viele Jahre im Parterre.«

»War Gretchen glücklich?« Kaum hatte Luisa die Frage gestellt, wurde ihr klar, dass er es nicht wissen konnte.

Dennoch antwortete er ganz selbstverständlich: »Sehr. Ihr neuer Mann war gut zu ihr und den Kindern. Gretchens ältester Sohn machte sogar das Abitur und besuchte eine Universität.«

»So ging also der Traum des Maurers in Erfüllung.«

Der Hausmeister nickte munter und nahm seinen Weg wieder auf. Im obersten Stockwerk, wo früher Familie Schmilinski gewohnt hatte, öffnete er die Haustür.

Der muffige Geruch feuchter Wände schlug ihnen entgegen. Herr Tomte legte den Schalter um. Eine einfache Glühbirne erhellte den langen Flur.

»Das Licht funktioniert noch?«

Er antwortete nicht, sondern ging in jenen leeren Raum, wo einige Etagen unter ihnen Matti und Lilli ihr Kinderzimmer hatten.

Luisa trat zum Fenster hinüber. Von gegenüber fiel Licht in den Innenhof.

»Es schneit«, rief sie.

Große Schneeflocken senkten sich sachte aus dem dunklen Himmel und schwebten nieder. Es hatte sich bereits eine zarte weiße Schicht auf die Dächer und in den Hof gelegt. »Ach, das wird Matti und Lilli aber freuen. Hoffentlich bleibt er liegen. Was meinen Sie, Herr Tomte?«

Der Hausmeister trat neben Luisa. »Klopfen Sie mal auf die Fensterbank.«

»Warum denn das?«

Statt einer Antwort schaute er auf ihre Hände. »Machen Sie.«

»Das ist hohl«, bemerkte Luisa überrascht. Sie sah sich das Fensterbrett genauer an. Es wackelte in der Verankerung und ließ sich ein Stück vorziehen.

»Nur zu«, ermunterte er sie.

Luisa zog das Brett weiter zu sich und entdeckte eine Lücke zum Mauerwerk. Jemand hatte dort einen halben Stein herausgenommen, um seinerseits etwas hineinzulegen.

»Ein Versteck?«

Vorsichtig zog Luisa eine einfache Schmuckschachtel heraus. Überrascht stellte sie fest, dass sich darin eine feingliedrige silberne Kette befand, die über all die Jahre in ihrem geheimen Ort schwarz angelaufen war. Das runde Amulett mit zisleliertem Deckel klappte in Luisas Hand auf.

Die Gesichter auf den beiden Fotografien waren kaum noch zu erkennen. »Ein Mann und eine Frau«, murmelte sie. »Wer könnte das hier versteckt haben und warum?« Fragend schaute sie den Hausmeister an. »Woher wissen Sie überhaupt von dem Versteck?«

»Leute wie ich kennen sich eben aus. Das gehört zum Beruf.«

Vorsichtig legte sie die Kette zurück.

»Warum behalten Sie sie nicht, Luisa? Sie haben das Amulett doch gefunden.«

»Es gehört mir aber nicht«, murmelte sie und schob das Brett an seinen Platz zurück.

Er legte den Kopf schief und beobachtete sie genau.

»Ich schätze, derjenige, der die Kette hier versteckt hat,

lebt mittlerweile nicht mehr und dürfte wohl auch keine Verwendung dafür haben, oder?«

Luisa stand da und schaute in den Schnee hinaus. »Ich weiß, aber irgendwie gehört die Kette jetzt zur Geschichte von Nummer 7. Finden Sie nicht auch?«

»Eine Erinnerung soll einem Haus gehören?«

»Ja, so ähnlich.« Sie drehte sich zu ihm. »Warum haben Sie mir das gezeigt?«

Er lachte. »Oh, ich bin längst nicht fertig. Kommen Sie.«

Gemeinsam nahmen sie die letzten Stufen hinauf, bis unter das Dach. Dort gab es eine Tür, die zum Trockenboden führte.

Herr Tomte öffnete sie.

Hier gab es kein Licht. Trotzdem wusste Luisa genau, wie es hier aussah. Drei Wäscheleinen waren über Haken von der einen auf die andere Seite gespannt. Drüben in der Ecke stand ein alter Küchenstuhl, auf dem Luisa immer ihren Wäschekorb abstellte, bevor sie die nasse Kleidung aufhängte.

Dass es hier kein elektrisches Licht gab, war nicht schlimm, denn im Dach hatte man auf jeder Seite je ein Fenster eingebaut. Bei Tag war es hell genug, um nicht ins Stolpern zu kommen oder versehentlich die Wäschestücke der Nachbarn abzunehmen.

Plötzlich war da ein Lichtstrahl.

Luisa sah, dass Hausmeister Tomte eine Taschenlampe in seiner Hand hielt. Sie hatte gar nicht bemerkt, dass er eine bei sich trug. Der Schein der Lampe schob sich über den grauen Estrichboden hin zu den schrägen Dachbalken und den groben Schindeln, deren raue Rückseite man sehen konnte. Bei einem der beiden Fenster blieb der Hausmeister stehen.

»Schauen Sie hier.«

Das Licht der Taschenlampe hielt er an einen der hölzernen Dachbalken. Luisa erkannte mehrere Striche, die jemand im Fünferpack ins Holz geritzt hatte. Sie waren ihr bisher nicht aufgefallen.

»In den letzten Tagen des Zweiten Weltkrieges«, erklärte der Hausmeister, »versteckte einer der Bewohner von Nummer 7 hier oben einen britischen Flieger. Der Pilot, ein gewisser William Sullivan aus Leeds, war nahe der Stadt von der Flak abgeschossen worden.« Sein Finger strich über die Linie. »An jedem neuen Tag, den der Mann auf diesem Dachboden überlebte, ritzte er einen Strich in den Balken. Vierundzwanzig sind es insgesamt.«

Luisa schluckte. »Der hier ...«, sie wies auf den letzten, einen besonders tiefen und langen Einschnitt. »Haben ihn die Nazis gefunden?«

»Nein, das war der Tag, an dem Briten die Stadt eroberten.«

Erleichtert sah Luisa ihn an. »Der Pilot hatte es also geschafft.«

»Ja. Ich hörte, er bekam später drei Kinder und hatte neun Enkel.«

Luisa ließ ihren Finger über die Einschnitte gleiten, als könne sie so fühlen, was damals geschehen war.

Jetzt schaute sie sich auf dem zugigen Dachboden um.

»Eigenartig«, sagte sie. »Seit Jahren hänge ich hier oben meine Wäsche auf, aber davon habe ich nichts gewusst.«

»Das ist es ja, was ich meinte. All die Geschichten, die sich in diesem Haus zugetragen haben, sind Teil von Nummer 7 geworden. Das Lachen der Menschen sitzt in seinem Mauerwerk ebenso wie die Gerüche von Hühnersuppe und Kohlroulade, die Tränen und Hoffnungen, der Schmerz und das Glück.« Er legte seine Hand auf die Mauer hinter sich.

»Wenn Sie ganz genau aufpassen, Luisa, dann hören Sie die Leute von damals rufen, singen, lachen und manchmal auch weinen oder feiern. Sie spüren das Dröhnen der Bomber genauso wie die Herzlichkeit eines Weihnachtsfestes. Dieses Haus war nicht nur ein Ort, an dem man sein Bett stehen hatte und den Hunger stillte. Nein, es war ein Zuhause.«

Luisa horchte in die Dunkelheit hinein. Sie nickte. Auch wenn sie nichts hörte, so verstand sie doch, was er meinte.

»Die Zeit hat die Menschen von damals in alle Winde zerstreut«, fuhr Herr Tomte fort. »Ihre Erinnerungen und Geschichten aber bleiben.«

Luisa runzelte die Stirn. »Sie meinen, das Haus erinnert sich?« Sie lachte. »Ist das nicht ein wenig, nun ja ... verrückt? – Wenn Lilli das sagen würde, dann könnte ich das verstehen, aber ein erwachsener Mann wie Sie?« Sie schlang ihre Wolljacke enger um sich.

Das Lachen in seinem Gesicht erstarb. »Sie glauben mir nicht?«

Luisa überlegte. »Denken Sie nicht, Herr Tomte, dass all das ziemlich ... wie soll ich sagen? ... esoterisch klingt? Ein Haus, das fühlt und sich erinnert?« Sie lachte. »Ich meine, es ist doch kein lebendes Wesen.«

Er seufzte. »Sie haben sicherlich recht. Ziegelsteine und Glas können nichts fühlen.«

Sie nickte. »Ja, das denke ich.«

Er nahm die Taschenlampe. »Wir sollten hinuntergehen.« Langsam schlurfte er zur Tür.

»Oh, bitte«, Luisa eilte ihm nach. »Ich wollte Sie nicht verärgern, bestimmt nicht.« Auf der Treppe holte sie ihn ein. »Verzeihen Sie, es ist nur ... Mein Tag heute war nicht sonderlich gut.«

Er drehte sich zu ihr um. »Auch Ihre Geschichte ist in

diesen Mauern, Luisa. Das Haus teilt die Trauer um Peter ebenso wie die Freude, wenn Matti ein Tor schießt oder Lilli ein neues Bild malt.«

»Sie kannten meinen Mann?«

Er ging weiter. »Hausmeister wissen vieles«, sagte er nur.

Vor der Haustür dankte Luisa für die nächtliche Führung und die berührenden Geschichten über das Haus. Sie bereute ihre unbedachten Worte von eben, die den Zauber abrupt vertrieben hatten. Herrn Tomte schien Nummer 7 auf eine besondere Art am Herzen zu liegen. Mit hängenden Schultern sah sie ihn die Treppen hinuntergehen.

Luisa fühlte sich mies. Sie steckte den Schlüssel ins Schloss, um in ihre Wohnung zu gelangen, doch die Tür klemmte schon wieder.

»Verdammt!«, entfuhr es ihr.

Sie eilte zum Treppengeländer. »Herr Tomte!«, rief sie dem Hausmeister nach, dessen Hand auf dem Lauf des Geländers zwei Etagen unter ihr entlangglitt. »Ich brauche Ihre Hilfe!«

Er reagierte nicht.

»Hallo! Herr Tomte!«

Seine Hand verschwand, und Luisa hörte die Tür zur Straße zuklappen. »Mist!«

Ratlos ging sie zu ihrer Haustür zurück, prüfte das Schloss, drehte den Schlüssel, drückte gegen das Türblatt. Nichts passierte. Was war nur mit dem verdammten Ding los?

Seufzend hob sie die Hand, um ihre beiden Kinder aus dem Schlaf zu klingeln. Vielleicht konnte man die Tür von innen öffnen.

Sie zögerte, dachte an die Geschichten, die der alte Mann eben erzählt hatte. Selbstverständlich glaubte sie nicht an Übernatürliches, aber er hatte so überzeugt geklungen.

Luisa betrachtete die Tapete, die man vor Ewigkeiten an die Wände im Treppenhaus geklebt und x-mal übermalt hatte.

In den Siebzigern soll hier mal ein Mann gelebt haben, der später in der Politik eine große Nummer geworden war. Sie hatte den Namen vergessen. Und die Geliebte eines spanischen Nobelpreisträgers hätte hier ebenfalls logiert, hieß es.

Sie horchte, glaubte, irgendwo ein Lachen zu hören. Wahrscheinlich kam es aus dem Fernseher bei Oma Baumann. Vielleicht aber auch nicht.

Ob es wirklich sein konnte, dass das Haus seit über hundert Jahren die Erlebnisse seiner Bewohner aufbewahrte, selbst wenn die Menschen längst verstorben waren oder umgezogen?

Der Gedanke, dass die Dinge nicht endeten, sobald sie vorbei waren, hatte etwas Tröstliches.

Luisa schloss die Augen und stellte sich vor, wie über all die Jahrzehnte kleine Kinderfüße die Stufen hinuntergerannt waren. Wie Hausfrauen im Treppenhaus ein Schwätzchen gehalten hatten, im schattigen Innenhof gemeinsam ein Sommerfest gefeiert wurde oder jemand vor der Tür stand und fragte, ob man eine Tasse Zucker entbehren könne.

Sie seufzte. So schön. Und längst vorbei. Heute knarzten die Stufen nur selten. Kinderlachen war nur zu hören, wenn Matti und Lilli sich mal gerade nicht stritten. Die meisten Wohnungen standen leer. Ihre Fenster waren nichts weiter als schwarze Löcher, obwohl an jedem Abend doch eigentlich warmes Licht aus ihnen auf die Straße strömen müsste.

Nummer 7 lag im Sterben.

Wehmut überfiel Luisa. Tröstend legte sie ihre Hand auf die Wand.

»Es tut mir leid«, sagte sie leise und meinte, die Traurigkeit der Mauern spüren zu können. Sie hätte ihm noch viele Jahre gegönnt. Immerhin war es früher einmal das schönste Haus im ganzen Viertel gewesen.

Da ging plötzlich die Haustür vor ihr auf. Luisa schreckte zurück.

»Warum kommst du nicht rein, Mama?«, fragte Matti aus verschlafenen Augen.

Kapitel 13

Am nächsten Morgen lief Luisa die Auffahrt zur Villa hoch. Es war früh, aber sie musste mit dem Bus wieder zurück in die Stadt, um rechtzeitig auf der Arbeit zu sein. Sie warf einen Blick auf ihre Armbanduhr. Länger als zwanzig Minuten durfte das Ganze nicht dauern, sonst verpasste sie den Bus. Sie rannte, was jedoch in ihrem Businessoutfit mit Pumps nicht einfach war.

Die Villa von Arnheim wirkte an diesem Morgen um keinen Deut einladender als am Tag zuvor, obwohl eine zarte Schneedecke über allem lag, die sicherlich bis zum Mittag verschwunden sein würde.

Vor dem Portal entdeckte Luisa einen dunkelblauen BMW. Die Fahrertür ging auf, und ihr unangemeldeter Besuch von gestern Abend stieg aus.

»Da sind Sie ja endlich«, kommentierte Joost Behrens ihre Verspätung.

Sie würde ihm nicht von dem Bus erzählen, der wegen einer Baustelle einen Umweg hatte fahren müssen, oder von Lilli, die sich geweigert hatte, in den Kindergarten zu gehen, oder von Matti, der seine Hausaufgaben nicht hatte finden können. Das übliche Morgenchaos ging den BMW-Schnösel nichts an.

»Ein Grund mehr, die Sache schnell zu beenden«, rief sie dem Anwalt zu.

»Da bin ich ganz Ihrer Meinung.«

Zusammen standen sie vor der imposanten Eingangstür der Arnheim-Villa.

Joost Behrens zog an der Kette.

»Warum hat Ihr Arbeitgeber keine vernünftige Klingel, so wie alle anderen Leute auch? Ist er zu geizig?«, fragte sie, ohne den Blick von der Tür zu lassen.

»Wir wollten nicht über Geld reden, Frau Thießen.«

»Ich habe eine Frage gestellt.«

»Sie haben versucht, herauszufinden, ob bei Herrn von Arnheim etwas zu holen ist.«

»Sind alle Reichen so paranoid wie Sie?«

»Ich bin nicht reich.«

Luisa fuhr herum und bohrte ihren Finger in seinen Oberarm. »Ha! Jetzt reden *Sie* von Geld. Nicht ich.« Sie drehte sich zur Tür zurück, wobei sie leicht das Kinn hob. »Und soll ich Ihnen etwas sagen? Es interessiert mich auch nicht.« Dann warf sie die Arme weit auseinander. »All das hier ist mir schnuppe! Klar?«

»Das hoffe ich. Wir haben immerhin eine Vereinbarung.«

Luisa schnaufte. »Warum dauert das denn so lange?« Sie griff an seinem Gesicht vorbei zur Kette und klingelte ebenfalls.

Die beiden horchten. Stille. Vor der Tür ebenso wie dahinter.

»Verraten Sie mir, weshalb Sie sich so angezogen haben?«, fragte der Mann neben ihr unerwartet.

Luisa sah an sich hinunter. »Ist etwas nicht in Ordnung mit meinen Sachen?« Unter ihrem offenen Wintermantel trug sie ein schlichtes Kostüm. Rock und Blazer waren schon einige Jahre alt, passten aber noch immer perfekt. Na ja, vielleicht war der Rock am Bund ein wenig eng, doch ansonsten …

»Sie haben sich nicht zufällig besonders hübsch gemacht, damit Herr von Arnheim von Ihnen einen guten Eindruck hat, oder?«

»Spinnen Sie? Ich muss gleich nach diesem Schmierentheater ins Büro. Anders als Sie habe ich nämlich die Miete für eine Bruchbude zu bezahlen, die genau dem Mann gehört, der in dieser Villa lebt. Noch Fragen?« Sie klang zickig. Und das wollte sie auch.

Da hüpfte ein einzelnes Wort durch Luisas Kopf. Hatte er eben *hübsch* gesagt? War das etwa ein Kompliment von diesem Anwaltschnösel gewesen? Bevor Luisa diese Frage für sich beantworten konnte, wurde die Haustür geöffnet.

»Ich muss Herrn von Arnheim sprechen«, sagte Joost Behrens nur und schob sich an dem Butler vorbei. »Es ist dringend.« Er stürmte förmlich in die Villa, als könne er Luisas Nähe nicht ertragen.

Bevor sie James begrüßt hatte, bemerkte Luisa seinen besorgten Blick. »Ist alles in Ordnung?«

Der Butler bat sie stumm herein. Dann wandte er sich an den Anwalt. »Ich fürchte, Herr von Arnheim kann momentan keinen Besuch empfangen.«

»Die Angelegenheit ist von äußerster Wichtigkeit. Bitte sagen Sie ihm das. Er bat mich, Frau Thießen zu holen. Nun, hier ist sie.«

»Es tut mir leid, aber der Arzt ist bei ihm.«

Joost öffnete den Knopf seines Mantels. »Gut, dann warten wir.«

In diesem Moment trat die Hausdame in die Halle. Kurz zögerte sie, als sie den Anwalt sah. Auch sie war blass. Fahrig knüllte sie ein Taschentuch in ihren Händen.

»Er hat nach Ihnen schicken lassen? Oje!« Mit glasigen Augen schniefte sie in das Papiertuch.

»Wir sind hier, um dieses … Missverständnis von gestern aus der Welt zu räumen. Frau Thießen möchte klarstellen, dass sie nicht mit Herrn von Arnheim verwandt ist.«

»Sie hat allerdings eine gewisse Ähnlichkeit mit seiner Tochter«, gab die Hausdame zu bedenken und erklärte, sie hätte einmal ein Foto irgendwo im Haus liegen sehen. »Es war schon älter, wohl aus der Studienzeit in England.«

Joost wandte sich an James. »Wie lange wird der Arzt voraussichtlich bei ihm bleiben? Es ist doch sicherlich nur einer der üblichen Hausbesuche, weil Herr von Arnheim sich seit Jahren weigert, eine Praxis zu betreten, oder?«

»Wir warten auf den Krankenwagen.«

Nun war auch Joost Behrens besorgt. »Wie ernst ist es?«

James zuckte mit den Achseln.

»Vielleicht sollten wir lieber später zurückkommen«, überlegte Joost halblaut.

»Ich weiß nicht, ob Herrn von Arnheim diese Zeit bleibt«, kam da eine Stimme von der Treppe. Ein distinguierter Herr mit grauen Haaren und Nickelbrille trat zu ihnen. »Ist der Rettungswagen noch immer nicht da, James?«

»Nein, bedauerlicherweise nicht, Doktor Sievers.«

Der Arzt seufzte. »Nun gut.« Er wandte sich an Luisa und reichte ihr die Hand. »Ich danke Ihnen, dass Sie so schnell kommen konnten, Fräulein von Arnheim.«

»Ich *bin nicht* seine Tochter.« Langsam ging ihr die Sache auf die Nerven.

»Das kann ich bestätigen«, kam der Anwalt ihr zu Hilfe.

Überrascht sah der Arzt beide an. »Sind Sie sicher?«

»Absolut«, antworteten Luisa und Joost im Chor.

Der Mann kratzte seinen kahlen Schädel. »Das ist allerdings bedauerlich.« Er holte tief Luft. »Ich hatte gehofft …«

»Was?«, wollte Luisa wissen.

»Nun, Herr von Arnheim hatte eine Synkope. Einen Kreislaufkollaps. Hinzu kommt vermutlich eine Apoplexie.«

»Und schreckliches Herzrasen«, ergänzte die Hausdame nervös. »Und Fieber. In der Nacht hatte er hohe Temperatur. Über 39 Grad. Darum habe ich den Herrn Doktor gerufen.«

Der Arzt nickte. »Das war richtig so, Frau Schwertstätter. Seine Herzrhythmusstörungen machen mir wirklich Sorgen.«

»Es ist also tatsächlich ernst?«, wollte Joost wissen.

»Ich befürchte Komplikationen. Es könnte eine Entzündung am Herzen sein.«

Die Hausdame presste ihr Taschentuch gegen den Mund.

»Weiß man in der Firma schon Bescheid?«

James schüttelte den Kopf.

Der Anwalt zog sein Handy aus der Manteltasche und ging beiseite. »Ich muss telefonieren. Die Geschäftsführung sollte informiert werden. Vorerst darf von seinem Zusammenbruch nichts an die Öffentlichkeit kommen. Und dann heißt es, endlich die richtige Tochter herbeizuschaffen.«

Luisa fuhr herum. »Sie kennen die Frau und wissen, wo sie ist? In diesem Fall würde ich gerne erfahren, warum sie nicht hier ist und der alte Mann mich statt ihrer für sein Kind hält?«

Joost Behrens antwortete nicht, sondern entfernte sich ein Stück, um eine Nummer in sein Mobiltelefon zu tippen.

Luisa schaute zu den anderen. »Was ist mit dieser Tochter, um die hier so ein Theater gemacht wird?«, verlangte sie zu wissen.

»Sie will ihn nicht sehen«, erklärte Doktor Sievers leise.

»Tatsächlich hat sie ihn noch nie gesehen«, ergänzte Frau Schwertstätter. »Und er sie auch nicht.«

Der Arzt wiegte seinen Kopf hin und her. »Herr von Arnheim ist alt. Er hatte so gehofft, sich am Ende seiner Tage mit seinem einzigen Kind aussöhnen zu können.« Er trat näher. »So, wie es aussieht, hält er Sie für Clarissa.«

Luisa rollte mit den Augen. »Bin ich aber nicht.«

»Könnten Sie ihm nicht den Gefallen tun?«

»Wie bitte?« Fast hätte sie den Arzt gefragt, ob er bei Sinnen sei.

Doktor Sievers druckste herum. »Es ist mir klar, dass all das irritierend klingen muss. Dennoch frage ich Sie, ob Sie kurz zu ihm nach oben gehen würden. Ich bin mir sicher, dass ihn das beruhigen würde.«

»Nein, das tue ich nicht! Um neun beginnt meine Arbeit.«

Der Arzt legte seine Hand auf ihren Arm. »Bitte, Frau Thießen. Sagen Sie ihm nur ein paar nette Worte. Es wäre ein christlicher Akt der Nächstenliebe. Besonders jetzt, so kurz vor Weihnachten. Ein Fest, von dem ich mir nicht sicher bin, dass er es überhaupt erleben wird.«

»Seit wann ist es christlich zu lügen?«, verlangte Luisa von ihm zu wissen.

»Sie müssen ja nicht sagen, dass Sie seine Tochter sind. Schweigen Sie einfach, wenn die Sprache auf diesen Punkt kommt.«

Hilfesuchend schaute Luisa Joost an, der noch immer telefonierte.

»Ich kenne Herrn von Arnheim seit der Schulzeit«, fuhr der Arzt fort. »Schon damals hatte er nur ein Ziel: Er wollte die Firma seines Vaters groß machen. Glücklich hat es ihn nie gemacht. Achim machte Fehler, die er heute sehr bereut, glaube ich.«

Luisa sah sich in der Halle um. »Nun, das eine oder andere lief für ihn doch prächtig. Immerhin ist er reich.«

»Dafür zahlt er im Alter einen hohen Preis. Einsamkeit.«

»Vielleicht«, mischte die Hausdame sich ein, »hätte er freundlicher zu den Leuten sein sollen.« Sie blickte zum Butler, der neben ihr stand. »Seit dreißig Jahren nennt er ihn James.«

Überrascht wandte sich der Arzt an ihn. »Ja und? So heißt er doch.«

Frau Schwertstätter hob die Augenbrauen und blickte den Butler auffordernd an.

Der druckste ein wenig herum, bis er sich unter den Blicken der Hausdame traute zu sagen: »Ich heiße Dietrich. Nicht James.«

»Ach.«

»Es ist weder zeitgemäß noch höflich, jemanden dreißig Jahre lang bei einem falschen Namen zu nennen«, ereiferte sich Frau Schwertstätter, »nur weil es Mühe macht, sich einen anderen zu merken.«

In diesem Moment schlug die Standuhr in der Halle die volle Stunde. Erschreckt sah Luisa auf ihre Armbanduhr.

»Mist!«, rief sie. »Ich habe den Bus verpasst. – Wann geht der nächste in die Stadt?«, fragte sie in die Runde.

Der Butler neigte seinen Kopf. »Ich werde es für Sie sofort herausfinden.«

»Nicht nötig!«, rief Joost, der sein Telefonat beendet hatte und herbeikam. »Ich fahre Frau Thießen zurück.«

Luisa drehte sich zu ihm. »Ach, und wenn ich nicht will?«

»Hören Sie auf, mich zu ärgern.«

»Ich ärgere Sie nicht. Sie können nur nicht einfach entscheiden, was ich zu tun habe, und überhaupt …«

»Gehen Sie jetzt zu Herrn von Arnheim oder nicht?«, unterbrach Doktor Sievers.

Irritiert sah Luisa von einem zum anderen. »Also, ich weiß nicht.«

»Bitte«, insistierte der Arzt. »Es hätte auf den Gesundheitszustand von Herrn von Arnheim mit Sicherheit eine positive Wirkung. Außerdem kommt der Krankenwagen jeden Moment. Es würde also auch nicht lange dauern.«

Sie drehte sich zu Joost Behrens. »Was soll ich tun?«

Der runzelte die Stirn. »Ich kann das nicht gutheißen, Herr Doktor. Als der Anwalt der Familie ...«

»Welche Familie?«, unterbrach Luisa ihn. »Der Mann lebt in diesem riesigen Kasten allein. Nicht einmal seine Tochter will etwas von ihm wissen.«

Erfreut sah der Arzt sie an. »Sie kommen also mit hoch?«

»Aber nur kurz. Ganz kurz!«

»Ja, ja, erwähnen Sie nur nicht, dass Sie nicht seine Tochter sind. Es würde ihn zu sehr aufregen«, erinnerte der Doktor sie. »Sobald sich der Zustand von Herrn von Arnheim stabilisiert, kann er die Wahrheit erfahren. Für heute lassen wir ihm den Trost, ja?«

»Okay«, sagte Luisa leise und fühlte sich schrecklich. Wie konnte sie ihren Kindern beibringen, dass Lügen falsch waren, wenn sie im Begriff war, einen Menschen vorsätzlich zu beschwindeln? Sie seufzte.

Gemeinsam stiegen sie die Stufen hinauf, wobei Joost mehrfach seine Bedenken gegenüber Doktor Sievers äußerte. Der aber blieb dabei: Es sei richtig und würde dem alten Mann helfen.

Jetzt klopfte Frau Schwertstätter leise an eine Zimmertür im ersten Stock.

Der alte Mann wirkte in seinem riesigen Bett verloren. In der Ecke lag sein gigantisch großer Hund auf einer karierten Wolldecke und hob den Kopf, als Luisa und die anderen eintraten. Das Tier setzte sich auf und starrte jeden aufmerksam an.

Vorsichtig trat Luisa ein. »Er wirkt gar nicht so krank«, flüsterte sie Doktor Sievers zu.

»Das ist am Ende immer so«, antwortete der Arzt leise. »Da scheinen die Patienten noch einmal aufzublühen. Und dann ...« Er schob sie näher an das Bett.

»Herr von Arnheim«, sprach er den Kranken an. »Sie ist da.«

Der Kranke schlug die Augen halb auf. »Clarissa.«

»Ähm.« Luisas Blick suchte den Anwalt, der sich gegen die Fensterbank lehnte, um offenbar die Rolle des kopfschüttelnden Beobachters zu übernehmen.

»Setze dich zu mir, Kind.« Die von Altersflecken übersäte Hand klopfte matt auf den Rand des Bettes.

Zögerlich trat Luisa näher.

»Es tut mir so unendlich leid, dass ich euch damals alleine lassen musste.«

»Ähm.«

»Ich war seit vielen Jahren verheiratet, weißt du.« Er machte eine lange Pause. »Und die Umstände waren ... schwierig. Das verstehst du sicherlich?«

»Ähm.«

Ein mattes Lächeln legte sich in sein Gesicht. »Endlich lernen wir uns kennen, Kind.« Das Reden schien ihn anzustrengen. »Du siehst aus wie sie. So hübsch.« Ein Seufzer entfuhr seinem Brustkorb unter der schweren Daunendecke.

Luisa erschrak. War es jetzt so weit?

Doch der alte Mann lächelte, statt zu sterben. »Würdest du mir einen Gefallen tun, mein Kind?«

Erschrocken schaute Luisa zum Anwalt hinüber, der unmerklich den Kopf schüttelte.

»Bitte, Clarissa.«

Zögerlich nickte sie. Joost Behrens am Fenster stöhnte auf.

»Würdest du mit den Kindern in mein Haus ziehen?«

Luisa sprang auf. »Nein! Den Teufel werde ich.«

Erschreckt sah der alte Mann sie an. Auch die anderen standen plötzlich wie die Zinnsoldaten im Raum. Der Hund knurrte.

»Das ist kein Grund, laut zu werden, Fräulein von Arnheim«, ermahnte Frau Schwertstätter mit einer eindeutigen Betonung auf dem Namen *von Arnheim*.

»Man muss ja nichts überstürzen«, mischte sich der Arzt beschwichtigend ein.

Joost Behrens trat an das Bett. »Ich möchte Ihnen dringend davon abraten«, sagte er zu dem Alten und zu Luisa gleichermaßen.

Von Arnheim begann zu röcheln.

Schnell kam Doktor Sievers ans Bett und fühlte den Puls. Er warf Luisa einen mahnenden Blick zu.

»'tschuldigung«, murmelte sie. »Das kam jetzt irgendwie plötzlich.« Sie setzte sich wieder auf die Bettkante, spürte, wie von Arnheim seine eiskalte Hand auf ihre legte.

»Es ist ja nicht für lange, Kindchen.«

Luisa dachte an ihre feuchte Wohnung und die zugigen Fenster. Ihre Gedanken kreisten im Kopf, als führen sie Karussell.

»Ich weiß nicht …« Jetzt drehten sie sich in die andere Richtung. Doch auch das half nicht.

Der Arzt kam näher. »Sehen Sie es als kleinen Urlaub. Das Haus ist wirklich sehr groß. Wahrscheinlich werden Sie Herrn von Arnheim nicht einmal begegnen.«

»Aber der Krankenwagen?«, widersprach Luisa.

Für einen kurzen Moment sah der Arzt sie an, ohne zu antworten, als der Mann im Bett versuchte, sich aufzusetzen, jedoch sogleich zurückfiel.

»Ich sterbe lieber zu Hause«, keuchte er.

»Das will ich Matti und Lilli aber nicht zumuten.« Irgendetwas geht hier gerade mächtig schief, dachte Luisa und schüttelte den Kopf.

Der Alte lächelte matt. »Dann verspreche ich eben, dass ich nicht sterbe, bis ihr wieder fort seid.« Aus müden Augen sah der kranke Mann sie an. »Bitte. Nur für ein paar Tage. Vielleicht bis zum Fest? Meinem allerletzten Weihnachtsabend.«

Luisa sah von einem zum anderen. Keiner von denen half ihr. Auch nicht der Anwalt am Fenster, der aussah, als hätte er gerade eine Wurzelbehandlung zu überstehen.

»Ich denke darüber nach«, murmelte sie und stand auf.

Dankbar nickte von Arnheim. Dann schloss er seine Augen.

Leise verließen alle den Raum.

Vor der Tür wirkte der Arzt sehr erfreut.

»Das lief ganz wunderbar. Herr von Arnheim sollte jetzt ruhen. James …«, wandte er sich an den Butler, »sagen Sie Bescheid, wenn der Krankenwagen vorfährt.«

»Dann brauche ich also doch nicht wiederzukommen?«, warf Luisa voll Hoffnung ein. »Ich meine, weil er ja gleich ins Krankenhaus soll.«

»Ich möchte ihn dort erst einmal nur untersuchen lassen«, entgegnete Doktor Sievers. »Die Symptome einer Apoplexie sind schwierig zu diagnostizieren. So ein Schlaganfall ist eine recht verzwickte Angelegenheit. Und auf einen folgt meist ein zweiter.« Er reichte Luisa die Hand zum Abschied. »Kommen Sie wieder. Bringen Sie Leben in dieses tote Haus.«

Frau Schwertstätter sah von ihrem Taschentuch erbost auf. »Was fällt Ihnen ein!«

Der Arzt ignorierte sie. »Sie haben nichts zu verlieren, meine Liebe«, sagte er zu Luisa. »Nur zu gewinnen.«

Dann wandte er sich an den Anwalt. »Glauben Sie mir, Herrn von Arnheim tut ein wenig Leben bestimmt gut. Vielleicht könnte man die Auslagen unserer Tochter Widerwillen im Nachhinein begleichen. Großzügig, wohlgemeint.«

»Das kann ich nicht entscheiden, Herr Doktor«, entgegnete Joost Behrens. »Zudem halte ich all das für höchst fragwürdig.«

Zufrieden grinste der Arzt. »Soll mir recht sein, aber es hat seinen Zweck erfüllt. Herrn von Arnheim geht es besser. Das war mein Ziel. Ich bin Mediziner, kein Anwalt.«

Kopfschüttelnd sah Joost Behrens Luisa an.

»Ich kann nichts dafür!«, verteidigte sie sich.

»Meinetwegen, ich rede mit dem Geschäftsführer der Ascot.« Er drehte sich zu Luisa. »Es werden aber nur belegbare Auslagen erstattet. Dass das klar ist. Versuchen Sie gar nicht erst, aus der Angelegenheit Geld herauszuholen.«

Gerade wollte sie ihm klarmachen, dass man sie hier soeben genötigt hatte, in das Haus eines alten Mannes einzuziehen, den sie nicht einmal kannte. Dass all das hier eine vollkommene Verrücktheit sondergleichen sei, müsse sie ja wohl nicht erst erwähnen, ein Schmierentheater und überhaupt … als der Arzt ihr ins Wort fiel.

»Denken Sie darüber nach. Mehr ist nicht nötig.«

»Aber Matti muss zur Schule und Lilli in den Kindergarten. Wie soll ich das von hier aus bewerkstelligen? Ich habe kein Auto.«

Der Doktor lachte. »Ich bitte Sie! Herr von Arnheim besitzt einen schmucken Oldtimer, den nur James fahren kann.« Er wandte sich an den Butler. »Nicht wahr, Sie fahren die Kleinen doch, oder?«

Luisa war sich nicht sicher, ob sie all das wirklich wollte.

Da schlug die Standuhr in der Halle erneut.

»Himmel!« Sie rannte die Treppe hinunter. »Ich komme zu spät zur Arbeit.«

»Warten Sie!«, rief Joost Behrens ihr hinterher. »Ich fahre Sie hin. Wie versprochen!«

Kurz blieb sie stehen, überlegte, ob sie sein Angebot mit einer Handvoll harscher Worte ablehnen sollte, doch die Zeit für den Bus war zu knapp und ein Taxi konnte sie sich nicht leisten. »Also gut. Behringstraße 112. Architekturbüro Krauter & Co.«

Kapitel 14

Der alte Mann im Bett setzte sich auf, als Doktor Sievers zurück ins Zimmer kam. »Haben sie es geschluckt?«

Erschöpft ließ sich der Arzt in einen der Sessel fallen.

»Achim. Das ist absolut verrückt. Wie konntest du nur?« Er nahm die Brille von der Nase und begann, sie mit einem großen Taschentuch zu putzen, das er aus seiner Hosentasche gefummelt hatte. Dabei schüttelte er wieder und wieder den Kopf.

»Ich musste improvisieren, Doktorchen.«

Unter seinem Kissen zog von Arnheim eine Zigarrenkiste hervor sowie Knipser und eine Schachtel Streichhölzer.

»Als es gestern an der Tür klingelte und diese Person mit den Kindern dastand, kam mir die Idee. – Reich mal den Aschenbecher rüber.«

Stöhnend stemmte sich der Arzt hoch.

»Willst du denn wirklich deine Firma dieser Frau überschreiben?« Er holte den schweren Kristallascher vom Kaminsims und reichte ihn dem Mann im Bett.

»Papperlapapp! Natürlich nicht. Meine Tochter soll endlich ihre Verantwortung anerkennen und nach Hause kommen. Ihre Ausbildung hat mich einiges gekostet. Sobald Clarissa erfährt, dass eine andere Frau bereit ist, ihre Stelle einzunehmen, wird sie kommen. Ich weiß es.«

»Das wird nicht klappen, Achim. Man wird dich für …«

»Verrückt halten?« Zufrieden prüfte von Arnheim die Zigarre in seiner Hand. »Unsinn. Ich bin vor Kummer über meine undankbare Tochter eben ein wenig eigen geworden.«

»*Ein wenig* eigen? Du untertreibst, Achim.«

»Ach was. Wenn es vorbei ist, wirst du im entscheidenden Moment kundtun, dass ich wohlauf bin. Spontanheilung oder so etwas. Darum habe ich dich ja in meinen Plan eingeweiht.«

»Wohl eher erpresst.«

»Meinetwegen auch das.«

Doktor Sievers ging zum Fenster und blickte hinaus. Unten fuhr gerade der blaue BMW die Auffahrt Richtung Straße entlang. »Dass du diese nette junge Frau für deine Ziele missbrauchst, ist nicht in Ordnung.«

»Ach was. Wenn alles vorbei ist, wird sie großzügig bezahlt. James sagte, sie wohnt in irgendeinem alten Haus. Da ist diese Villa doch eine feine Sache. Und ihre Gören können hier machen, was Gören so tun.«

»Du magst keine Kinder.«

»Richtig. Ich lasse der Mutter sagen, dass die Kinder leise sein sollen, weil ich so krank bin.« Sichtlich zufrieden mit sich, paffte von Arnheim seine Zigarre.

Doktor Sievers seufzte. »Und wie lange willst du dieses Theater spielen?«

»Bis meine Tochter eintrifft.« Sein Grinsen wich einer entschlossenen Miene. »Clarissa wird kommen, um zu verhindern, dass ich einer Fremden die Ascot schenke.« Er lachte. »Hast du das Gesicht von dem Anwalt gesehen? Herrlich. Habe mich schon lange nicht mehr so gut amüsiert. Musste aufpassen, dass ich nicht loslache.« Er zog an der Havanna und machte Rauchkringel. »Ich kenne den Jungen. Er ist genau wie sein Vater. Absolut zuverlässig, aber fantasielos.

Er wird den Anwalt meiner Tochter in London kontaktieren und mitteilen, was hier los ist. Leute wie er sind wichtig. Sie tun, was man ihnen sagt, sie denken in einem limitierten Rahmen und sind mit wenig zufrieden. Sie überraschen nicht und schweigen, wenn man es verlangt.«

»Mein Gott, Achim, wie redest du nur?« Doktor Sievers schüttelte verzagt den Kopf. »Und was machst du, falls deine Tochter trotzdem nicht kommt? Sie hat dich all die Jahre nicht sehen wollen. Warum jetzt?«

Von Arnheim legte die Zigarre in den Aschenbecher. Dann schlug er die Decke fort und warf die Beine über die Bettkante.

»Sie ist von meinem Blut. Sie wird kämpfen. Auch wenn sie mich nicht leiden kann.« Er sah seinen Arzt an. »Jahrelang nahm sie gerne das Geld von mir. Es wird Zeit, dass sie die Gefälligkeiten zurückzahlt.« Er griff nach seinem Bademantel. »Mach das Fenster auf.«

»Warum?«

»Wegen der Zigarre.« Arnheim grinste. »Es sei denn, du willst Frau Schwertstätter erklären, weshalb du in meinem Krankenzimmer geraucht hast.«

»Das habe ich doch gar nicht.«

»Das weiß sie aber nicht.« Er drückte ihm die brennende Havanna in die Hand. Von Arnheim band den Gürtel um seinen Bauch. »Wann kommt die falsche Tochter zurück?«

Doktor Sievers zuckte mit den Schultern. »Sie denkt darüber nach.«

Der alte Mann schaute seinen Arzt skeptisch an.

»Und wie lange wird das dauern?«

»Nun, sie hat einen Job und Kinder. Da kann man so holterdiepolter nicht einfach entscheiden, alles stehen und liegen zu lassen, um zu einem Verrückten ins Haus zu ziehen.«

»Haben wir ihr Geld geboten?«

Der Arzt wog den Kopf hin und her. »Ich hatte den Eindruck, sie lässt sich nicht kaufen.«

»Unsinn! Jeder ist käuflich. Nur muss der Preis stimmen. Was macht sie beruflich?«

»Ich glaube, sie arbeitet in einem Architekturbüro in der Behringstraße.«

»Ach, Krauter & Co? Interessant.« Von Arnheim griff zum Hörer des Telefons, das auf dem Nachttisch stand.

»Deitmer!«, donnerte er den Namen seiner Sekretärin in der Chefetage des Ascot Building in den Hörer. »Suchen Sie mir mal die Nummer von Krauter & Co raus. Die haben uns doch den Entwurf für das Einkaufszentrum geschickt.« Er horchte. »Ja, ja, das Ding mit dem Swimmingpool auf dem Dach, das wir abgelehnt haben. Ich denke, wir sollten uns die Pläne noch einmal ansehen.« Dann legte er auf.

»Was hast du vor, Achim?«, wollte sein Freund hinter ihm wissen.

»Eine Hand wäscht die andere«, grinste von Arnheim und paffte seine Zigarre.

»Was soll das heißen?« Der Arzt sah ihn aus schmalen Augen an. »Du planst doch schon wieder etwas.«

Zufrieden nickte von Arnheim. »Ich werde noch einmal über das Einkaufszentrum von Krauter & Co nachdenken. Im Gegenzug stellen die eine ganz bestimmte Mitarbeiterin frei.«

»Achim! Das kannst du nicht machen.«

Er lachte. »Nun guck nicht so, Doktorchen. Ich spiele bloß ein wenig Schicksal. Wenn alles vorbei ist, besorgen wir ihr einen neuen Job in der Stadt. Vielleicht sogar besser bezahlt.«

Kapitel 15

In ihrem Kopf war alles taub. Selbst um wütend zu sein, reichte ihre Kraft nicht mehr. Sie war leer wie eine Brötchentüte am Montag.

Ihr Chef, Herr Krauter, hatte sie tatsächlich gefeuert, weil sie zu spät gekommen war. Einfach so. In der Probezeit. Darum müsse er auch keine Kündigungsfrist einhalten, hatte er lapidar gesagt und sie rausgeschickt.

Entlassen. Weglassen. Verlassen. Alleine lassen.

Luisa starrte aus dem Fenster der Straßenbahn, die gemächlich durch die Einkaufsstraße zuckelte. In den Schaufenstern spiegelten sich die Waggons der Linie 4. Kurz meinte sie, sich selber sehen zu können. Entsetzt, verzweifelt, schockiert. Wenigstens, versuchte sie sich zu trösten, brauche ich heute nicht zu hetzen, um Lilli vom Kindergarten abzuholen.

Jede Medaille hatte eben zwei Seiten.

Doch wie sollte es jetzt weitergehen? So kurz vor Weihnachten stellte kein Unternehmen mehr Leute ein. Frühestens im kommenden Jahr konnte sie sich wieder irgendwo bewerben. Mit trockenem Mund fummelte Luisa ihr Portemonnaie aus der Umhängetasche. Wie weit kam man mit vierunddreißig Euro zwanzig, wenn man zwei Kinder hatte und das Fest vor der Tür stand?

Warum nur klappte nichts in ihrem Leben? Eine Träne kullerte über ihre Wange.

»Nächster Halt: Herderstraße«, schnarrte die Stimme aus dem Lautsprecher. Luisa stieg aus.

Es hatte zu schneien begonnen. Ein Auto rauschte vorbei und spritzte graue Matsche gegen ihre Beine.

Normalerweise hätte sie ihm hinterhergerufen, dass das ja wohl eine Frechheit sei. Jetzt aber stand sie nur da und betrachtete ihren dreckigen Mantel und die nassen Schuhe. Alles egal.

Völlig versunken in Hoffnungslosigkeit schlurfte sie über die Straße. Jemand hupte. Auch egal.

Dann stand sie vor Nummer 7.

Ihr Blick ging an der Hauswand entlang, wo sich drittklassige Werke viertklassiger Graffitikünstler mit wenig Fantasie präsentierten. Unzählige Plakate klebten dort, halb heruntergerissen von Wind und Regen, für Konzerte, die schon vor Jahren gehalten worden waren. Jemand hatte ein kaputtes Fahrrad ohne Vorderreifen an die Wand gestellt, das partout keiner klauen wollte.

Luisa schaute an der Fassade empor, von der der schmutzgraue Putz in großen Stücken abbröckelte.

»Wir beide haben etwas gemeinsam«, sagte sie leise.

Voll Mitleid legte sie ihre Hand auf die kalte Mauer. Dann sah sie zum quadratischen Neubau auf der anderen Seite hinüber, der vor lauter Protz und Kraft nur so strotzte.

»Mach dir nichts draus, altes Haus. Dafür bist du die Elegantere. Glaube mir, in hundert Jahren wird von dem Kasten da drüben nicht ein einziger Stein mehr übrig sein. Der schafft nicht einmal die ersten dreißig«, flüsterte sie Nummer 7 zu. »Auch wenn alles schiefgeht. Wir beide kämpfen, okay?« Mit geschlossenen Augen lehnte sie sich an die Hauswand. »Weißt du, ich habe deinen Besitzer getroffen.« Luisa dachte an den alten Mann im Bett. »Ich glaube, er ist ziemlich krank. Wenn Wolle und Oma Baumann hören, was passiert ist, überreden sie mich bestimmt, zurückzugehen und die Tochter zu mimen, damit man dich nicht abreißt.« Sie seufzte. »Was denkst du? Soll ich es tun, obwohl es nicht anständig wäre? Rechtfertigt das Ziel die Mittel?«

Natürlich schwieg Nummer 7.

Sie öffnete die Augen. Eine durchgestylte Mittdreißigerin mit Coffee-to-go-Becher in der einen Hand eilte in diesem Moment an ihr vorbei. Dabei musterte sie Luisa ängstlich.

»Noch nie mit einem Haus geredet?«, rief sie der Frau nach. »Sollten Sie mal tun. Fühlt sich gut an.« Sie beobachtete, wie die Person im Klötzchenhaus verschwand. »Ich glaube, die hält mich für verrückt.« Luisa zuckte mit den Achseln. »Was soll's. Vielleicht bin ich es sogar.«

Kapitel 16

Zu dritt standen sie vor dem hohen Tor der Arnheim-Villa. Luisa trug einen Koffer. Mit der anderen Hand hielt sie Lilli, die ihren Teddy Pu fest an sich drückte. Matti schleppte seinen Rucksack auf dem Rücken und freute sich auf ein Haus, das eine Menge Abenteuer versprach.

Der kleine Familienrat hatte am Abend zuvor mit Lillis und Mattis Stimme beschlossen, dass man der Villa einen weiteren Besuch abstatten müsse. Erstens, weil es dort bestimmt Gespenster gäbe, und zweitens, weil Lilli etwas von einer Tochter aufgeschnappt hatte, mit der sie in dem großen Haus unbedingt spielen wollte.

»Außerdem gibt es im Garten Kletterbäume«, hatte Matti als ausschlaggebendes Argument beigetragen.

Luisa hatte sich der Stimme enthalten, obwohl sie hin- und hergerissen war. Sie mochte dem alten Mann keine Lüge vorspielen, egal wie gebrechlich er war. Allerdings zwangen die Umstände sie, arbeitslos und pleite, wie sie war, zu Kompromissen. Da erschienen ihr ein paar Tage in einer warmen Villa mit Essen und Strom tatsächlich gewisse Vorzüge zu haben.

»Lasst euch nicht fressen!«, rief Wolle hinter ihnen. Er stand neben seinem VW-Bus und winkte.

Oma Baumann schwenkte ein weißes Taschentuch.

»Denkt daran, was auf dem Spiel steht.« Fröstelnd tippelte sie auf der Stelle hin und her.

»Wenn wir euch retten sollen, müsst ihr nur anrufen!«
Wolle winkte mit seinem Handy.

Im Haus wies Frau Schwertstätter ihnen drei Dienstboten-
zimmer unterm Dach zu.

»Herr von Arnheim wünscht, ungestört zu bleiben. Sie
wissen ja, dass er nicht wohlauf ist. Darum sind der Ostflügel und die Halle sowie der Wintergarten und der Salon
für euch beide passé.« Streng schaute die Hausdame auf Lilli
und Matti hinunter, die artig nickten. »Frühstück ist um halb
sechs. Abendessen um sieben Uhr.«

»Und das Mittagessen?«, unterbrach Matti. »Bei Mama
gibt es immer etwas zu essen, wenn ich aus der Schule
komme. – Stimmt es, dass ich mit einem echten Chauffeur
fahren darf?«

»Soweit mir bekannt ist, ja.«

»Darf ich auch so etwas haben?«, rief Lilli und wandte
sich zu Luisa. »Was ist ein Schauföhr, Mami?«

»Ein reicher Autofahrer«, erklärte Matti seiner kleinen
Schwester brüderlich ernst.

Frau Schwertstätter hob die Augenbrauen. Dann schloss
sie die Zimmertür hinter sich.

Alleine standen die drei da.

Luisa hockte sich vor Matti und Lilli, um ihnen zu versichern, dass sie nicht bleiben müssten, wenn sie nicht wollten. Da warf der Junge seinen Rucksack auf das Bett und griff
nach der Hand seiner kleinen Schwester. »Los, komm. Ich
habe einen Ritter im Wohnzimmer gesehen.«

Zusammen stürmten sie hinaus.

»Moment mal!«, rief Luisa ihnen hinterher.

Mitten in der Bewegung hielten die Kinder inne.

»Habt ihr nicht gehört, dass ihr unten nicht spielen dürft?«

»Doch.«

Luisa kannte ihre Kleinen. Ein Verbot würde sie nicht von einem Abenteuer abhalten. »Hört zu, bestimmt ist alles in diesem Haus sehr wertvoll. Wir dürfen nichts kaputt machen, ist das klar?« Artig nickten die Kinder. »Bitte bleibt in der Nähe. Stromert nicht im Erdgeschoss herum. Kein Rennen. Kein Geschrei. Kein Streit. Verstanden?«

Brav stimmten Matti und Lilli zu.

»Und wenn ihr der Frau Schwertstätter begegnet …«

»Dann gehen wir auf Tauchstation!«, rief der Junge begeistert.

Lilli klatschte in die Hände. »Oh ja! Verstecken spielen!«

Bevor Luisa protestieren konnte, waren die beiden auch schon hinausgelaufen. Erschöpft sah sie ihnen nach. Spätestens morgen würde man sie wieder fortschicken.

Hin- und hergerissen, ob sie das gut finden sollte, begann Luisa, das Gepäck auszupacken.

Kapitel 17

Ich bin ein Ritter«, flüsterte Matti und schlich erhobenen Hauptes durch den dunklen Flur Richtung Treppenhaus.

»Ich auch«, freute sich seine kleine Schwester und hüpfte neben ihm her.

»Ritter hüpfen nicht.«

»Warum nicht?«

»Keine Ahnung.«

»Ritter tragen eigentlich eine Rüstung …«

Matti überlegte. »Stimmt. Und Pferde haben die auch.«

»Echte Pferde?«

»Ja. Und sie kämpfen mit Schwertern.«

»Haben wir aber alles nicht.«

»Ist nicht so schlimm. Besorgen wir uns. Komm jetzt!« Er eilte voraus.

»Nicht so schnell«, jammerte Lilli.

»Du nervst.«

»Tue ich überhaupt gar nicht.«

»Doch.«

Gemeinsam schauten sie um die Ecke, dort, wo der Gang ins Treppenhaus mündete.

»Keiner da«, flüsterte Matti. Er ließ sich auf die Knie fallen und robbte zum Geländer hinüber. Seine Schwester tat es ihm gleich. Zusammen spähten sie in die leere Halle hinunter.

Dann sprang er auf, warf ein Bein über die Brüstung und hievte sich hoch, um sich nun langsam hinunterrutschen zu lassen. »Hü, hü, Pferdchen!«, rief er.

»Ich will auch reiten!« Lilli versuchte, sich auf die Brüstung zu ziehen. »Los, hilf mir.«

»Nö!«

»Manno! Ich will aber!« Sie lief die Stufen hinunter, ihrem Bruder nach, der fast schon den ersten Stock erreicht hatte.

»Du bist zu klein.«

»Bin ich überhaupt gar nicht. Wenn du mir nicht hilfst, sage ich es Mami!«

Matti rutschte bis zu einem Pfosten. Ab hier war ein Weiterkommen nicht möglich. Er musste das Pferd wechseln. Behänd kletterte er hinunter, um dahinter wieder aufzusteigen. Dann ging die Rutschpartie im Bogen weiter.

»Darf ich fragen, was das soll?«, rief da eine strenge Stimme.

Matti stoppte. Schnell glitt er von der Brüstung. Betreten schaute er zu der Frau von eben hinunter, die ihnen all die Sachen verboten hatte, die Spaß brachten.

»Am Geländer hinunterrutschen ist hier nicht erlaubt.«

»Zu Hause darf ich das aber«, widersprach Matti vorsichtig. »Ich bin schon fast acht.«

Lilli nahm seine Hand. »Ich glaube, die mag uns nicht«, flüsterte sie ihrem Bruder zu.

»Hier ist das tabu. Verstanden?«

Die Kinder nickten und sahen der Hausdame nach, wie sie durch eine Tür verschwand.

»Und jetzt?«, fragte Lilli ihren großen Bruder.

Matti grinste. »Komm, lass uns mal nachgucken, ob die hier ein Burggefängnis haben.«

Polternd rannten sie die letzten Stufen in die Halle hinunter. Dort huschten sie in den dunkelsten Gang, den sie finden konnten, schauten durch Schlüssellöcher und horchten an Türen. Wenn nichts Verdächtiges zu hören war, schlüpften sie hinein und sahen sich den Raum dahinter genauer an.

Einmal wären sie fast vom Butler erwischt worden. Schnell versteckten sie sich unter einem Flügel, wo sie mit pochendem Herzen warteten, dass der Mann mit dem Befüllen von Kristallflaschen fertig war.

Kapitel 18

Es passte nicht zu ihm, dass er um diese Zeit im Pyjama herumlief. Und schon gar nicht war es seine Art, sich in seinem eigenen Haus im Schlafzimmer zu verstecken.

Natürlich hatte seine Scharade, die er aus einer Laune heraus begonnen hatte, gewisse Konsequenzen. Die unangenehmste davon war, dass er einen Kranken mimen musste, obwohl es ihm blendend ging. Zumindest für sein Alter.

Missmutig stand Achim von Arnheim am Fenster und blickte hinunter in den Garten. Er fühlte sich von sich selber eingesperrt, war Wärter und Gefangener in einer Person.

Verrückt.

Der Doktor hatte recht gehabt. Nicht, dass er es ihm je sagen würde, aber die Idee, die junge Frau mit einem Theater zu zwingen, in die Villa zurückzukommen, war tatsächlich Unsinn gewesen. Er hätte ihr Geld bieten sollen, auch wenn der Anwalt meinte, die Person sei nicht käuflich.

Es wäre in diesem Fall höchstwahrscheinlich nicht einmal teuer geworden. Andererseits fand er es amüsant, dass alle auf seine Vorstellung hereingefallen waren.

Bei Frau Schwertstätter meinte er sogar eine Träne entdeckt zu haben. Das Fieberthermometer auf satte 39,5 Grad im Teeglas zu erhitzen, hatte er schon in der Schulzeit erfolgreich praktiziert, wenn wieder eine Deutscharbeit auf dem Lehrplan gestanden hatte. Diesen Trick auch heute noch siegreich anwenden zu können, erfüllte ihn mit einem gewissen Übermut.

Oder wurde er langsam kauzig? Nicht umsonst sagte man alten Leuten nach, sie würden irgendwann wieder zu Kindern werden. Pah, Unsinn. Er leitete ein großes Unternehmen und hatte schon immer ein Händchen für lukrative Investitionen und Projekte gehabt. Mit seinen fünfundsiebzig Jahren war er körperlich und geistig verdammt gut in Schuss. Zudem diente die Scharade nicht seiner Unterhaltung, sondern einem handfesten Ziel. Die Ascot brauchte einen Nachfolger. Selbst wenn es eine Frau war.

Sie war seine Tochter.

Er hatte Hanna das Wort gegeben, sich in jeder Hinsicht um Clarissas Wohlergehen zu kümmern. Und er hatte sein Versprechen stets gehalten.

Seine Tochter hatte nie erfahren, dass er bei ihrer Mutter am Bett gesessen hatte, als sie starb. Er hatte seiner großen Liebe damals geschworen, Clarissa alles zu vermachen, was er besaß, sollte er keine eigenen Kinder mehr bekommen. Nun war die Zeit, diese Verpflichtung zu erfüllen.

Leider aber weigerte sich das störrische Gör, seinem Wunsch nachzukommen. Sie schien nachtragend zu sein.

Nachdem die klassischen Methoden der Überredungskunst, wie Belohnen, Drohen, Argumentieren oder Erpressen, all die letzten Jahre keine Erfolge gezeigt hatten, sah von Arnheim sich nun genötigt, zu der Lüge einer falschen Tochter zu greifen.

Hoffentlich würde ihm dieser Übermut nicht teuer zu stehen kommen. Es war besser, wenn seine Geschäftspartner oder gar die Presse nichts von den Vorgängen im Hause von Arnheims erfuhren. Alles würde sich zum Guten wenden, wenn Clarissa erst bei ihm war.

Während von Arnheim begann, im Raum auf und ab zu gehen, folgten ihm die Augen seines Hundes, der auf seiner karierten Decke lag.

Vor dem bodentiefen Spiegel im Ankleidezimmer blieb der alte Mann stehen und betrachtete sich.

»Unsinn!«, rief er seinem Gegenüber zu. »Ich werde nicht im Bett liegen und darauf warten, dass meine Tochter sich endlich meldet.«

Sollte sich Doktor Sievers doch etwas ausdenken, womit die spontane Genesung des Patienten zu erklären war.

Energisch begann von Arnheim, sich anzuziehen. Er hatte bisher nicht all seine Möglichkeiten ausgeschöpft. Da war er sicher. Vielversprechend könnte ein an die Presse lancierter Artikel sein, in dem die Rückkehr seiner Tochter ganz nebenbei Erwähnung fand. Vielleicht musste er langsam seine Geschäftspartner und Investoren über seine Pläne informieren, die Ascot Holding in jüngere Hände übergeben zu wollen.

Er musste den Druck auf Clarissa erhöhen.

»Wotan, komm!«

Kurz darauf schritt von Arnheim in die Halle, um in seinem Arbeitszimmer Unterlagen zu sichten, die seit gestern auf eine Unterschrift von ihm warteten.

»Um Himmels willen!«

Die überraschte Stimme seiner Hausdame ließ ihn zusammenzucken. Er drehte sich zu ihr um.

»Was ist? Noch nie einen Mann im Anzug gesehen?«, blaffte er.

Sie stand da, als sähe sie einen Geist. »Geht es Ihnen denn besser, Herr von Arnheim?«

»Ja, ja. Und jetzt bringen Sie mir einen Tee. Ich will vor dem Abendessen noch etwas arbeiten.«

Gemeinsam mit seinem Hund betrat er das Arbeitszimmer.

Ein kühler Luftzug begrüßte sie, obwohl ein Feuer im Kamin brannte. Dieses Haus war wirklich schlecht zu heizen. Besonders im Winter. Aber der Kasten machte einiges her. Er beeindruckte Besucher, weil er Tradition und Beständigkeit repräsentierte. In schwierigen Verhandlungen war das ein nicht zu unterschätzender psychologischer Faktor. Außerdem war die Villa sein Elternhaus.

Die kalten Hände den Flammen entgegengestreckt, stellte sich von Arnheim vor das lodernde Feuer.

Seit fünfzig Jahren leitete er nun schon die Ascot Holding. Niemand ahnte, dass ihn der allmorgendliche Gang in sein Büro zunehmend anstrengte. Seine Verhandlungspartner wurden immer jünger. Von Arnheim spürte deutlich, dass die frühere Leidenschaft fürs Geschäft kaum noch ein Glimmen in seiner Seele war. Darum musste sein Kind auch endlich Vernunft annehmen. Er wollte sich zurückziehen.

Er drehte sich zu seinem Schreibtisch, um mit der Arbeit zu beginnen, als er zusammenzuckte.

Sprachlos starrte er auf die kopflose Ritterrüstung in der Ecke beim Bücherregal. Seit er Kind war, hatte das Ding dort gestanden. Allerdings mit Kopf. Jetzt fehlte der Helm. Auch das Schwert war fort. Stattdessen zog sich eine tiefe Schramme über den Parkettboden hinüber zur Terrassentür.

Von Arnheim ging zur Tür und stellte fest, dass sie einen Spaltbreit offen stand. Daher also kam der kalte Luftzug. Sein erster Gedanke war, Diebe könnten die Antiquität gestohlen haben. Vielleicht hatte er sie bei ihrer Tat gestört, und sie waren geflohen.

Schon wollte er nach dem Telefonhörer greifen, um die

Polizei zu rufen, als er einen Schatten auf dem Rasen entdeckte.

Es war der Junge. Mit beiden Händen versuchte er, das Schwert hochzustemmen. Dabei verrutschte der große Helm auf seinem Kopf, den er festhalten musste, woraufhin die Waffe wieder zu Boden fiel.

In seiner Nähe stand ein kleines Mädchen mit einem Schleier auf dem Kopf, der so lang war, dass er über den nassen Rasen schleifte, sobald sie sich bewegte. Die Verkleidung erinnerte von Arnheim sehr an die Zierdecke, die immer auf dem Flügel im Musikzimmer lag.

Im ersten Moment wollte er James rufen, damit der dem Unsinn im Garten ein Ende setzte. Dann aber hielt er inne. Vorerst mussten Kinder und Mutter hierbleiben. Ob es ihm passte oder nicht, er würde mit den sich daraus ergebenden Unannehmlichkeiten leben müssen.

Von Arnheim zog die Tür auf und trat auf die Terrasse. Wotan folgte ihm, wie ein treuer Geist. Gemeinsam gingen Herrchen und Hund über den Rasen, auf die Kinder zu, die tief ins Spiel versunken waren. Ohne Vorwarnung nahm er dem überraschten Jungen das Schwert ab.

»Das gehört mir.« Von Arnheim hielt seine andere Hand hin. »Und der Helm auch.«

Zu Salzsäulen erstarrt, standen die Kinder da und starrten ihn an.

»Wird's bald.«

Der Junge schob die mittelalterliche Kopfbedeckung hoch. Ein knallrotes Gesicht kam zum Vorschein.

»'tschuldigung«, murmelte er.

»Matti hat aber nichts kaputt gemacht«, piepste die Kleine.

»Ihr solltet vorsichtiger mit den Sachen anderer Leute

sein«, giftete von Arnheim sie an und ging zum Haus zurück. »Ach ja«, rief er dem Mädchen über die Schulter zu, »und das Stoffding gibst du Frau Schwertstätter. Das gehört nämlich auch mir.«

Als er die Terrassentür erreicht hatte, bemerkte er, dass etwas fehlte. Von Arnheim drehte sich um und sah seinen Hund, wie er sich schwanzwedelnd von den Kindern streicheln ließ.

»Wotan! Komm!«

Zögerlich setzte sich das Tier in Bewegung.

»Ist das auch deiner?«, wollte der Junge wissen.

»Natürlich.«

»Darf ich mit ihm spielen?«, fragte die Kleine, die ebenso groß war wie sein Louisiana Catahoula, den er angeschafft hatte, um sich lästige Menschen vom Leib zu halten. Bisher hatte das auch gut funktioniert.

»Wotan ist kein Spielzeug.«

Mit einem Satz war der Hund im Haus. Von Arnheim schloss die Terrassentür hinter ihm.

Er sah nicht, dass die Kleine ihm ihre Zunge rausstreckte.

Kapitel 19

Die Papiere auf dem Schreibtisch stapelten sich. Sein Kalender war randvoll mit Terminen. Ständig klingelte das Telefon, und Frau Willmers fragte nun schon zum dritten Mal, ob er die Vorverträge für das Einkaufszentrum geprüft hatte.

Joost Behrens starrte auf die E-Mail, die er eben an die Londoner Kanzlei Pendergast & Partner geschrieben hatte. Diese Anwälte vertraten Clarissa von Arnheim.

Seit Joost vor drei Jahren das Büro seines Vaters übernommen hatte, wie auch dessen Position und Sekretärin, hatte er nicht ein einziges Mal mit der Tochter des Alten gesprochen. Es war fast, als gäbe es sie nur auf dem Papier.

Doch sie war alles andere als eine Erfindung. Zumindest behauptete das sein eigener Vater, der Clarissa von Arnheim vor einigen Jahren einmal getroffen hatte.

Damals weigerte sich die reiche Erbin, ihr Studium in Cambridge fortzuführen. Sie wollte in eine Künstlerkolonie im Mittelmeer ziehen.

Noch heute war der alte Behrens stolz darauf, das Mädchen wieder auf den Weg der Vernunft gebracht zu haben, denn Clarissa von Arnheim hatte weiterstudiert. Zwar nicht mehr in Cambridge, sondern in Oxford, aber das schien Joosts Vater unbedeutend. Für ihn galt nur, dass er die junge Frau hatte umstimmen können. Zum Glück, denn der Chef duldete keine Misserfolge. Schon gar nicht in Sachen Clarissa, deren Ausbildung exquisit und teuer gewesen war.

Joost hatte immer gedacht, sein eigener Vater sei die schlimmstmögliche familiäre Fehlbesetzung, bis zu dem Tag, als von Arnheim erklärte, er erwarte von seiner Tochter, dass sie sich als lukrativen *Return on Investment* erweise.

Joost klickte auf Senden.

Damit war es also offiziell. Die Frau in London konkurrierte mit einer Fremden um ihr Millionenerbe.

Wie würde Clarissa von Arnheim reagieren, wenn sie erfuhr, dass eine andere ihren Platz einnehmen sollte? Würde es ihr egal sein?

Zweifellos könnte mit diesem Schachzug neuer Schwung in die verfahrene Familiensituation derer von Arnheims kommen. Zumindest, solange der Alte die Sache mit Luisa Thießen nicht ernst meinte. Hoffentlich war der Chef bald wieder bei Sinnen, um dieses … *Missverständnis* aufzuklären.

Oder wollte er das gar nicht?

Joost wusste es nicht. Er fragte sich, ob sein Vater früher ähnlich irritierende Situationen als Familienanwalt erlebt haben könnte.

Herbert Behrens war fast vierzig Jahre für die Ascot Holding tätig gewesen und kannte den Chef gut. Jetzt genoss er seinen Ruhestand in einem kleinen Häuschen, wo er mehr schlecht als recht Baccara-Rosen züchtete. Seit seinem Rückzug aus dem Unternehmen war er aufgeblüht. Was man von seinen Rosen nicht behaupten konnte.

Joost überlegte, ob sein alter Herr helfen könnte. Dann aber fiel ihm ein, dass sein Vater selten eine Gelegenheit ungenutzt ließ, dem Sprössling klarzumachen, dass er für ein Leben als Anwalt gänzlich ungeeignet sei. Dem Sohn fehle die nötige Skrupellosigkeit sowie der Wille zum Sieg.

Schnell schob Joost den Gedanken an seinen Vater beiseite. Er musste sich darauf konzentrieren, was gerade im Namen der Ascot Holding geschah. Wenn die Presse vom Geisteszustand von Arnheims Wind bekam, würde es ernsthafte Probleme für das Unternehmen geben. Konnte der Chef in seinem Zustand überhaupt wichtige Entscheidungen treffen? Immerhin hingen eine Menge Existenzen am Wohlergehen der Firma und ihres Alleineigners ab. Auch Joosts Zukunft.

Er drückte den Knopf der Gegensprechanlage. »Frau Willmers, kommen Sie bitte mal rein.«

Perfekt frisiert, perfekt gekleidet und, selbstredend, perfekt geschminkt stand seine Sekretärin wenige Sekunden später in der Tür. Sie war kurz vor der Rente und kannte Achim von Arnheim seit Jahrzehnten.

Joost überlegte, wie er seine Frage nach dem Geisteszustand des Alten formulieren solle. Er starrte die Frau an, während er die richtigen Worte suchte, ohne etwas zu verraten.

»Ist alles in Ordnung, Herr Behrens?«

»Ähm, ich wollte wissen, ob Sie …«

Sie legte den Kopf schief. »Ja?«, fragte sie mit einem langen »a«.

»Geht Herr von Arnheim regelmäßig zum Arzt? Ich meine, lässt er sich durchchecken? In seinem Alter müssen wir ja irgendwann damit rechnen, dass er …« Er schaute sie eindringlich an, als sei sie in der Lage, den Rest des Satzes zu erahnen.

»Was genau meinen Sie, Herr Behrens?«

»Also …« Er blickte zum Papierstapel neben sich. »Eine der Banken fragte an, ob Herr von Arnheim sich guter Gesundheit erfreue. Man hatte da wohl bei einem Treffen einen anderen Eindruck«, log Joost halbherzig.

Sein Vater tadelte ihn noch heute dafür, dass er für einen Anwalt einfach zu viel Respekt vor der Wahrheit hätte.

»Herr von Arnheim ist für sein Alter rüstig und wird sicherlich jeden von uns überleben«, antwortete die Sekretärin mit einem charmanten Lächeln. »Zumindest plant er es. – Wenn das alles ist, würde ich gerne zu meiner Arbeit zurückkehren.«

»Ja, danke.« Wie nur schaffte die Frau es immer wieder, dass er sich wie ein Anfänger fühlte?

Erneut gingen Joosts Gedanken im Kreis. Er hatte mit Doktor Sievers gesprochen, der plötzlich davon überzeugt zu sein schien, dass der Realitätsverlust des alten Mannes nur von vorübergehender Natur war. Er vermutete so etwas wie Sauerstoffmangel im Hirn. Von Schlaganfall oder Infarkt war jetzt keine Rede mehr. Statt eines Krankenhausbesuchs schaute Doktor Sievers persönlich jeden Tag in der Villa vorbei. »Falscher Alarm«, hatte er nur gemeint.

»Das stinkt doch zum Himmel«, murmelte Joost.

Trotzdem blieb die Frage, was von Arnheim tatsächlich mit Luisa Thießen plante.

Leider hatte man ihn, den Anwalt der Familie, nicht eingeweiht. Anders Doktor Sievers, wie es schien, der aber kein Wort verriet.

Gleichgültig, was von Arnheim plante, Joost wusste, dass es seine Aufgabe war, die Sache im Blick zu behalten. Bisher hatte Luisa Thießen nichts unterschrieben. Und so sollte es bleiben.

Er bedauerte im Stillen, dass die Dinge mit ihr sich so entwickelt hatten. Warum konnte er nicht einfach eine nette Frau kennenlernen, mit ihr einen Kaffee trinken gehen und warten, was passierte? Nein, immer musste das Schicksal dazwischenfunken.

Musste sie gerade in jenem Haus leben, das die Ascot abreißen lassen wollte?

Jetzt, da sie wusste, wer er war, würde sie niemals mit ihm ausgehen. Er konnte es ihr nicht einmal verdenken.

Joost seufzte, denn ihm war klar, dass er sich kein zweites Mal trauen würde, sie zu fragen. Der Zug war abgefahren.

Dennoch konnte er nicht anders, als ständig an sie zu denken. Ob sie ahnte, worauf sie sich mit von Arnheim einließ? Er konnte sich nicht vorstellen, dass sie seinen Wunsch aus reiner Herzensgüte erfüllte. Sie war nicht naiv.

Die Frau war ihm ein Rätsel.

Joost erhob sich, zog seinen Wintermantel an und ging ins Vorzimmer. »Ich mache Feierabend.«

»Jetzt schon?« Frau Willmers schaute auf ihre Armbanduhr. »Es ist erst sieben.«

»Ich weiß. Trotzdem.«

»Und die Papiere für Krauter & Co? Sie haben die Verträge auf dem Tisch.«

»Das Einkaufszentrum?«

Sie nickte.

»Hatten wir es nicht abgelehnt?«

»Ja, wegen des Swimmingpools auf dem Dach. Zu teuer, hatte der Chef gemeint. Ich weiß auch nicht, warum er plötzlich anderer Meinung ist.«

Joost überlegte, wo er den Namen schon einmal gehört hatte, als ihm wieder einfiel, wer da arbeitete. Luisa Thießen. Er hatte sie vorgestern dort abgesetzt.

Sein Herz sank. War all das etwa ein abgekartetes Spiel?

Kapitel 20

Das Abendessen in der Villa verlief schweigsam. Luisa und die Kinder saßen an einem Ende der langen Tafel. Herr von Arnheim am anderen.

»Sie haben sich erstaunlich schnell erholt«, bemerkte Luisa nach der Vorspeise, die aus Kohlsuppe mit Fleischeinlage bestand und weder Matti noch Lilli schmeckte. Erstaunlicherweise beschwerten sich die Kinder nicht.

Mit hochgezogener Augenbraue schaute der Hausherr auf.

»Ja, nicht wahr«, sagte er, als wäre nichts Besonderes daran.

Dann tupfte er sich mit der Serviette den Mund ab.

Luisa spürte, dass sie wütend wurde.

»Ich möchte nicht unhöflich sein, Herr von Arnheim, aber ...«

»Dann seien Sie es auch nicht«, fiel er ihr ins Wort. Er schob seinen Stuhl zurück und erhob sich. »Wenn Sie mich entschuldigen. Ich habe zu tun.«

Sprachlos sah sie, wie er das Speisezimmer verließ. In der Tür drehte sich der Hausherr um.

»Wo ist Wotan!«

Wie aufs Wort schob sich das Hausmonster unterm Tisch hervor, obwohl Luisa hätte schwören können, dass sie ihn eben erst beim Kamin hatte liegen sehen.

Die riesige Zunge schleckte über sein Maul, als er zu seinem Herrchen tapste. Ein kurzer Blick auf Lillis Teller verriet Luisa, wo das Suppenfleisch geblieben war.

»Bleiben wir lange hier?«, wollte Matti wissen, nachdem sie alleine im Speisezimmer waren.

Sie lächelte ihren Sohn an. »Ich werde mit Herrn von Arnheim nachher etwas besprechen. Dann fahren wir wieder nach Hause.«

Durch eine unauffällige Seitentür trat jetzt der Butler mit einem Tablett ein. Er zögerte, als er bemerkte, dass der Hausherr bereits gegangen war. Dennoch stellte er an dessen Platz einen Teller mit Bohnen, Kartoffeln und einem Stück Fleisch.

»Hat Ihnen das Essen geschmeckt?«, wollte er wissen.

»Nö«, sagte Matti. »Haben Sie auch Makkaroni?«

Ohne mit der Wimper zu zucken, antwortete James, dass er in der Küche nachfragen würde.

»Das ist nicht nötig«, entschied Luisa. »Mein Sohn isst, was immer Sie servieren.« Dabei warf sie ihm einen strengen Blick zu. »Ob Sie mir sagen könnten, James, wo ich Herrn von Arnheim finden kann?«

»Ich vermute ihn in der Bibliothek. Dorthin zieht er sich nach dem Essen üblicherweise zurück.«

»Danke.« Luisa erhob sich, ohne den Hauptgang angerührt zu haben. »Matti, ihr esst weiter. Ich komme gleich wieder.«

»Bekommt der alte Mann jetzt Schimpfe von dir, weil er einfach aufgestanden ist, Mami?«, wollte ihr Töchterchen wissen.

Luisa gab ihr ein Küsschen aufs Haar. »Nein, Liebes. Er ist unser Gastgeber. Aber ich denke, es ist an der Zeit, dass er erfährt, warum wir hier sind.«

Luisa fand von Arnheim in einem ledernen Ohrensessel in der Bibliothek vor. Neben ihm stand ein Cognacglas, dessen Inhalt im Feuer golden flackerte.

»Sie wünschen?«

Er sah nicht einmal von seiner Zeitung auf, als sie ohne Aufforderung eintrat, nachdem er das Klopfen ignoriert hatte.

»Halten Sie mich noch immer für Ihre Tochter?«

»Nein.«

»Dachte ich es mir.« Sie trat näher. »Warum haben Sie es sich anders überlegt?«

»Das geht Sie nichts an.«

Luisa hob das Kinn. »Wie Sie meinen. Morgen früh werden die Kinder und ich Ihr Haus verlassen. Sicherlich haben Sie Verständnis dafür, dass ich nicht für Ihre Gastfreundschaft danke.« Gerade wollte sie gehen, als von Arnheim zwei Worte sagte.

»Fünftausend Euro.«

»Wie bitte?« Luisa drehte sich zu ihm um.

»Das reicht nicht? Gut, siebentausend. Sie sehen nicht wie jemand aus, der es sich leisten kann, so ein Angebot abzulehnen.«

Sprachlos stand sie in der Tür. Dann holte sie tief Luft, um sich zu beruhigen. »Sie scheinen weitaus verrückter zu sein, als ich dachte«, meinte sie und wollte gehen.

Ohne auf ihre Worte zu achten, erklärte er, dass er an das Geld gewisse Bedingungen knüpfen würde. »Sie werden nirgends öffentlich als meine Tochter auftreten. Des Weiteren werden Sie Stillschweigen über unsere Vereinbarung bewahren. Als Gegenleistung können Sie und die Kinder in der Villa vorerst wohnen. Sollten Sie sich nicht an die Abmachung halten, werde ich diese Zusammenarbeit beenden.«

Kopfschüttelnd stand sie da. »Ich lasse mich nicht kaufen, Herr von Arnheim.«

»Wenn es nicht wegen des Geldes ist, warum sind Sie dann hier? Nächstenliebe war es ja wohl nicht.«

Jetzt war vielleicht die einzige Gelegenheit, über Nummer 7 zu reden. Doch die Worte klebten in Luisas Hals. Der Mann im Sessel machte auf sie nicht den Eindruck eines Menschen, an dessen gutes Herz man appellieren könnte. Wolle hatte recht gehabt.

All das hier war eine dumme Idee gewesen. Mehr nicht. »Egal, welche Probleme ich habe, Herr von Arnheim. Ihre Hilfe werde ich bestimmt nicht in Anspruch nehmen. Morgen früh sind wir weg.« Mit festem Schritt ging sie, um ihre Kinder zu holen. Der Appetit war ihr vergangen. Wer brauchte schon eine Villa, wenn er eine kleine zugige Wohnung in der Herderstraße hatte?

Kapitel 21

Es war bereits nach Mitternacht. Mit offenen Augen lag Luisa in der Dunkelheit. Sie drehte sich von einer Seite auf die andere. Am liebsten hätte sie die Villa noch am Abend mit den Kindern verlassen. Man hatte sie unter falschen Voraussetzungen hierhergelockt. Bei dem Gedanken, dass sie unglaublich naiv gewesen war, wurde ihr fast übel.

Andererseits war sie auch nicht besser als dieser von Arnheim. Er hatte alles andere als falschgelegen. Ihre Anwesenheit in seinem Haus war kein Akt von Nächstenliebe, sondern aus der Notwendigkeit heraus geboren, ihr Zuhause zu retten. Leise stöhnte sie. Wie weit war sie nur gesunken?

All das hier war entsetzlich verrückt.

Sie überlegte, ob es noch eine Chance gab, mit von Arnheim über das alte, dringend sanierungsbedürftige Haus zu sprechen, und kam zu dem Ergebnis, dass dem nicht so war. Sie stand auf verlorenem Posten.

So leid es ihr für Wolle und Oma Baumann auch tat, morgen früh würden sie und die Kinder die Villa verlassen. Das Schicksal von Nummer 7 war besiegelt. Ende.

Es war weit nach zwei Uhr, als Luisa endlich in einen unruhigen Schlaf fiel.

Als sie erwachte, hatte sie gerade einmal vier Stunden geschlafen. Sie horchte. Stille.

Zu Hause wären um diese Zeit die ersten Autos unten

auf der Straße zu hören, und das Licht der Straßenlaternen würde in ihr Schlafzimmer scheinen.

Hier in der Villa aber war alles irritierend ruhig und dunkel.

Müde erhob sich Luisa, um nach den Kindern zu sehen. Der Anblick ihrer beiden Lieblinge würde sie beruhigen. Wenn sie sie schlafen sah, wusste sie wieder, warum sie nicht aufgeben konnte.

Leise schlich sie über den Flur.

Lilli hatte darauf bestanden, sich das große Bett mit Matti zu teilen. Eigentlich hätte jeder hier sein eigenes Zimmer haben können, aber aus irgendeinem Grund wollten die beiden es hier nicht, obwohl sie Luisa seit Monaten damit in den Ohren lagen.

Vorsichtig öffnete sie die Tür. Die Nachttischlampe brannte. Ihr warmes Licht fiel auf das Bett in der Ecke, wo Lilli und Matti gestern Abend nach der Gute-Nacht-Geschichte eingeschlafen waren. Jetzt aber lag dort etwas anderes. Grau, zottlig, schnarchend.

Alarmiert trat Luisa näher.

Wotan fläzte sich auf der Bettdecke ihres Sohnes. Matti hatte seinen Arm um den Hals des Monsters gelegt. Beide träumten friedlich vor sich hin.

Was fehlte, war ihre Tochter.

Luisa trat näher, hob vorsichtig Kissen und Decke an, aber das Kind war fort.

»Lillilein? Bist du hier?« Niemand antwortete.

Stattdessen gab Wotan einen lauten Schnarcher von sich, dass seine Lefzen schlabberten. Der Schwanz klopfte auf die Matratze. Luisa hielt die Luft an. Hatte er etwa …?

Unsinn! Bestimmt war Lilli ins Badezimmer am Ende des Flurs getapst.

Leise verließ sie das Zimmer und ging den Gang entlang, wo das Bad lag. Dort aber brannte kein Licht.

Jetzt war Luisa hellwach! Wo konnte ihre Tochter nur sein? Hatte sie sich im Halbschlaf verlaufen?

Schlafwandelte sie etwa?

Auch an dem Kind konnten die letzten Wochen nicht unbemerkt vorübergegangen sein.

Barfuß machte Luisa sich auf den Weg, ihre Tochter zu finden. Sie schaute in die dunkle Halle hinunter.

»Lilli?«, rief sie gedämpft, um niemanden zu wecken. »Wo bist du?«

Sie horchte, doch es blieb still. Flink lief Luisa die Stufen in die erste Etage hinauf. Rechts entlang lagen die Räume des Hausherrn. Hier war alles dunkel und ruhig. Der Gang links führte in den Teil, der für die Kinder nicht erlaubt war, wie Frau Schwertstätter betont hatte.

Kurz überlegte Luisa, dann bog sie in den verbotenen Ostflügel. Der Teppich unter ihren nackten Füßen war weich.

Vorsichtig drückte sie die Klinke der ersten Tür herunter, die sich mit einem leisen Quietschen öffnete.

Der Raum dahinter lag im Dunkel. Schemenhaft meinte sie einen Salon mit Sofa und Sesseln entdeckt zu haben. Alle Möbel waren mit Laken abgedeckt worden, als würde niemand das Zimmer nutzen.

»Lillilein? Bist du hier?« ... Nichts.

Hinter der nächsten Tür lag eine Art Ankleidezimmer. Dort stapelten sich Dutzende Kisten und Kästen. Die Villa erschien ihr für einen einzelnen Mann viel zu groß. Früher einmal hatten hier sicherlich weit mehr Menschen gelebt als heute. Irgendwie schien Luisa das Gebäude wie ausgestorben.

Kurz legte sie ihre Hand auf die Wand neben sich, schloss

die Augen und horchte. Ob das Haus wusste, wo Lilli war? Doch anders als in der Herderstraße spürte sie nichts. Weder hörte sie das Lachen vergangener Tage noch die Stimmen jener Menschen, die hier einmal gelebt hatten.

Da meinte Luisa in der Ferne ein zartes Stimmchen zu hören. Luisa rannte aus dem Raum und den Flur entlang.

Durch eine halb offene Zimmertür fiel ein Lichtschein in den Gang. Vorsichtig öffnete sie die Tür.

Dort stand ihre Tochter im Nachthemd vor einem mehrstöckigen Puppenhaus, dessen Dach weit über den Kopf des Kindes ragte.

Lilli drehte sich um.

»Mami! Schau mal!«

Mit einigen Püppchen in der Hand kam die Kleine auf sie zugelaufen. »Das ist der Papa und das die Mama. Das bin ich.« Sie hielt ihr eine der Porzellanfiguren hin, die ein elegantes viktorianisches Kleid trug, von dem Luisa annahm, dass es handgefertigt sein musste. Sogar Perlmuttknöpfe hatte jemand an die Schuhe genäht.

Das Wort »Haftpflichtversicherung« blinkte in Luisas Kopf knallrot auf.

»Um Himmels willen, Lillilein! Leg das zurück.« Sie nahm ihrer Tochter die Puppen aus der Hand.

»Aber ich habe gar nichts kaputtgemacht«, jammerte das Kind.

»Noch nicht.« Vorsichtig stellte Luisa die filigranen Figuren in das nicht minder aufwändig eingerichtete Haus, das eher wie ein Schloss aussah, zumindest hatte es einen Turm.

»Schau mal, Mami. Das Mädchen hat auch ein Schaukelpferd.«

Bevor Luisa es verhindern konnte, saß die Kleine auf dem Holzpferd und wippte vor und zurück.

»Hü, Pferdchen!«, rief sie.

»Komm da runter, Lilli. Das gehört nicht uns.«

»Wem denn?«

Luisa sah sich um. Jemand hatte eine Unzahl von Teddys und Puppen am Kopfende eines Himmelbettes drapiert, das in der Mitte des Raumes stand. Alle Plüschtiere blickten zur Tür, als erwarteten sie jeden Moment die Rückkehr ihrer Besitzerin. Bücher, Spiele, ein Schminktisch, Puppengeschirr, und, und, und. Das Zimmer war ein wahr gewordener Mädchentraum. Eine Mischung aus Spielzeugabteilung und Kinderzimmer.

Luisa konnte Lillis Begeisterung sehr gut verstehen. Traurig war nur, dass wahrscheinlich niemals ein Kind hier gespielt hatte.

»Lass uns gehen, Mäuschen.« Sie nahm ihre Tochter auf den Arm. Dann schloss sie leise die Tür hinter sich. »Erinnerst du dich daran, dass Frau Schwertstätter sagte, wir dürfen nicht in den Ostflügel?«

Lilli überlegte. »Nö. Was ist ein Osterflügel?«

»Das hier.« Luisa wies mit der Hand umher. »Dieser Teil vom Haus liegt im Osten. Darum nennen sie ihn Ostflügel.« Sie drückte ihr Kind an sich. »Dorthin dürfen wir leider nicht. – Lass uns schnell wieder nach oben gehen, ja?«

»Der Papa von dem Mädchen«, sagte Lilli hörbar schläfrig, während sie ihren Kopf auf Luisas Schulter legte, »der muss sie echt gerne haben. Er hat ihr so viele schöne Spielsachen gekauft.«

»Mäuschen, man kann seine Kinder auch lieb haben, ohne all die Sachen zu schenken. Liebe hat was mit dem Herzen zu tun und nicht mit Spielzeug, verstehst du das?«

Die Kleine nickte. »Herz, das ist gut. Aber die Püppchen und das Holzpferd sind auch gut«, sagte sie. »Bekomme ich so ein schönes Zimmer, wenn die bösen Männer unser Haus kaputtgemacht haben?« Müde kuschelte sie sich in den Arm ihrer Mutter.

Kapitel 22

Es war kurz nach halb sechs, als das Telefon neben Joosts Bett läutete. Er brauchte einige Sekunden, um klar genug zu sein, das Gespräch anzunehmen. Die bellende Stimme von Arnheims jagte die restliche Müdigkeit aus seinem Kopf. Er war hellwach.

»Wo bleibt meine Tochter?«

Joost wechselte den Hörer von einem Ohr zum anderen. »Bisher haben sich ihre Anwälte nicht gemeldet. Ich fürchte, sie wird nicht kommen.«

»Das werden wir ja sehen.« Von Arnheim legte auf. In der Leitung war es still.

Höchst alarmiert setzte Joost sich in seinem Bett auf. Plante der Alte schon wieder etwas?

Luisa hatte gerade ihren Koffer hervorgeholt, um mit dem Packen zu beginnen, als es an der Tür klopfte.

»Ja bitte?«

Frau Schwertstätter trat ein. »Guten Morgen. Herr von Arnheim wünscht Sie im Frühstückszimmer zu sprechen, bevor Sie abreisen.«

»Jetzt?«

»Ja.«

Widerwillig folgte sie der Hausdame in die Halle hinunter. Sie erinnerte sich gut an das gestrige Gespräch und seine Frechheit, ihr Geld anbieten zu wollen. Ob Achim von Arnheim sich jetzt bei ihr entschuldigen wollte? Sie konnte es sich kaum vorstellen.

Frau Schwertstätter öffnete die Tür zum Speisezimmer.

Luisa fand den Hausherrn nicht am Tisch vor, sondern am Fenster. »Sie wollen mich sprechen?«

»Meine Tochter meldet sich nicht.«

Fast hätte Luisa gesagt, dass sie das nicht wunderte. Sie schwieg.

Er drehte sich zu ihr. »Ich habe in der Vergangenheit einiges falsch gemacht. Nicht so viel wie andere, aber hier und da gab es Fehler.«

Langsam kam er auf sie zu.

»Jeder Mensch hat seinen Preis, Frau Thießen. Davon bin ich überzeugt.«

Sie wollte widersprechen, als er die Hand hob und sie unterbrach.

»Obwohl Sie alles andere als reich sind, weigerten Sie sich, mein Geld anzunehmen. Das mag charaktervoll scheinen, ist aber dumm.«

»Um mir das zu sagen, lassen Sie mich holen?«

»Sie bleiben dabei, dass Sie gehen?«

»Ja.«

»Und die Kinder? Es scheint ihnen hier zu gefallen.«

»Ist es etwa Ihre Absicht, mir ein schlechtes Gewissen zu machen, Herr von Arnheim?«

»Ich versuche es zumindest.« Er lächelte knapp.

»Dann sind Sie gescheitert.« Sie hielt seinem Blick stand.

»Nun gut, Frau Thießen. Kommen wir zum Geschäft. Ich weiß, wer Sie sind und wo Sie wohnen. Und ich kann mir vorstellen, warum Sie mein Angebot angenommen haben, bei mir einige Tage zu verbringen.«

»Ach.«

»Darum biete ich an, dass ich die Wirtschaftlichkeitsberechnung der Herderstraße Nr. 7 ein letztes Mal prüfen lassen werde. Um die Bruchbude dort geht es Ihnen doch, oder?«

Luisa schluckte. Das war mehr, als sie und die anderen bisher hier erreicht hatten. Ein kleiner Schritt in die richtige Richtung.

Sie versuchte, sich ihre Aufregung nicht anmerken zu lassen.

»Als Gegenleistung bleiben Sie und die Kinder vorläufig hier.«

Aus schmalen Augen sah Luisa ihn an.

»Geben Sie zu, Sie brauchen meine Hilfe.«

»Übertreiben Sie es nicht, Frau Thießen.«

Kapitel 23

Schneeheflöckchen, Weißröckchen, wahann kommst du geschneit ...«

Lilli nahm das Gelb aus der Kiste und wog nachdenklich den Stift in ihrer kleinen Hand. Dabei klemmte sie die Zunge zwischen die Zähne und überlegte. Dann setzte sie den Buntstift oben links auf dem Blatt an und malte einen Stern. Einen richtig großen, golden glänzenden Weihnachtsstern. Zufrieden nickte sie. Als Nächstes bekam der Himmelskörper ein Gesicht in Grün. Sie liebte Grün, denn grün waren Tannenbäume und das Sofa zu Hause, wo Mama ihr immer Geschichten vorlas und von Papa erzählte. Grün war gut.

Lilli malte gerne. Früher, also als sie klein war, so etwa letztes Jahr, da hat Oma Baumann schrecklich mit ihr geschimpft, weil sie mit ihren Wachsmalstiften im Treppenhaus die Wände hübsch gemacht hatte. Mama aber hatte nur gemeint, dass Oma Baumann von Kunst wahrscheinlich nichts verstünde.

Fraglos war das richtig, denn als Lilli der Oma Baumann einmal ein Bild zu Ostern geschenkt hatte, dachte die doch tatsächlich, es sei ein Haus oder ein Stück Obst auf dem Papier zu sehen. Dabei war Lilli der Hase wirklich gut gelungen.

Ja, so war die Oma Baumann. Gucken konnte sie auch nicht mehr richtig.

Mama meinte, dass man in dem Alter eben so sei wie die Oma Baumann.

Lilli war sicher, dass Oma Baumann schon zu Zeiten der Dinos gelebt haben musste. Sie kannte ja nicht einmal KiKANiNCHEN im Fernsehen.

»... Duhu wohnst in den Wolken, deihein Weg ist so weit.«

Stolz betrachtete sie ihr Bild.

»Was machst du da?«

Eine strenge Stimme ließ Lilli den Kopf zwischen die Schultern ziehen. Sie drehte sich auf dem Stuhl herum und entdeckte in der Tür den alten Mann, dem die Villa gehörte. Böse sah er sie an.

»Ich male ein Bild«, sagte sie entschuldigend und hielt ihm das Papier entgegen.

»Du hast gesungen.«

Sie nickte. »Kannst du auch singen?«, fragte sie vorsichtig.

»Hm«, grummelte der Mann nur.

Lilli wusste, dass sie eigentlich nicht in das Kinderzimmer von dem fremden Mädchen durfte, das sie bisher nirgends im Haus gesehen hatte. Aber das Zimmer war so unglaublich schön, dass sie nicht anders gekonnt hatte, als sich schon wieder heimlich hineinzuschleichen. Obwohl die Mami gesagt hatte, in den Osterflügel dürfe sie nicht.

Sie hatte nur ein wenig gucken wollen.

Dann aber war ihr die Packung mit den unbenutzten Stiften aufgefallen. Und der große Block, von dem nicht ein einziges Blatt fehlte.

Da hatte Lilli einfach nicht anders gekonnt, als loszumalen. Eilig packte sie die Buntstifte zurück in die Schachtel.

»Warum spielt keiner in dem Zimmer?«, wollte sie von

dem Mann in der Tür wissen. »Es ist so toll hier.« Sie sah ihn an. »Wo ist deine Tochter? Kommt sie dich Weihnachten besuchen? Darf ich mit ihr spielen?«

Der alte Mann zögerte. Dann, als hätte er es noch nie getan, setzte er den Fuß vorsichtig in den Raum. Sein Blick ging über das Puppenhaus vor dem Fenster, das Bett mit den vielen Kuscheltieren, das Bücherregal, den Globus und all die anderen Sachen. Ein wenig verloren stand er da, als wisse er nicht, was er hier eigentlich wollte.

»Bist du Lilli?«

Sie nickte.

»Du kannst schön singen. Spielst du ein Instrument?«

»Instrument?«

»Ja, Klavier oder Geige? Vielleicht Flöte?«

Lilli schüttelte ihren Kopf, dass ihre beiden Zöpfe nur so flogen. »Nee, ein Klavier passt nicht in unser Wohnzimmer und Geigen klingen doof, und außerdem gehe ich noch in den Kindergarten.«

»Ach so. Verstehe. Na ja, dann.«

Lilli nahm das Blatt Papier vom Tisch und ging zu dem alten Mann, dessen Namen sie vergessen hatte. Sie hielt ihm ihr Bild hin.

»Schenke ich dir.«

Sicherheitshalber erklärte sie ihm, was darauf zu sehen war. Schließlich war er ja bestimmt mindestens so alt wie Oma Baumann. »Das ist der Weihnachtsstern, und da ist der Nikolaus mit seinem Schlitten. So etwas wünsche ich mir nämlich vom Weihnachtsmann. Das da sind Mami, Matti und ich mit Teddy Pu.«

Von Arnheim legte den Kopf schief. »Das da?«

»Genau.« So dumm, wie Lilli erst dachte, war er gar nicht. Plötzlich zupfte sie ihm das Papier wieder aus der Hand.

»Warte, ich schreibe noch meinen Namen drauf.«

Sie drehte das Bild um, damit auf der Rückseite ihre Buchstaben so richtig zur Geltung kommen konnten. Sie öffnete die Stiftekiste ein weiteres Mal und suchte das schöne Grün heraus. Konzentriert schrieb sie »Lilli«.

»Bitte schön.« Stolz strahlte sie ihn an, als sie ihm das Blatt erneut reichte. »Wie heißt deine Tochter?«

»Clarissa.«

»Meine Mama heißt Luisa. Da ist ein L drin. Und ein I. Das weiß ich, weil die Buchstaben auch in meinem Namen vorkommen. Ich kann nämlich schon richtig schreiben, weißt du. Nächstes Jahr oder so komme ich in die Schule.« Sie plapperte und plapperte, während sie im Raum umherging und ausführlich vom Kindergarten erzählte.

Da hielt sie inne. »Du musst deine Clarissa sehr lieb haben.«

»Wie kommst du denn da drauf?«

»Weil du ihr so ein exorbitantes Zimmer geschenkt hast.«

»Exorbitant?« Er runzelte die Stirn.

»Ja, das sagt Wolle immer, wenn eine Sache riesengroß ist«, sie schob die Unterlippe vor, »… glaube ich.«

»Magst du das Zimmer?«

Lilli nickte eifrig.

»Und dein Bruder, findet er es auch gut?«

Jetzt schüttelte sie den Kopf.

»Was mag er denn?«

Schulterzucken war die Antwort. »Du kannst ihn ja fragen. Matti sucht gerade das Gefängnis im Keller.«

Der alte Mann zog die Augenbrauen hoch. »Das was?«

»Na, das verlassene Dings, wo du die Leute einsperrst.«

Von Arnheim lachte. »Du meinst ein Verlies?«

»Ja, genau.«

»Und ich halte da jemanden gefangen? Wen denn?«

Lilli wurde unsicher. »Weiß nicht. Aber Matti sagt, dass da bestimmt nur Räuber drinnen sind. Jedenfalls sucht er jetzt ... tote Räuberknochen.«

Der alte Mann überlegte. »Meinst du ein Skelett?«

Eifrig nickte sie. »Ja, genau. Aber da wollte ich nicht mit, weil das viel zu unheimlich ist. Und dann habe ich mich gelangweilt.«

»Ich verstehe.« Unschlüssig schaute er sich das Bild in seiner Hand an.

»Das darfst du aufhängen«, erklärte Lilli ihm. »Mami macht das auch immer. In der Küche hat sie eine Wand mit all unseren Bildern.« Sie strahlte ihn an. »Hilfst du mir, Matti zu suchen?«, wechselte sie abrupt das Thema. »Weil, das hier ist doch dein Haus.«

Er zögerte kurz. »Kann es sein, dass du dich nicht alleine in den Keller traust?«

Sie nahm seine Hand und zog ihn aus dem Raum. »Zu Hause gehe ich nie dahin, weil da Gespenster wohnen. Die machen immer Buhuhu, sagt Matti. Er hat mal eines gesehen.« Plötzlich rannte sie zurück.

»Oh, ich habe Teddy Pu vergessen!«, rief sie im Laufen und holte ihren kuschligen Freund, der es sich bei den Kollegen auf dem Himmelbett gemütlich gemacht hatte.

Flugs war sie wieder da.

»Teddy Pu fürchtet sich nämlich, wenn er alleine ist. Er braucht dringend einen Freund. Hast du einen Freund?«

Hand in Hand gingen sie die Stufen in die Halle hinunter. Von Arnheim sprachlos. Lilli munter plappernd.

Kapitel 24

Ungesehen schlüpfte Luisa nach dem Essen aus dem Haus. Sollte sie jemand fragen, wollte sie nur im Park spazieren gehen. So jedenfalls waren die Anweisungen in der geheimnisvollen SMS, die sie vor wenigen Minuten erhalten hatte. Sie kannte die Nummer des Absenders nicht.

Neugier und eine gewisse Ahnung trieben sie nach draußen.

In der Nacht war es kalt geworden. Weiße Wölkchen strömten aus ihrem Mund, als sie zum Tor hinunterlief, durch das sie kürzlich erst gekommen war. Noch immer konnte der Wetterbericht nicht sagen, ob es zum Fest schneien würde.

Hinter der Kurve sah Luisa das offene Eingangstor, dahinter lag die Straße. Sie blieb stehen. Nirgends konnte sie jemanden entdecken. Auch kein Wagen stand am Straßenrand.

»Psst«, kam es da von irgendwo. »Hierher.«

Luisa schaute sich suchend um und entdeckte über der Mauer, nur wenige Schritte vom Tor entfernt, ein rotes Taschentuch, festgebunden an einen Stock, das hin und her geschwenkt wurde. Es war Oma Baumanns Halstuch.

Luisa rollte mit den Augen.

Sie trat durch das Tor.

Eng mit den Rücken an die Mauer gedrückt, standen Wolle und ihre Nachbarin da. Die alte Dame trug eine schwarze Hose mit dunklem Rollkragenpulli. Die silbernen Locken hatte sie unter einer schwarzen Strickmütze versteckt. »Ach, ihr seid es. Was soll die Heimlichtuerei?«

»Natürlich sind wir es. Wer denn sonst?«

Wolle seufzte. »Ich konnte sie nicht davon abhalten herzukommen. Sie will unbedingt wissen, ob du den alten von Arnheim überreden konntest.«

Luisa druckste herum. »Nein, bisher nicht.«

»Was?« Die Nachbarin kam dichter an die Pforte heran. »Sie sind jetzt seit Tagen hier und haben nichts erreicht? Wie kann das sein? Versteckt er sich vor Ihnen?«

Luisa schüttelte den Kopf. »Er will sich die Zahlen ein letztes Mal ansehen.«

»Das ist alles?« Die alte Frau kniff die Augen ein wenig zusammen. »Luisa, Sie müssen sich mehr Mühe geben. Oder haben Sie uns schon vergessen, jetzt wo Sie in so einer feinen Villa wohnen?«

»Nein! Natürlich nicht.«

»Himmel, die Zeit wird knapp.«

Luisa verschränkte die Arme vor der Brust. »Das weiß ich.«

»Hält er Sie noch immer für seine Tochter?«

»Nein. Das war nur ein Trick, mit dem er sein Kind nach Hause locken will.«

Die Nachbarin hob ihre Hand und schob sie, wie einen Scheibenwischer, vor ihrem Gesicht hin und her. »Die Reichen sind alle plemplem.«

»Wem sagst du das, Oma Baumann.«

Gerade wollte die alte Dame sich wieder einmal gegen das »Oma« zur Wehr setzen, als die drei hörten, dass sich ein Wagen näherte.

»Weg hier«, raunte Oma Baumann und lief geduckt hinüber zu Wolles VW-Bus, der ein Stück weiter hinter einem Gebüsch halb verborgen stand.

»Nimm es ihr nicht übel. Sie macht sich Sorgen, Luisa.«

»Da ist sie nicht die Einzige.«

»Dann überrede den Alten, sonst haben wir bald kein Dach mehr über dem Kopf. Du bist unsere letzte Chance.«

In diesem Moment bemerkte Luisa, dass nicht nur ihre beiden Nachbarn gekommen waren. Hausmeister Tomte trat hinter dem VW-Bus vor.

»Er wollte unbedingt mit«, erklärte Wolle ihr. »Keine Ahnung, warum er so einen Narren an Nummer 7 gefressen hat. Ist doch nicht sein Haus. Komischer Kerl.«

Luisa winkte Herrn Tomte zu.

Das aber traf es nicht ganz. Schon bei ihrem nächtlichen Rundgang hatte sie gespürt, dass den kleinen Mann etwas Besonderes umgab. Nur hätte sie nicht sagen können, was es war.

»Vielleicht wohnte er vor vielen Jahren mal in Nummer 7, und es liegt ihm darum am Herzen.«

Wolle überlegte. »Möglich. Gestern hat er die kaputten Scheiben im Treppenhaus ausgewechselt.«

»Ja?« Luisa konnte sich kaum daran erinnern, dass im Zwischengeschoss zur ersten Etage nicht irgendwelche Pappe vor dem zerborstenen Fenster hing. »Das ist ja toll.«

Ihr Nachbar trat einen Schritt näher. »Oma Baumann ist total von ihm begeistert.« Er kniff ein Auge zu.

Jetzt rollte ein blauer BMW vor das Tor.

Der Fahrer darin schaute Wolle noch hinterher, der betont gemütlich zu seinem VW-Bulli schlenderte.

Langsam glitt das Fahrerfenster des schnittigen Wagens herunter.

»Guten Tag, Frau Thießen. Darf ich wissen, wer das war?«

»Nein.« Luisa winkte Wolles Auto nach, das Richtung Stadt davonfuhr. Dann machte sie sich auf den Weg zurück ins Haus.

Langsam rollte der Wagen des Anwalts neben ihr die Auffahrt hinauf.

»Ich möchte mit Ihnen reden, Frau Thießen.«

»Tun Sie doch gerade.«

»Ich bin nicht Ihr Feind.«

Luisa lachte auf. »Sie sind derjenige, der unseren Einspruch gegen die Verwertungskündigung mit einer Räumungsklage erwidert hat.«

»Das sind übliche Vorgehensweisen in solchen Fällen. All das dient dazu, den Stadtteil mit modernen Neubauten aufzuwerten.«

»Alles, was alt ist, ist also schlecht? So ein Blödsinn. Nummer 7 war mal ein wunderschönes Haus, bis Sie und Ihresgleichen es haben verkommen lassen, nur um dorthin einen seelenlosen Kasten zu setzen, den Sie gewinnbringend verscherbeln können.«

»Das tun Immobilienunternehmen nun einmal.«

Die Villa kam in Sicht.

Luisa drehte sich zu dem Mann im Wagen herum. »Hätten Sie mit Ihrem Studium nicht etwas Besseres anfangen können, als Mieter auf die Straße zu ekeln?« Abschätzend betrachtete sie den BMW. »Schick. Ich nehme an, dass man sich so ein Teil nur leisten kann, wenn man auf der richtigen Seite steht.«

»Das ist ein Firmenwagen. Ich besitze kein Auto.«

»Umso schlimmer.«

Luisa hielt auf den Eingang zu. Hinter sich hörte sie Joost Behrens aussteigen.

»Was meinen Sie damit?«, rief er zu ihr herüber.

»Die Kutsche macht Sie noch abhängiger von der Ascot Holding, als Sie es eh schon sind.«

Sie trat zum Eingang und klingelte.

Er stellte sich neben sie.

Beide starrten die verschlossene Tür an.

»Können Sie nachts eigentlich gut schlafen, Herr Anwalt?«, fragte Luisa unvermittelt.

»Ja, bestens. Danke der Nachfrage.«

»Auch wenn Sie wissen, dass die Menschen, die Sie auf die Straße setzen, keine Wohnung finden werden?«

»Diese Diskussion ist unergiebig.«

Der Butler öffnete die Haustür. Wortlos gingen die beiden an ihm vorbei und traten in die Halle, als Luisa aufhorchte.

Es war auffallend ruhig im Haus.

»Haben Sie Matti und Lilli gesehen, James?«

»Ich bedaure.«

Besorgt ging Luisas Blick von der Salontür zur Empore.

Hinter ihr erkundigte der Anwalt sich nach dem Hausherrn, weil der einige Papiere unterzeichnen solle. Er erfuhr, dass Herr von Arnheim einen Spaziergang mache.

Luisa trat in den Salon. »Matti! Lilli! Wo seid ihr?« Mit ungutem Gefühl in der Magengegend, die beiden könnten etwas angestellt haben, sah sie sich um.

Der Anwalt folgte ihr.

»Warum sind Sie so besorgt? Was kann hier schon passieren?«

Sie antwortete nicht, sondern schaute unterm Tisch nach.

»Brauchen Sie Hilfe?« Er legte die Aktentasche auf einen Stuhl.

Bevor sie dankend ablehnen konnte, erzählte er ihr, dass er als Kind oft mit seinem Vater in der Villa war. »Ich kenne hier alle Verstecke.«

Zögerlich nickte sie. »Na gut. Halten Sie nach Scherben auf dem Boden Ausschau, zerbrochenen Vasen und so.«

Im Salon schienen die Kinder nicht zu sein, also machten Luisa und Joost sich auf, im nächsten Raum zu suchen.

»Ich muss mich für meinen Arbeitgeber entschuldigen.«

»Werden Sie dafür etwa auch bezahlt?«

Er ignorierte ihren schnippischen Ton. »Herr von Arnheim war schon immer manipulativ. Das macht ihn so erfolgreich. Er weiß, mit welchen Methoden er seinen Kopf durchsetzen kann. Und er setzt Himmel und Hölle in Bewegung, damit die Leute nach seiner Pfeife tanzen.«

»Nur bei seiner Tochter funktioniert es nicht, wie es scheint.«

Sie gingen in die Bibliothek.

»Richtig. Ihre Anwälte in London schweigen ebenfalls. Ich frage mich, was Herr von Arnheim als Nächstes plant, um sein Kind aus der Reserve zu locken.«

Luisa sah sich um. Alles war, wie es sein sollte. Die Ohrensessel standen vor dem Kamin. In den Bücherregalen fehlten keine Exemplare, deren Seiten zu Papierfliegern gefaltet worden wären, die Karaffen auf dem Beistelltisch lagen nicht in tausend Teile zersprungen auf dem Boden. Dennoch wurde Luisa immer nervöser.

»Ich glaube nicht, dass es ihm nur um die Firma geht. Wenn Sie mich fragen, ist Herr von Arnheim einsam.«

Joost Behrens bückte sich unter den einen Ohrensessel. »Wie kommen Sie denn darauf?«, fragte er, als er wieder hochkam.

»Intuition.«

Nachdem sie Matti und Lilli in der Bibliothek nicht hatten finden können, versuchten sie ihr Glück im Speisezimmer.

Luisa öffnete die Türen der Anrichte. Dort aber fand sie nur Tischdecken und Leinenservietten. Auch unter der Tafel saßen die Kinder nicht.

Da bemerkte sie im Garten, unter einer fast kahlen Eiche, eine Bewegung. Sie ging ans Fenster.

»Oje!«, entfuhr es ihr, als sie Lilli den Puppenwagen aus dem Kinderzimmer im Ostflügel über den Rasen schieben sah.

Joost trat neben sie. »Ich nehme an, Sie möchten hinausgehen. Lassen Sie mich Ihren Mantel holen.«

Sie nickte nur, während sie sich an das Bild des alten Wagens mit den seidenbespannten Wänden erinnerte. Sicherlich handelte es sich um ein Erbstück. Auf alle Fälle war es antik. Teuer und antik. Höchstwahrscheinlich sogar sehr teuer, weil sehr antik. Luisa spürte Unruhe in sich aufsteigen.

Joost kam mit ihrem Mantel in der Hand zurück und half ihr hinein. Dann öffnete er für sie die Terrassentür.

»Ich würde mich freuen, wenn wir die Gelegenheit hätten, uns später zu unterhalten«, sagte er.

»Business?«

»Nein.«

Luisa zögerte. Seine Worte klangen wie eine Bitte, nicht wie ein Befehl.

Kapitel 25

Sie lief über den Rasen ihrer Tochter hinterher. »Lilli! Schatz, was machst du denn da?«

Das Kind blieb stehen, als es seinen Namen hörte, und winkte der Mutter freudig zu.

»Huhu, Mami!«

Schon von Weitem sah Luisa die Bescherung. Das Weiß der Reifen des Puppenwagens war dick mit Matsch bedeckt. Dreck klebte auch an der dunkelblauen Bespannung der Seiten. Sie betete, dass man die Flecken entfernen konnte, ohne dass der Hausherr etwas von dem Ausflug des Spielzeugs in den winterlichen Park erfuhr.

»Schau mal, Mami. Teddy Pu hat eine Freundin.«

Lilli griff in das Innere des Wagens und zog eine wunderschöne Puppe mit goldblonden Haaren heraus.

Luisa japste auf. Rasch nahm sie ihrer Tochter das Spielzeug aus der Hand, bevor das Kind ihm ein Bein ausriss oder es in den Moder fallen ließ.

»Oh, wie hübsch«, keuchte sie nur. »Ich denke aber, dass Teddy Pu und seine neue Freundin wieder zurück ins Haus sollten. Bestimmt frieren sie hier draußen. Wir wollen doch nicht, dass sie sich erkälten.«

»Das geht nicht, Mami. Wie sind zum Tee verabredet.« Mit ihrem Finger zeigte Lilli zu einem Teich hinüber, der ein Stück tiefer im Garten lag. Dort saßen zwei Gestalten.

Voll Schreck erkannte Luisa Achim von Arnheim.

»Ach herrje.«

Jetzt war das Malheur nicht mehr zu verheimlichen.

Mit einem unguten Gefühl in der Magengegend ging sie zusammen mit ihrem Kind hinüber und staunte nicht schlecht, als sie ihren Sohn bei dem Alten auf einer Bank sitzen sah. Daneben saß Wotan. Als er Lilli entdeckte, trottete er näher und begrüßte sie mit einem Stupser gegen den Arm, woraufhin sie ihn sogleich streichelte.

Luisa sah, dass ihr Sohn ein Kartoffelschälmesser in der Hand hielt, mit dem er die Rinde eines dicken Astes abschnitt.

»Wenn du das Messer etwas weniger schräg ansetzt, kannst du deinen Pfeil spitzer machen«, riet von Arnheim, den Gehstock zwischen den Beinen aufgestellt, auf dessen Griff er sich mit den Händen stützte.

»Wo hast du das her?«, fragte Luisa, wobei sie sich Mühe gab, nicht allzu panisch zu wirken. Die Klinge des Werkzeugs erschien ihr eindeutig zu scharf.

Matti sah auf. »Das Messer haben Opa Arnheim und ich in der Küche geklaut. Ist aber kein echtes Klauen, hat er gesagt, weil es ihm gehört.« Er strahlte den alten Mann neben sich an. »Sie hat es nicht gemerkt.«

Luisa glaubte, nicht recht zu hören. »Opa wer?«

Wütend funkelte sie den Hausherrn an.

»Ich habe nichts dagegen«, sagte der, ohne aufzuschauen.

»Aber ich«, entfuhr es ihr. »Sie sind nicht Mattis Großvater. Und bestimmt nicht mein Vater, wenn ich darauf hinweisen darf.«

Lilli stimmte ihr nicht zu. »Wir sagen doch auch zu Oma Baumann Oma Baumann. Dabei ist Oma Baumann überhaupt gar nicht unsere Oma.«

»Genau«, sagte Matti in seltener Geschwistereinigkeit.

Von Arnheim erhob sich von der Bank.

»Lassen Sie uns ein Stück gehen, Frau Thießen.«

Sie ignorierte die Aufforderung. Es störte sie, dass der alte Mann stets bekam, was er wollte. Ihre Kinder jedenfalls würde er nicht bekommen. Er sollte sie aus seinem Spiel heraushalten.

»Matti, gib das Messer zurück.«

Das Junge setzte zum Protest an, aber Luisas Blick war eindeutig.

»Och, Manno«, maulte er enttäuscht und hielt das Kartoffelschälmesser von Arnheim hin.

»Bringe es zurück in die Küche, Junge. Wenn dich jemand fragt, sagst du einfach, dass wir es ehrlich gestohlen haben. Du und ich.« Jetzt entfernte er sich vom Teich. »Kommen Sie, Frau Thießen. Wir sollten reden.«

Luisa schickte die Kinder zurück ins Haus. Dann stapfte sie von Arnheim hinterher.

»Sie können den beiden nicht erlauben, Sie Opa zu nennen.«

»Doch, kann ich. Das ist ein Deal zwischen den Kleinen und mir.«

»Haben Sie ihnen etwa Geld dafür geboten?« Luisa kam fast ins Stolpern.

»Nein.« Er blieb stehen und drehte sich zu ihr. »Denken Sie, ich hätte es tun sollen?«

»Natürlich nicht!«

Er setzte seinen Weg fort. »Gut. Ich kenne mich mit Kindern nicht aus.«

»Ich weiß«, zischte Luisa, die jetzt neben ihm ging. »Sonst wäre Ihre Tochter ja hier.« Im selben Moment hätte sie sich ohrfeigen können. Zickigkeiten dieser Art waren eigentlich nicht ihre Sache.

Doch von Arnheim schien es nicht gehört zu haben.

»Hören Sie zu, liebe Frau Thießen. – Darf ich Luisa sagen?«

»Nein.«

Er verzog den Mund, was wohl ein Lächeln andeuten sollte.

»Als Sie vor einigen Tagen kamen, um mich zu sprechen, nutzte ich die Gunst des Augenblicks. Sie dürfen mir das kleine Theaterstück nicht übelnehmen. Dank Ihnen ist es vielleicht möglich, dass mein Kind nach Hause kommt.«

Fast hätte Luisa aufgelacht. »Herr von Arnheim. Dies alles hier ...«, sie wies mit der Hand über den Park, den Teich, hinüber zur Villa, »ist nicht das Zuhause Ihrer Tochter.«

»Das sollte es aber sein. Kinder brauchen ein Heim.«

»Da muss ich Ihnen recht geben.« Luisa blieb stehen. »Und darum möchte ich, dass wir über die Herderstraße Nr. 7 reden.«

Auf seinen Stock gestützt grummelte er etwas vor sich hin, das wie ›papperlapapp‹ klang.

»Ich bot Ihnen an, die Zahlen für Nummer 7 prüfen zu lassen. Mehr kann ich nicht tun.«

»Sie haben mich vertröstet. Das ist alles. Bis Ende Januar müssen Frau Baumann, Wolle, die Kinder und ich ausziehen. Nur gibt es in der ganzen Stadt keine Wohnungen, die bezahlbar wären.«

Sie erreichten einen alten Wintergarten, in dem Gartenmöbel und leere Blumenkübel standen. Eine Rosenranke hatte die Tür fast völlig überwuchert.

Von Arnheim drehte sich zu Luisa.

»Meine Liebe, warum ziehen Sie nicht ins Haus gegenüber? Dort ist eine Wohnung frei. Die Ascot wird Ihnen bei der Miete entgegenkommen.«

Luisa dachte an das Bauklötzchenhaus und seine sty-
lischen Bewohner.

»Das ist ein großzügiges Angebot, aber ich möchte weiterhin dort wohnen, wo wir glücklich sind.« Sie erinnerte sich
an den nächtlichen Ausflug durchs Haus. »Wissen Sie, Ihre
Immobilien sind mehr als nur Steine, Glas und Renditen. Ich
weiß, es klingt eigenartig, aber Nummer 7 lebt gewisserma-
ßen. Ihr Hausmeister von gegenüber ...«

»Wer?«

»Herr Tomte.«

»Kenne ich nicht.«

»Verzeihen Sie, ich vergaß, dass Sie viele Angestellte haben. Er arbeitet in Ihrem Klötzchenhaus.«

Von Arnheim kräuselte die Stirn. »In meinem was?«

Sie lachte. »Lilli hat den Neubau so genannt, weil er aussieht, als hätte jemand Bauklötze schief aufeinandergestellt.
Ich bin mir darüber im Klaren, dass diese Bauweise momentan sehr beliebt ist. Man kann sie schnell und günstig bauen.
Aber denken Sie nicht ...«

»Sie kennen sich aus, Frau Thießen.«

»Ja, ich habe Architektur studiert und arbeite ... arbeitete
bis vor Kurzem bei Krauter & Co., einem sehr renommierten
Architekturbüro.«

»Ich weiß. Sie waren dort nichts weiter als eine Schreib-
kraft. Und das Studium haben Sie nicht beendet. Damit ist
der Verlust Ihrer Arbeitsstelle verschmerzbar, würde ich sagen.«

Luisa holte Luft. »Sie wissen von der Entlassung?«

Er zog den Kopf tiefer zwischen die Schultern. »Ich habe
mich erkundigt. Schließlich kann man von mir nicht er-
warten, dass ich irgendwelche Leute ins Haus hole, ohne sie
geprüft zu haben.« Er räusperte sich. »Sie sehen also, mein

Angebot mit der anderen Wohnung ist großzügig, wenn man Ihre jetzige Situation betrachtet.«

Luisa zuckte zusammen. Was bildete der Mann sich eigentlich ein? Es kostete sie eine Menge Anstrengung, kein falsches Wort zu sagen.

Mittlerweile hatten sie die Terrasse der Villa erreicht. Ein kalter Wind wehte vom Park herüber. Tief hingen die grauen Wolken am Himmel. Es roch nach Schnee.

»Kommen wir zurück zum Thema«, begann von Arnheim.

»Und das wäre?«

»Clarissa. Wussten Sie, dass ich nur ein einziges Mal mit dem Kind telefoniert habe?« Er wartete Luisas Antwort nicht ab, sondern fuhr fort. »Es war der Tag, als man ihre Mutter bestattete.«

Er ging zur Terrassentür hinüber, hinter der der Wintergarten lag.

»Sie haben die Beerdigung der Frau vergessen, die Sie angeblich so liebten?«

»Ich hatte Termine im Ausland.« Er legte seine faltige Hand auf die Klinke und drückte die Tür auf.

Ungläubig schaute Luisa dem alten Mann nach. »Ihre Tochter stand alleine am Grab der Mutter. Und Sie wundern sich, dass Clarissa Sie nicht sehen will?«

Trotzig hob er den Stock in seiner Hand. »Hanna war meine große Liebe. Mehr müssen Sie nicht wissen.«

Etwas in seiner Stimme ließ Luisa aufhorchen. »Sie hatten Angst, am Grab zu weinen. Habe ich recht?«

»Ein von Arnheim jammert nicht. Niemals!«, rief er heftig und trat in den Wintergarten.

Luisa folgte ihm.

»Ich nehme an, das Telefonat damals verlief unerfreulich«, bohrte sie ein wenig in der Wunde. Gleichzeitig fragte sie sich jedoch, warum er ihr so unerwartet seine private Seite zeigte. Sie beschloss, auf der Hut zu bleiben.

»Sie meinte, ich sei profitgierig und würde Menschen kaufen. Sie aber sei nicht käuflich. Zudem könne ich mir das Geld an den Hut stecken. Sie würde nicht einen Cent davon annehmen, es lieber verschenken. Damals hatte sie gerade ihr Studium in Cambridge begonnen. Wirtschaft. – Zum Glück änderte sie ihre Meinung, nachdem mein Anwalt bei ihr war.«

»Joost Behrens?«

»Nein, sein Vater.«

»Was werden Sie tun, sollte Ihr Possenspiel mit einer falschen Tochter funktionieren?«

»Clarissa wird kommen und die Vereinbarung unterzeichnen. Wenn ich tot bin, tritt sie das Erbe an …«

»Das meinte ich nicht.«

Erstaunt sah er sie an. »Was dann?«

»Sie sind ihr Vater.«

»Ja, und?«

Luisa seufzte. »Ich denke, wenn Ihre Tochter zu Ihnen kommt, werden Sie noch viel lernen müssen.«

»Was sollte das sein?«

»Zum Beispiel, wie man ein Vater ist.«

Er überlegte. »Nun, vielleicht könnten Sie mir dabei helfen? Sie haben Kinder und scheinen sich in diesen Dingen auszukennen.«

»Meine beiden sind klein. Ihre Tochter jedoch ist erwachsen und ebenso alt wie ich. Reden Sie mit ihr, so wie wir es jetzt gerade tun.«

»Mit Ihnen zu reden ist einfach, Frau Thießen.«

»Danke. Ich bin mir sicher, dass Sie das auch mit Clarissa schaffen werden.«

156

Unschlüssig stand er mitten im Raum. Wohlriechende Orchideen blühten unter deckenhohen Palmengewächsen. Ein kleiner Brunnen plätscherte in der Ecke vor sich hin. Aus dem Haus hörte man das dezente Klappern von Geschirr.

Schweigend wartete Luisa, ohne dass sie hätte sagen können, auf was. Sie spürte genau, dass der Moment gekommen war, an dem sich die Dinge entscheiden mussten.

»Matti und Lilli. Wirklich nette Kinder. So aufgeweckt. Vielleicht könnten wir das mit dem Opa noch ein wenig beibehalten. Was meinen Sie?«

»Ähm.« Damit hatte sie jetzt nicht gerechnet.

»Prima!«, rief er und kicherte vergnügt. »Ich wollte schon immer mal ein Opa sein.« Dann machte er sich auf den Weg in die Halle.

Verwirrt folgte Luisa ihm. »Herr von Arnheim, Nummer 7 war einmal ein Schmuckstück im Viertel. Sie könnten es wieder dazu machen. Das Haus würde das Image der Ascot Holding in der Stadt bestimmt verbessern.«

»Wie gesagt, meine Leute prüfen die Zahlen.«

Luisa nahm sich ein Herz und versperrte dem Alten den Weg. »Das reicht mir nicht.«

»Wie darf ich das verstehen?«

»Sie möchten etwas von mir und ich von Ihnen.«

»Erpressung?« Er sah ihr scharf in die Augen.

Sie hielt die Luft an. »Nein. Ein Geschäft auf Augenhöhe.«

Er warf den Kopf nach hinten und lachte. »Sie bieten mir einen Deal an, ohne etwas in Händen zu halten. Ihr Blatt ist zu schlecht, um Forderungen zu stellen.«

Sie wusste, dass er recht hatte. Und dennoch wollte sie es versuchen. »Wenn die Kinder und ich gehen, sieht Ihres nicht besser aus. Jedenfalls nicht, falls Sie Ihre Tochter wiedersehen wollen.«

»Touché. Allerdings könnte ich mir eine Schauspielerin kommen lassen, die Ihren Part übernimmt.«

Luisa lief es kalt über den Rücken. Stimmt. Daran hatte sie nicht gedacht. »Wenn das so einfach wäre, hätten Sie es längst getan.« Sie hob das Kinn, in der Hoffnung, etwas resoluter zu wirken, als sie sich gerade fühlte. »Also? Ändern Sie Ihre Meinung?«

»Nein.«

Luisas Herz sank. Sie hatte verloren.

»Schade«, sagte sie leise. »Die Kinder werden traurig sein.«

»Wollen Sie denn gar nicht wissen, warum ich es mir nicht anders überlege?«

Sie schüttelte den Kopf.

»Fragen Sie mich.«

»Was soll das bringen?«

»Bitte.«

Sie seufzte. »Also gut. Warum wollen Sie Ihre Meinung nicht ändern?«

»Weil ich es bereits habe. Nummer 7 wird saniert. Mit allem Pipapo. Es soll genau so werden, wie es einst war. Sie helfen mir. Ich helfe Ihnen. Auf Augenhöhe, wie Sie ganz richtig sagten.«

Sprachlos sah sie den Mann am Ende der Treppe stehen.

»Warum … wie … Das verstehe ich nicht.«

»Sie können gut verhandeln, junge Frau.«

Ohne zu überlegen, sprang Luisa die Stufen hinunter und fiel dem alten Mann um den Hals.

»Danke, Herr von Arnheim!« Spontan gab sie ihm einen Kuss auf die Wange.

»Im Gegenzug werden Sie sich bereit erklären, bis auf Weiteres die geheimnisvolle Tochter zu spielen. – Deal?«

Er hielt ihr seine Hand hin. Sein Händedruck war erstaunlich fest.

»Darf ich jetzt Luisa zu Ihnen sagen?«, fragte er mit einem schelmischen Grinsen.

Sie nickte. »Aber ich werde Sie nicht ›Papa‹ nennen.«

»Verstanden.«

Da fiel Luisa ein, dass die Zukunft von Nummer 7 längst nicht so sicher war, wie sie hoffte. »Was passiert, wenn Ihre Tochter nicht kommen will?«

»Lassen Sie das meine Sorge sein. Ich habe noch gewisse Asse im Ärmel.«

Luisa fragte sich, von welchen Trümpfen er wohl reden mochte.

Kapitel 26

Der Mann unter Oma Baumanns Spüle wusste wirklich gut Bescheid. Er kannte sie alle, den Ernst Lubitsch genauso wie Fritz Lang oder den Helmuth Käutner und den Trebitsch. Und die Dietrich hatte er tatsächlich persönlich kennengelernt. Unglaublich.

Und das Schönste war: Er konnte sich auch an sie erinnern, als sie noch jung und ihr Gesicht in den Kinos zu sehen gewesen war. Damals hatte sie mit Günther Lamprecht gedreht. Es war keine große Rolle gewesen, hätte aber eine bleibende Erinnerung beim Publikum hinterlassen, wie der nette Hausmeister von gegenüber ihr eben erklärt hatte.

Oma Baumann legte den Kopf schief und knabberte selig an ihrem Keks. Da klingelte das Telefon im Flur. Weil das bei ihr aber nur selten geschah, schreckte sie auf.

»Huch«, rief sie und horchte. Es bimmelte wieder.

Der Kopf des Hausmeisters kam unter der Spüle hervor. »Ich glaube, das ist für Sie, Frau Baumann.«

»Anita. Sie sollen doch Anita zu mir sagen.«

»Gut, liebe Anita.« Er warf ihr ein breites Lächeln zu, dass die Diva seufzte. »Ich denke, Sie sollten ans Telefon gehen.«

Unschlüssig sah sie ihn an. »Ich weiß aber gar nicht, wer mich anrufen könnte.« Sie biss von dem Keks in ihrer Hand ab. »Bestimmt verwählt.«

»Gehen Sie hin, und finden Sie es heraus. Vielleicht ist es Ihre Nachbarin.«

»Luisa? Oh!«

Eilig schlurfte sie in den Flur hinaus. Auf dem kleinen Bord mit der Häkeldecke stand ihr altmodisches grünes Telefon. Sie hob den Hörer ab.

»Hallo? Hier spricht Anita Baumann. Wer da?«

Es war tatsächlich Luisa.

Kurz fragte Oma Baumann sich, woher der Handwerker unter ihrer Spüle das wissen konnte, dann hörte sie gebannt zu.

»Nein! Wirklich, das hat er gesagt? Und Sie haben sich nicht verhört, Luisa?«

Sie spürte, dass ihr Herz einen Satz machte. »Sie sind wunderbar!« Oma Baumann riss den Hörer herunter und gab der Sprechmuschel einen dicken Kuss. Dann drückte sie ihn wieder ans Ohr. »Ein Engel sind Sie!«

Tränen standen der alten Dame in den Augen, als sie kurz darauf das Telefonat beendete.

In der Küchentür erschien der nette Hausmeister mit dem hübschen Namen, den Oma Baumann sich nicht hatte merken können. Gerade trocknete er sich die Hände an einem Lappen ab.

»Fertig.«

Spontan eilte sie zu ihm und umarmte ihn. Sie musste es einfach tun. Irgendjemand sollte wissen, wie glücklich sie war.

»Er sagt, wir dürfen bleiben, Herr Tomte«, schluchzte sie. Genau, er hieß Tomte. »Jetzt muss ich nicht mehr ins Heim.«

»Das sind wundervolle Nachrichten! Werden Sie und die anderen das ein bisschen feiern?«

Sie klatschte in die Hände. »Ein bisschen? Hah! Hier geht heute Nacht die Post ab. Ich habe noch ein Likörchen im Schrank. Möchten Sie probieren?«

Kapitel 27

In der Wirtschaftsredaktion vom »BLATT« herrschte eine ruhige vorweihnachtliche Stimmung. Für die Aktionärsversammlungen war es noch zu früh. Auch die Geschäftsabschlüsse würden in diesem Jahr keine Überraschungen mehr in petto haben. Die Börsenkurse dümpelten gelangweilt vor sich hin, und die spektakulären Nachrichten, welche die Unternehmen oftmals vor Jahresende hatten loswerden wollen, waren bereits erschienen. Skandale inklusive. Kein Hahn krähte mehr danach. Von der alljährlichen Jahresendrally auf dem Börsenparkett war weit und breit nichts zu sehen. Alles ruhig am Markt und in der Redaktion vom »BLATT«.

Und so konnte Ressortleiter Elmar Poller getrost die letzten Mitarbeiter auf einen kleinen Umtrunk zu sich ins Büro bitten.

Ein Blick auf die Uhr sagte ihm, dass dies in einer halben Stunde sein würde. Bei der Gelegenheit würde er die großartige Leistung aller loben und die Tatsache erwähnen, dass der Verlag sein Aushängeschild, das »BLATT«, an eine britische Unternehmensgruppe verkauft habe. Darum würden bis März die Hälfte aller Stellen gestrichen werden. Auch in der Wirtschaftsredaktion.

Zum Glück würde er selber von den Entlassungen nicht betroffen sein, da er seit Ewigkeiten im Haus war und seine Abfindung für die neuen Besitzer zu teuer gewesen wäre. Sicherheitshalber hatte er sich vor zwei Jahren in den Betriebsrat wählen lassen. Damit war er vorerst unkündbar.

»Cleverness setzt sich durch«, pflegte er zu sagen.

Entspannt zog Elmar ein neues Nikotinkaugummi aus der Packung in seiner Schreibtischschublade und schob es in den Mund.

Sein Büro war durch eine Glaswand vom Rest des Großraumbüros getrennt. Der Chefredakteur nannte es Transparenz. Elmar aber fühlte sich wie eine Laborratte unter ständiger Beobachtung. Einziger Vorteil: Jetzt hatte er auch seine Leute stets im Blick.

Gerade flirtete der Volontär mit der Redaktionssekretärin, und der neue Freelancer Kris haute am PC in der Ecke seinen Artikel über die belanglose Pressekonferenz in der Handelskammer ins System. Die meisten anderen Tische waren verwaist. Vier Kollegen standen beim Kaffeeautomaten und quatschten.

Der Umtrunk würde günstig werden.

Seit über dreißig Jahren arbeitete Elmar Poller hier. Nichts konnte ihn überraschen. Die US-Sparkassenkrise in den Achtzigern hatte er genauso vorausgesagt wie die japanische Bankenkrise zehn Jahre später oder die Dotcom-Krise 2000. Sie nannten ihn den Wetterfrosch der Börse, den Seismographen von Soll und Haben.

Die Firmenchefs riefen bei ihm persönlich an, wenn sie etwas wollten. Nicht ihre Abteilungsleiter und CFOs. Sie umschmeichelten ihn, luden ihn für Hintergrundgespräche ins beste Restaurant der Stadt ein, schenkten ihm zum Weihnachtsfest flaschenweise teuren Wein, den er dann beim Fußballgucken aus einem Humpen trank.

Nie ließ er sich bestechen. All die kleinen Gefälligkeiten flossen an ihm herunter wie die warme Eselsmilch an Kleo-

patras seidiger Haut. Er war der Underdog unter den Schlips-
trägern. Und sie liebten ihn dafür.

Elmar Poller war frei von Eitelkeiten und hatte in seinem
Job alles erreicht, was man erreichen konnte. Nichts konnte
ihn mehr überraschen.

Nichts?

Falsch, denn die eine Zeile, die in diesem Moment auf
seinem Bildschirm erschien, hatte es in sich. Hinzu kam ein
recht unscharfes Foto von einer jungen Frau, die dem Im-
mobilienmogul Achim von Arnheim gerade einen Kuss auf
die Wange drückte.

Mit der Nase ging Elmar dichter an den Monitor. Er
kannte den Ort, weil man ihn früher ab und zu dorthin eingeladen hatte. Es war die Eingangshalle der Familienvilla.

Erst dachte Elmar, die Person könnte eine Geliebte des
Alten sein, doch der Chef der Ascot Holding galt als erz-
konservativ und langweilig. Niemals hatte man an seinem
Arm eine andere Frau als seine Gattin gesehen, die schon vor
Ewigkeiten gestorben war.

Elmar Poller konnte sich nicht vorstellen, dass von Arnheim mit über siebzig sein Herz für die Damenwelt entdeckt
haben könnte. Er las die Worte dreimal nacheinander.

»Eine Tochter? Verdammt, was für eine Tochter?«

Elmar hasste es, derart überrascht zu werden.

Die Qualität des Bildes war mies. Er brauchte eine pro-
fessionellere Aufnahme. Am besten Halbprofil von der Frau.
Noch besser, ein Foto von Vater und Tochter zusammen.

Elmar prüfte den Absender der Nachricht. Es handelte
sich um eine kryptische Buchstabenkombination bei einem
üblichen Provider. Er hätte wetten können, dass jemand einzig für diese Mail das Konto eingerichtet hatte. Hier kam er
also nicht weiter.

Er schrieb eine Antwort, jedoch ohne wenig Hoffnung, dass der Absender sich bei ihm melden würde.

Elmar lehnte sich zurück. Sein Chefsessel quietschte.

Falls es stimmte, was dort stand, war diese Information ein Thema für die Klatschtantenseite im Haus.

Andererseits auch eine Bombe für sein Ressort, Elmar grinste breit.

Eine Unbekannte sollte die Ascot übernehmen? Das zweitgrößte Immobilienunternehmen im Land? Wer war die Frau? Wo kam sie so plötzlich her?

Elmar erinnerte sich an ein gutes Essen vor einigen Monaten, zu dem von Arnheim ihn in seine Villa geladen hatte. Damals hatte der Alte angedeutet, er plane bereits seine Nachfolge.

Elmar griff zum Telefon.

»Jenny, hole mir den CEO der Ascot Holding an die Strippe. Egal wo der gerade abhängt. Ich will ihn sprechen. Sofort. Als Nächstes brauche ich alles über eine gewisse Clarissa von Arnheim. Nichteheliches Kind von Achim von Arnheim, wie es scheint. Wann geboren, wo aufgewachsen. Mutter? Das ganze Ding. … Was? … Ja woher soll ich denn wissen, wie die Frau heißt! Finde es heraus, verdammt.« Bevor er auflegte, fiel ihm etwas ein. »Und sage Pat von der Klatschseite, dass ich hier einen Knaller für sie habe.«

In diesem Moment ging die Tür auf, und Patrica Gehring, genannt Pat, trat ein. »Zu spät. Habe die Mail auch bekommen.«

Diese Woche waren ihre Haare rot. Und irgendwie strohiger als im letzten Monat. Die Redaktionsleiterin »Gesellschaftsthemen« war irgendetwas zwischen zwanzig und fünfzig, schätzte Elmar.

Ohne Aufforderung setzte sie sich auf das schwarze Ledersofa in der Ecke und schlug die langen Beine vorteilhaft übereinander, sodass er sich zwingen musste, nicht hinzusehen.

»Ihr wisst also auch nicht, wer sie ist?«, kam Pat gleich zum Thema.

»Nope.«

»Und dieser von Arnheim?«

»Alleinunternehmer. Eine Krake mit über dreißig Tochterfirmen. Macht in Immobilien, hauptsächlich Deutschland, Österreich, Schweiz. Neubau für die Reichen. Sozialbauten eher selten. Er hat ein Gespür fürs Geschäft. War früher ein harter Hund. Hat seinen Laden im Griff. Gute Zahlen in diesem Jahr. Wer in der Branche etwas werden will, geht zu ihm. Und die anderen auch. Ist auf du und du mit der Regierung.«

Patricia schlug die Beine andersherum übereinander. Elmar griff zu einem Stapel Zettel und blätterte darin herum, als suche er etwas.

»Welche Regierung?«

»Allen.«

»Und weiter?«

»Wenn passieren wird, was ich vermute, dann ...«

Sie kräuselte ihre hübsche Stirn. »Was?«

Er lehnte sich zurück. Jetzt war er wieder in seinem Metier. Das fühlte sich gut an. Besser als der Blick auf Pats Beine.

Elmar spürte das Blut durch seinen Körper rasen, als würde er gleich von einer Klippe springen. Er spuckte das Kaugummi in den Papierkorb und holte die letzte Packung Lucky Strike aus dem hintersten Winkel seiner Schreibtischschublade, die er dort für besondere Momente aufbewahrt hatte.

Hier passierte etwas, das er nicht erwartet hatte. Dieser von Arnheim hatte ihn, Elmar Poller, überrascht. Herrlich.

Genüsslich zündete er sich eine Zigarette an.

»Es ist eine Sache, wenn der Alte seine Villen und Flugzeuge, Autos und Ölschinken dem Mädel vererbt. Privatsache. Dein Ressort.«

»Genau. Und ich hoffe, du willst dort nicht wildern.«

»Kein Interesse, meine Liebe. Aber dieser Arnheim ist von der hanseatischen Sorte. Erzkonservativ, wenn es um die Führung seiner Firma geht. Da sagt der Chef, was gemacht wird, nicht der Manager.«

Pat beugte sich interessiert vor. »Das heißt?«

»Er hatte nie einen Sohn, dem er das Unternehmen hätte vererben können. Das wäre natürlich seine erste Wahl gewesen.«

»Ich weiß. Seine Frau Brigitte konnte keine Kinder bekommen. Seit fast fünfzehn Jahren ist er Witwer und wohnt in einer protzigen Jugendstilvilla am Stadtrand. Er hält sein Privatleben unter Verschluss. Wir hatten mehrfach versucht, eine Homestory über ihn zu bringen. Es gab Gerüchte, er hätte eine illegitime Tochter irgendwo in der Welt. Name unbekannt. Mutter unbekannt. Aber mehr als Hörensagen schien es nicht zu sein.«

»Ja, er hat es sich einiges kosten lassen, damit wir dem Kind nicht auf die Spur kommen. Und nun ist sie aufgetaucht. Na ja, zumindest bringt jemand sie ins Spiel.«

»Ein Whistleblower?«

»Wenn du so willst.«

»Ist die Quelle verlässlich?«

»Keine Ahnung. Das müssten wir herausfinden.«

»Ok, dann setze ich Perlbacher auf die geheimnisvolle Tochter an. Er ist wie Schimmel. Taucht überall auf, wo man ihn am wenigsten erwartet oder haben will. Er wird die Frau ausfindig machen und ein anständiges Bild besorgen.« Sie erhob sich. »Und von dir erwarte ich alle Informationen

über von Arnheim, die ihr habt.« Sie hatte schon die Tür geöffnet, als sie sich noch einmal umdrehte. »Bitte«, fügte sie
zuckersüß hinzu.

Wieder griff Elmar zum Telefon. »Jenny, sag den Scheiß-
umtrunk ab. Ich will alle in einer Minute in meinem Büro
sehen. Überstunden stehen an.«

Kapitel 28

Im Laufe des Nachmittags kam Joost Behrens in die Villa. Von Arnheim hatte ihn um ein Gespräch gebeten.

Der alte Mann wollte wissen, warum seine Tochter nicht reagiere. Auch ihre Anwälte schwiegen beharrlich. Joost glaubte nicht daran, dass die Finte seines Chefs überhaupt funktionieren würde. Vielleicht hatte Clarissa von Arnheim tatsächlich kein Interesse an der Ascot Holding, und die ganze Scharade war für die Katz.

Bisher schien die Presse von all dem nichts zu ahnen. Selbst in der Firma wusste niemand von Luisa und ihren Kindern. Er hoffte, dass das vorerst auch so bleiben würde, denn ihm war unklar, wie all das den Angestellten, Kunden und Banken erklärt werden sollte.

Von Arnheim hatte sich zurückgezogen, er habe noch eine wichtige Verabredung, hatte er gesagt.

Nun saß Joost mit einigen Papieren im Arbeitszimmer der Villa. Draußen wurde es bereits dunkel.

Als alles erledigt war, klappte er seinen Laptop zu und schob die Akten in die Tasche. Es war Zeit, nach Hause zu fahren. In der Stadt warteten ein leeres Appartement und ein ebenso leerer Kühlschrank auf ihn. Vielleicht würde er beim Vietnamesen vorbeischauen und ein Bun Cha mitnehmen.

Alles war still im Haus. Auf dem Weg zu seinem Mantel sah er, dass im Wintergarten Licht brannte. Er ging hinüber und fand Luisa Thießen in einem gemütlichen Korbsessel vor. Sie las ein Buch.

»Sie sollten ihn in Ruhe lassen. Das hatten wir so vereinbart. Keine Geldangelegenheiten.«

»Er hat angefangen. Abgesehen davon ...«, sie ließ die Lektüre in ihrer Hand auf den Schoß sinken, »habe ich ihn nicht um Geld gebeten. Es ist ein Deal auf Augenhöhe. Ich helfe ihm bei seiner Tochter, und er hilft uns wegen Nummer 7. So einfach ist das.«

»Er sagte, die Kinder nennen ihn Opa. Stimmt das?« Joost nahm ihr gegenüber Platz.

»Es gefällt mir nicht sonderlich, aber die drei bestehen darauf. Hat sich die Tochter schon gemeldet?«

Joost schüttelte den Kopf. »Ich fürchte, sie wird es auch nicht. Absolute Funkstille.«

»Hat Herr von Arnheim gesagt, ob er sein Wort wegen Nummer 7 auch halten wird, wenn sie nicht kommt?«

Joost wusste nicht, was er sagen sollte. Ein von Arnheim hatte es nicht bis nach ganz oben geschafft, indem er sich buchstabengetreu an Regeln und Versprechen hielt.

»Wo sind eigentlich Ihre Kinder? Es ist so ruhig im Haus.«

Luisa setzte sich auf. »Wie viel Uhr ist es denn?«

»Gleich sechs.«

»Oh, ich habe ganz die Zeit vergessen.« Schnell legte sie das Buch beiseite. »Sie werden irgendwo im Haus auf Abenteuerjagd sein.«

»Darf ich Ihnen bei der Suche helfen?«

»Schon wieder?«

Er grinste. »Ich werde immer besser.«

Natürlich hätte sie ihm sagen können, dass sie absolut in der Lage war, ihre Kinder in dem großen Haus auch ohne ihn finden zu können. Aber Luisa gefiel der Gedanke, mit ihm zusammen durch die Flure der Villa zu streifen.

Sie dachte an ihr erstes Treffen vor Nummer 7 und an das ausgefallene Date in der Konditorei Körner. Es tat ihr mittlerweile ein klitzekleines bisschen leid, dass sie ihn mehr als einmal angefaucht hatte.

Viel war seither geschehen.

Gemeinsam machten sie sich auf den Weg, um die Kinder zu suchen.

Im Salon waren Matti und Lilli nicht. Und im Speisezimmer, wo bereits für das Dinner eingedeckt worden war, waren die beiden ebenfalls nicht zu finden.

»Wir könnten James fragen«, schlug Joost vor.

»Er heißt Dietrich.«

»Ich dachte Matti.«

»Nein, ich meine James. Sein Name ist in Wahrheit Dietrich.«

Sie gingen Richtung Bibliothek.

»Ach. Seit wann wissen Sie das denn? Ich kenne ihn schon lange und wusste davon gar nichts. Sind Sie sicher?«

»Ja. Es war an dem Tag, als alle dachten, Herr von Arnheim wäre todkrank. Sie telefonierten in der Halle.«

Jetzt hatten sie die Tür zur Bibliothek erreicht und wollten gerade eintreten, als sie ein handgemaltes Schild sahen, das jemand mit Klebeband dort angebracht hatte: »Bitte laise. Opa treumt vom Krizkint.«

Joost lachte. »Ihre Kinder mögen ihn tatsächlich.«

Sie lächelte. »Die beiden sehen in ihm mehr als wir, glaube ich.«

Kurz zögerte er. »Mir scheint, der alte Herr mag Sie ebenfalls, auf seine Weise.«

»Mich?«

Er nickte. »Ich übrigens auch, Luisa«, fügte er leise hinzu.

Überrascht sah sie ihn an, wollte etwas sagen, meinte schon, sich verhört zu haben. Weil ihr aber nichts einfiel, was sie hätte erwidern können, sagte sie nur: »Oh.«

Er kam ein wenig näher.

In Ihren Ohren begann es zu rauschen. Bestimmt waren ihre Wangen knallrot. Wie peinlich.

Sie schaute zu ihm hoch. Keiner sagte etwas.

»Wir könnten …«, fingen beide im selben Moment an. Sie lachten.

»Erst Sie.«

»Nein, bitte. Sie zuerst.«

Luisa schaute auf das Schild vor sich, dessen gekrakelte Buchstaben vor ihren Augen verschwammen. Worte. Verdammt, sie war doch sonst nie verlegen darum.

»Also«, begann er. »Es gibt einiges zu besprechen.«

»Wegen des Hauses in der Herderstraße. Natürlich.« Ihr Herz sank tiefer.

»Nein«, kam es ein wenig zu schnell aus seinem Mund.

»Nein?« Sie suchte seinen Blick, den er an die Wand hinter ihr geheftet hatte.

»Also, was ich hatte sagen wollen …«, begann er von Neuem. »Wir könnten uns ja … vielleicht … wenn alles vorbei ist … treffen? Unser Kaffee bei Körner musste ja ausfallen. Stimmt's?«

»Stimmt.«

Schweigen. Sie sahen sich an. Lange.

»Das war unter den Umständen natürlich unumgänglich …«

»Richtig. Unumgänglich.« Wenn sie ihm weiter alles wie ein Papagei nachplapperte, würde er sie für absolut dämlich halten.

»Ein kleines Missverständnis. Mehr nicht«, haspelte er.

»Genau. Missverständnis.« Sie spürte, dass es sie immer dichter zu ihm zog. Wenn er sie nicht endlich küsste, würde sie platzen.

Er schwieg.

Als es ihr unmöglich war, länger zu warten, nahm sie all ihren Mut zusammen.

»Okay!« Ihre Stimme klang eindeutig zu laut und zu energisch. Egal. »Morgen Abend um sieben. Du holst mich ab.«

Überrascht sah er sie an, als sei er gerade erst aufgewacht. »Und was werden wir tun?«

Sie zuckte mit den Achseln. »Keine Ahnung. Sag du es mir. Ich kann ja nicht alles entscheiden.«

Jetzt grinste er breit. »Okay, um sieben. Ich werde pünktlich sein.«

In diesem Moment ging die Tür auf, und Lillis Kopf lugte hervor.

»Pssst!«, zischte sie und hielt ihren Finger vor den Mund. »Ihr müsst leiser sein. Sonst wacht Opa Arnheim auf.«

Sie öffnete die Tür ein wenig weiter und gab den Blick auf den Hausherrn frei, der im Ohrensessel vor dem Kamin eingeschlafen war, die Zeitung lag auf seinem Schoß. Zu seinen Füßen saß Matti und blätterte in einem großen Bildband. Auch er legte den Finger auf die Lippen.

»Psst.« Dabei schüttelte er missbilligend den Kopf.

Dann wurde Luisa und Joost die Tür vor der Nase zugemacht. Ein Lachen unterdrückend schlichen sie zurück in die Halle.

»Morgen Abend um sieben also«, flüsterte er, als sie weit genug von der Bibliothek entfernt standen.

»Ja.«

Luisa sah ihm nach, wie er seinen Mantel vom Haken

nahm und anzog. Doch dann kam er noch einmal zu ihr zurück. Und küsste sie. Einfach so.

»Bis morgen Abend. Ich freue mich«, flüsterte er in ihr Ohr.

Kaum hatte er die Tür hinter sich geschlossen, warf Luisa die Hände vor den Mund, um nicht laut jubeln zu müssen.

Sie hatte ein echtes Date.

Kurz blickte sie gen Himmel. Müsste sie nicht ein schlechtes Gewissen haben? Nein.

Mit federnden Schritten lief sie nach oben. Bis zu der Stufe, auf der ihr einfiel, dass sie nichts Passendes zum Anziehen hatte.

Kapitel 29

Achim von Arnheim saß in seinem Arbeitszimmer und las die Tageszeitung. Zu seinen Füßen schnarchte Wotan auf seiner karierten Decke.

Das Bild der Kleinen hatte er in einen Rahmen gefummelt und neben einen Original Dix gehängt, den er für fünfzigtausend ersteigert hatte. Der Dix war teuer. Das Geschenk von Lilli wertvoll.

Zufrieden blickte der alte Mann auf Seite sieben. Hier berichtete das »BLATT« in einem Artikel über die Traditionsunternehmen der Stadt und sinnierte darüber, wie wichtig diese für die Zukunft der Region waren. »Man muss sich fragen, ob Unternehmen wie die Ascot Holding auch in fünfzig Jahren in der Lage sein werden, zur wirtschaftlichen Prosperität unserer Heimat beizutragen.«

»Gute Frage, Herr Redakteur«, murmelte von Arnheim. »An mir soll es jedenfalls nicht liegen.«

Ärgerlich war allerdings, dass die Zeitung das Foto von ihm und Luisa Thießen nicht veröffentlicht hatte. Die Fähigkeiten seines Butlers als Paparazzo schienen überschaubar zu sein. Von Arnheim überlegte, wie er die Sache auf andere Weise ins Rollen bringen konnte.

Es klopfte an der Tür.

»Herein!«, rief der Hausherr gut gelaunt.

James trat ein. »Telefon für Sie.«

»Wer ist es?«

»Elmar Poller vom BLATT. Er würde Sie gerne für ein Interview treffen.«

Von Arnheim ließ die Zeitung auf seinen Schoß sinken. Zufrieden grinste er.

»Sieh an, der Herr Redakteur persönlich.«

»Soll ich das Gespräch durchstellen?«

Der alte Mann überlegte einen Moment.

»Ach, lassen wir ihn noch ein wenig zappeln.« Er nahm die Zeitung wieder auf. »Sagen Sie dem Anrufer, ich werde mich bei ihm melden. Vielleicht sogar schon morgen.«

Der Butler schloss die Tür.

»Na, das läuft doch bestens«, murmelte von Arnheim.

Kapitel 30

Es war halb sieben, und sie wusste noch immer nicht, was sie anziehen sollte. Luisa stand vor dem Spiegel.

»Ist das nicht etwas zu gewagt?«

Sie zupfte an ihrem blauen Samtkleid, das sie am Vormittag aus der Wohnung geholt hatte. Seit Ewigkeiten hatte sie es nicht mehr getragen.

Eine Haarsträhne hatte sich gelöst. Sie schob das vorwitzige Ding zurück in die aufgesteckte Frisur.

Den ganzen Tag schon überlegte sie, wohin Joost Behrens sie wohl ausführen würde. Für einen Club war sie eindeutig zu damenhaft gekleidet. Für einen Besuch im Theater würde es perfekt sein, sofern es nicht eines dieser schrecklich modern inszenierten Brechtstücke war. Für eine Stippvisite auf der sündigsten Meile der Stadt war sie zu overdressed und für einen legeren Trip an den nächtlichen Strand ebenfalls.

Mist, sie hätte ihn um einen Hinweis bitten sollen. Nun war es zu spät. Sie schaute auf ihre Armbanduhr und spürte, wie sie immer nervöser wurde.

Ihr Blick fiel auf ihre beiden Kinder, die auf dem Bett saßen und sie schweigend beobachteten.

»Ihr seid brav, versprochen?«

Matti und Lilli nickten.

Luisa nahm ihren Mantel vom Bügel. Im Dunkeln würde man nicht sehen, wie sehr die Ärmelsäume bereits abgewetzt waren und dass auch das Innenfutter reparaturbedürftig war.

»Wann bist du zurück, Mami?« Lilli klang verständlicherweise besorgt. Seit Peter nicht mehr bei ihnen war, gab es nur noch sie und die Kinder. Ein Date hatte sie sich all die Jahre verboten.

Matti nahm Luisa die Antwort ab. »Ist doch egal. Du kannst die Uhr eh nicht lesen.«

»Kann ich wohl!«

»Nicht streiten«, rief Luisa und setzte sich zwischen ihre Kinder. »Bitte.« Sie nahm beide in den Arm. »Wenn es ein netter Abend wird, komme ich später und ihr schlaft schon. Wenn der Abend nicht so toll wird, bin ich bald zurück.«

»Dann will ich, dass er ganz doof wird, Mami.« Lilli kuschelte sich mit hängenden Mundwinkeln an sie.

»Du riechst gut«, kommentierte die Kleine schnuppernd, statt zu weinen.

Luisa holte tief Luft. »Also gut, auf geht's.« Sie war schrecklich aufgeregt. Fast so wie damals, als sie ihr erstes Date mit Peter gehabt hatte. Sie gab ihrem Sohn einen Kuss aufs Haar. »Und du, mein Großer? Alles klar?«

Er überlegte. »Weiß nicht.«

Sie hockte sich vor ihn. »Möchtest du, dass ich bleibe?«

»Weiß nicht.« Matti biss auf seine Unterlippe. »Magst du den Mann?«

Luisa wusste nicht, was sie sagen sollte. »Ich versuche, es herauszufinden.«

Der Junge nickte. »Geht klar. Opa Arnheim ist ja da.«

Luisa seufzte. »Es wäre mir lieb, wenn du nicht Opa zu ihm sagtest.«

»Aber er ist total alt, Mami«, mischte Lilli sich ein, als würde das alles erklären.

»Ich glaube, er findet es gut«, gab Matti zu bedenken.

»Nun ja, wenn ihr meint.«

Ihr Sohn sprang auf. »Ich suche Wotan.« Flugs war er aus dem Zimmer gelaufen.

Luisa prüfte ein weiteres Mal ihr Aussehen. Es war lange her, dass sie sich für jemanden hübsch gemacht hatte.

»Mami, ist der Mann jetzt nicht mehr böse mit uns?«

Luisa drehte sich zu Lilli. »Wen meinst du?«

»Der, der diese gemeinen Briefe schreibt, über die Oma Baumann sich immer so aufregt. Der dich gleich abholt.«

»Joost? Ach, weißt du, so böse ist der eigentlich gar nicht.« Luisa musste lächeln. »Er ist sogar ziemlich nett.«

»Seid ihr ein verliebtes Paar?«

»Wie kommst du darauf?«

Die Kleine legte den Kopf schief. »Matti hat das gesagt. Er hat euch knutschen sehen.«

Luisa spürte, dass ihre Wangen heiß wurden. Oh Gott!

»Mami, was ist knutschen?«

»Ähm, das erkläre ich dir später, Süße. Komm jetzt, wir müssen hinuntergehen.«

»Okay.«

Im Hauswirtschaftsraum der Villa bügelte Frau Schwertstätter gerade Servietten, als der Butler zu ihr trat. Es war fünf vor sieben.

»Sie geht gleich.«

»Ich weiß.«

»Wir hatten noch nie unbewachte Kinder im Haus«, sagte er und begann, im Raum auf und ab zu gehen. »Also, ich meine ohne Eltern.«

»Unbewacht?« Sie lächelte. »Das stimmt.«

»Kennen Sie sich mit so etwas aus?«

Die Hausdame hob den Blick. »Ich?«

»Ja, Sie sind doch eine Frau.«

»Ich habe keine eigenen Kinder. Meine Schwester hat welche.«

Er stellte sich vor sie. »Ich weiß, aber was machen wir mit den beiden, wenn die Kleine nach ihrer Mutter weint?«

Sie lachte. »Warum sollte sie?«

»Weil … Also, Gründe gibt es doch bestimmt. Sie könnte sich mit ihrem Bruder streiten.«

»Deswegen hat sie noch nie geweint.«

»Und wenn sie die Treppe herunterfällt und sich etwas bricht? Was tun wir, falls sie sich langweilen oder wollen, dass jemand für sie singt? Ich kann nicht singen. Bestimmt nicht. Können Sie singen?«

Frau Schwertstätter lachte. »Nun machen Sie sich doch keine Sorgen. Die Kinder haben bereits alles geplant. Sie werden mit Herrn von Arnheim kochen.«

»Sie werden was?« James ließ sich auf einen Holzstuhl fallen, der in der Ecke des Bügelzimmers stand.

»Makkaroni mit Käsesoße. Vorhin kam Matti in die Küche und sagte mir, welche Zutaten dafür nötig seien.«

»Herr von Arnheim will mit den beiden … kochen?«

Der Butler wirkte jetzt immer beunruhigter.

»Ich werde die drei nicht aus den Augen lassen. Versprochen.«

»Gut. Ich stelle schon mal den Feuerlöscher in die Küche.«

»Nach dem Essen werden sie entweder Fernsehen schauen oder vor dem Kaminfeuer Bücher lesen.«

»Wir haben aber kein TV-Gerät.«

»Eine Höhle unter dem Flügel im Musikzimmer zu bauen stand auch noch zur Auswahl. Man bat mich um Betttücher und Kissen.«

Das Bügeleisen glitt über den weißen Stoff mit dem Wappen derer von Arnheim.

»Oje«, jammerte der Butler. »Und wann gehen Kinder üblicherweise ins Bett?« Er nahm seinen Gang durch den Raum wieder auf. »Haben wir eine Handynummer von der Mutter? Nur für den Notfall. Wo wollen Frau Thießen und Herr Behrens überhaupt hingehen? Trocken sind sie doch, oder?«

»Frau Thießen und Herr Behrens?«

»Nein, die Kinder.«

Schmunzelnd faltete die Hausdame die Serviette vor sich zusammen und legte sie auf den Stapel zu ihrer Linken.

»Ich muss sagen, mir gefällt es, dass wieder Leben im Haus ist. Zwar bedeutet das mehr Arbeit, aber so ein Kinderlachen wärmt das Herz. Finden Sie nicht auch?«

Pünktlich auf die Minute klingelte es oben an der Haustür.

Kapitel 31

Möglichst grazil, die Hand über das Geländer gleiten lassend, schritt Luisa die Stufen in die Halle hinunter, wo Joost bereits auf sie wartete. Zufrieden registrierte sie, dass ihr Erscheinen eine gewisse Wirkung zu haben schien. Zumindest lächelte er breit zu ihr herauf.

Gerade gab sie Matti und Lilli einen Kuss, als die Tür zur Bibliothek aufging und von Arnheim heraustrat, dicht gefolgt von Wotan, der sogleich zu den Kindern tapste, um sich streicheln zu lassen.

»So, so, es scheint loszugehen«, sagte der alte Mann. In der Hand hielt er eine brennende Zigarre, von der er einen tiefen Zug nahm.

»Ist das Ihr erster Job als Babysitter?«, wollte Joost vorsichtig mit Blick auf das Rauchwerk wissen.

Von Arnheims linker Mundwinkel zuckte. Dann patschte er Matti, der neben ihm stand, auf den Kopf.

»Wir werden uns prächtig amüsieren. Stimmt's, Junge? Sag mal, ab wann dürfen Kinder eigentlich rauchen?«

Entsetzt sah Luisa ihn an. »Sie wollen doch wohl nicht etwa ... Ich verbiete Ihnen, meinem Sohn ...«

Der alte Mann warf den Kopf zurück und lachte.

»Reingefallen! War nur ein Witz«, gluckste er. »Wir werden uns ganz harmlos mit Büchern und Käsesoße amüsieren.« Er hob drei Finger zum Schwur. »Versprochen.«

»Das ist die falsche Hand«, erklärte Matti. »Du musst die andere nehmen. Sonst zählt das Versprechen nicht.«

Von Arnheim tat überrascht. »Ach ja?«

Grinsend schob Joost Luisa zur Haustür. »Sei beruhigt, er wird bestimmt keinen Unsinn mit deinen Kindern anstellen.«

»Hoffentlich hast du recht«, raunte Luisa und warf einen besorgten Blick über die Schulter zurück.

Beinahe lautlos rollte der BMW an den herrschaftlichen Vorgärten im Villenviertel vorbei, in denen stilvolle Weihnachtsdekorationen elegante Häuser beleuchteten. Luisa entdeckte in so manchem großen Fenster üppig geschmückte Tannenbäume, obwohl der zweite Advent erst noch bevorstand. Im Radio spielte ein Sinfonieorchester den Titelsong eines romantischen Kinofilms, den Luisa früher sehr geliebt hatte. Träumend blickte sie hinaus, wo sich immer üppiger die Lichter im nassen Asphalt spiegelten, je näher sie der Innenstadt kamen. Noch nie hatte sie die Stadt, in der sie lebte, als so schön empfunden.

So verrückt ihr Leben auch derzeit war, diesen Abend gedachte sie zu genießen.

Kurz darauf hielt der Wagen vor einem weißen Jugendstilgebäude, direkt am Fluss. Strahler ließen das *Hotel Vier Jahreszeiten* in all seiner mondänen Pracht erleuchten. Warmes Licht fiel aus den mit Tannengrün geschmückten Fenstern auf die Straße, als der uniformierte Portier die Beifahrertür öffnete, um Luisa beim Aussteigen zu helfen. Ein Page ließ sich von Joost den Wagenschlüssel geben, um den BMW in der Tiefgarage des Hotels zu parken.

Mit leicht mulmigem Gefühl stieg sie aus und folgte Joost die Stufen zum Foyer hinauf.

»Ich bin bisher nie so vornehm essen gegangen«, flüsterte sie.

Erschreckt drehte er sich zu ihr. »Möchtest du lieber woandershin gehen?«

»Nein. Bestimmt nicht. Darf ich mich, sicherheitshalber, einhaken?«

Lächelnd nickte er.

Gemeinsam betraten sie die Empfangshalle, wo ein mindestens vier Meter hoher, in Gold und Rot geschmückter Weihnachtsbaum stand, der wie aus einem wahr gewordenen Märchen wirkte.

»Schade, dass die Kinder nicht dabei sind. Der hätte ihnen bestimmt gefallen.«

Jemand nahm ihnen die Mäntel ab.

Ein Page führte sie dann zum Restaurant hinüber, das rechter Hand von der Lobby lag.

Luisa glaubte unter all den Kristalllüstern, die wie Wolken aus strahlenden Diamanten von der Stuckdecke hingen, über den weichen Teppichboden zu schweben. Von irgendwoher glitt dezente Klaviermusik herüber. Eine schwache Parfümwolke kitzelte ihre Nase. Sie mochte von der eleganten Dame in Operngarderobe kommen, die gerade mit einem Herrn im Smoking das Hotel verließ.

Der Chef de Rang führte Joost und Luisa zu einem Tisch am Fenster. Vornehm zur Seite nickend ließ sie sich auf dem rot gepolsterten Stuhl nieder, den man für sie zurechtgerückt hatte. Das hatte sie mal im Fernsehen gesehen und fand es sehr kultiviert.

Sie glaubte, in einem Traum zu sein.

Gleich würde sie aufwachen und in ihrem Bett in der Herderstraße 7 liegen, wo die Heizung blubberte und der Wind durch die Ritzen pfiff.

Ein Ober reichte ihr eine in Leder gebundene Menükarte mit dem Wappen des Hotels darauf.

Keine Preise, dafür aber viel Französisch. Ratlos sah sie zu Joost, der ihren Blick richtig deutete.

»Was können Sie uns heute empfehlen?«, wandte er sich an den Chef de Rang.

Der zählte nun die Köstlichkeiten des Abends auf. »Zur Vorspeise gäbe es Périgord Wintertrüffel mit Thunfischrücken und Sesam-Ginseng-Eis mit warmer Trüffelvinaigrette. Dazu vielleicht einen Chevalier-Montrachet Grand Cru 2019. Im Anschluss böte sich Steinbutt mit Kohlrabi auf Wacholder-Nussbutterschaum an mit einem Glas Barbaresco, Angelo Gaja von 2009. Als Nachspeise würde ich ein Sorbet von Ananas und Safran in rotem Shizo-Sud mit Mandelknusper empfehlen.«

Joost blickte Luisa fragend an. »Was meinst du?«

»Das klingt prächtig.«

»Gut. Dann sei es so. Und als Aperitif hätten wir gerne ein Glas Champagner. Es gibt etwas zu feiern.«

Der oberste Kellner machte sich mit einer Verbeugung auf den Weg.

»Was denn?«, fragte Luisa. »Hat sich etwa die Tochter gemeldet?«

»Leider nicht. Jedoch hat das den Vorteil, dass du ein wenig länger in der Villa bleiben wirst und ich jederzeit unter dem Vorwand, meinem Chef etwas bringen zu müssen, vorbeikommen kann.«

Der Champagner wurde serviert, und Joost hob das Glas.

»Lass uns darauf anstoßen, dass wir das Kriegsbeil begraben haben. Unser Start war ja ein wenig … holperig.«

»Hübsch ausgedrückt.«

»Ich möchte mich bei dir dafür entschuldigen, dass ich

unterstellt habe, du würdest aus der Verwirrung des alten Herrn Profit schlagen wollen. Zu dem Zeitpunkt ahnte ich ja nicht, dass er all das mit einer gewissen Absicht machte.«

Auch sie hob das Glas. »Seien wir ehrlich: Die ganze Sache ist lächerlich.«

Joost hob verzagt die Augenbrauen. »Wem sagst du das. Als wir an seinem Bett standen, dachte ich tatsächlich, er wäre vom einen auf den anderen Tag geistig umnachtet.« Er holte tief Luft. »Zum Glück hatte ich unrecht. Nicht auszudenken, was das für die Firma bedeuten würde. Alles steht und fällt mit seiner Person.«

»Wird er sein Versprechen halten, auch wenn sie nicht kommt?«

Joost stellte sein Glas wieder ab. »Zumindest werden die Zahlen geprüft, ob sich eine Sanierung überhaupt lohnt.«

Nun stellte auch Luisa ihr Glas ab. »Er sagte, er würde es sanieren lassen. Was macht er jedes Jahr mit all den Millionen, die er verdient? Müsste da nicht ein wenig für Nummer 7 übrig sein?«

Joost zögerte einen Moment. Dann lächelte er. »Wenn von Arnheim es versprochen hat, muss er es halten, oder?« Er nahm sein Glas erneut zur Hand. »Abgesehen davon: Wollen wir wirklich hier und jetzt über Geld reden?«

Sie überlegte. Dann schüttelte sie den Kopf und griff nach dem Champagner. »Du hast recht.« Versöhnlich lächelte sie ihn an.

»Wunderbar. Also stoßen wir nicht nur auf unseren neu gewonnenen Frieden an, sondern auch darauf, dass deine Mission Erfolg haben wird.«

Das Klingen ihrer Gläser mischte sich mit dem vornehmen Gemurmel an den anderen Tischen und den Klavierklängen, die von irgendwoher zu ihnen herüberschwebten.

In diesem Moment grellte ein Blitz an ihrem Tisch auf. Ein-, zwei-, dreimal.

Luisa hielt ihre Hand vor das Gesicht. Ihre Augen brannten. Sie hatte gerade noch einen Mann mit einem Fotoapparat erkennen können.

»Frau von Arnheim!«, rief der Kerl. »Werden Sie die Ascot Holding Ihres Vaters übernehmen?«

Schon war Joost aufgesprungen und ergriff den Mann am Schlafittchen. »Was soll das?«

»Presse! Ich bin vom BLATT!« Der Fotograf zerrte einen Ausweis aus seiner Jackentasche. »Nehmen Sie sofort Ihre Hand von mir.« Er schubste Joost zurück.

Schon fürchtete Luisa, es könnte zu einer Prügelei kommen, als der Chef de Rang mit zwei weiteren Mitarbeitern herbeieilte.

»Was sollte das?«, verlangte Joost zu erfahren.

Der Störenfried richtete sein Jackett, während er mit der anderen Hand den Fotoapparat schützte, der um seinen Hals hing.

»Die geheimnisvolle Erbin Clarissa von Arnheim ist eine Person von öffentlichem Interesse.«

»Das bin ich nicht!«, rief Luisa.

Der Pressemann grinste. »Besser Sie gewöhnen sich an den Trubel, Frau von Arnheim. Als Erbin eines Millionenunternehmens wird man Sie ab sofort in jedem Magazin sehen wollen.« Sein Grinsen wurde breiter. »Und ich bin der Erste, der ein Foto hat. Xaver Perlbacher, mein Name.«

Widerstandslos ließ er sich von den Angestellten aus dem Restaurant führen. Er hatte anscheinend, was er wollte.

»Sie ist es nicht!«, rief Joost dem Paparazzo nach. Der aber lachte nur.

Der Chef de Rang entschuldigte sich wortreich für die

Störung. »Der Champagner geht selbstredend auf unser Haus, Herr Behrens«, katzbuckelte er.

»Auf welchen Namen war der Tisch reserviert?«, verlangte Luisa von ihm zu wissen. Sie hatte eine gewisse Ahnung.

Als der Mann nicht gleich antwortete, wandte sie sich an Joost. »Ich nehme an, dieses Restaurant war die Idee von deinem Boss?«

Er widersprach nicht.

»Und sicherlich wird der Abend auf Firmenkosten abgerechnet. Oder?«

Statt einer Antwort griff Joost nach seinem Glas und leerte es in einem Schluck.

»Dachte ich es mir.«

Langsam erhob Luisa sich.

»Nun, dann wissen wir ja auch, wer diesem Widerling von der Presse gesagt hat, wo er uns finden kann.«

Sie drängte sich am Chef de Rang vorbei. Ihr war die Lust auf einen romantischen Abend mit dem Anwalt der Ascot Holding vergangen.

An der Garderobe holte Joost sie ein.

»Das würde er nicht tun, Luisa. Warum sollte er der Presse verraten, wo man uns finden kann? Er hat immer gesagt, dass du nicht in der Öffentlichkeit erscheinen musst.«

Sie schlüpfte in ihren Mantel. »Er muss sehr verzweifelt sein, wenn er zu solchen Maßnahmen greift. – Oder verdammt hinterhältig.« Sie rauschte an ihm vorbei, hinaus in die Nacht.

»Warte!«, hörte sie ihn hinter sich rufen. »Ich fahre dich zurück.«

»Danke nein. Ich nehme den Bus.«

»Es fährt keiner mehr.«

»Unsinn. Es ist erst halb neun.«

Sie marschierte Richtung Busbahnhof. Dummerweise waren die Pumps gänzlich ungeeignet für das Kopfsteinpflaster. Wahrscheinlich würde sie die zwei Kilometer bis dahin nicht ohne Blasen überstehen. Geld für ein Taxi aber hatte sie nicht.

Sie hörte schnelle Schritte hinter sich. Joost hielt sie am Arm fest. »Wenn von Arnheim dahintersteckt, dann ...«

Wütend funkelte sie ihn an. »Wusstest du davon?«

»Ich? Nein!«

Sie zog ihren rechten Schuh aus und drohte ihm damit.

»Ich glaube dir kein Wort«, rief sie, nahm den linken Pumps in die andere Hand und ließ ihn stehen.

»Warte, Luisa. Ich hole den Wagen.«

Ohne sich umzudrehen, eilte sie weiter.

Kapitel 32

Er hatte den Wagen geholt und sie gefunden, als sie gerade die Brücke über den Fluss nehmen wollte. Im Schritttempo fuhr er neben ihr her und versuchte, sie durch das offene Beifahrerfenster davon zu überzeugen, einzusteigen.

»Luisa, bitte!«

»Lass mich in Ruhe!«

Eine Passantin kam ihnen entgegen. »Belästigt Sie der Mann?«, wollte sie besorgt wissen.

»Welcher Mann?«, erwiderte Luisa mit hoch erhobenem Kopf. »Ich sehe hier keinen Mann! Nur einen Wicht, der sich von seinem Chef benutzen lässt!« Sie lief weiter.

Kopfschüttelnd sah die Frau ihnen nach.

»Er hat mich nicht benutzt«, verteidigte sich Joost aus dem fahrenden Wagen heraus. »Ich fand sein Angebot sehr großzügig. Das war alles. Er wollte sich auf diese Art bedanken. Das ist doch nett.«

Luisa blieb stehen und beugte sich zu ihm ins Fenster.

Er bremste.

»Wie naiv bist du eigentlich? Von Arnheim benutzt dich genauso wie mich. Was meine Person allerdings betrifft, ist damit jetzt Schluss!« Sie stieß sich vom Wagen ab und marschierte weiter.

Seufzend nahm Joost die Verfolgung wieder auf. »Nun steig endlich ein. Du holst dir da draußen den Tod.«

In diesem Moment trat eine dunkle Gestalt auf den Fuß-weg vor Luisa. Er war vielleicht fünfzig Meter entfernt, als es erneut blitzte.

Erstarrt blieb sie stehen.

»Verdammt!«, rief Joost. »Der Kerl von eben! Los, steig ein.«

Wieder und wieder grellte der Blitz auf.

Sie wollte dem Mann entgegenbrüllen, dass er sie gefäl-ligst in Ruhe lassen solle, aber sie ahnte, dass es diesen Xaver Perlbacher nicht davon abhalten würde, auf den Auslöser zu drücken. Hatte er eben im Restaurant nicht klargemacht, dass sie von nun an eine Persönlichkeit des öffentlichen Le-bens sei und daher mit so etwas rechnen müsse?

»Du sollst einsteigen!«, hörte sie Joost rufen.

Mit einem Satz riss sie die Tür auf und sprang in den Wa-gen.

Joost gab Gas. »Er muss uns vom Restaurant aus gefolgt sein.«

Luisa warf die Hände vor ihr Gesicht. Morgen würde ein Bild von ihr in der Zeitung sein, wie sie einen Autofahrer mit ihren Pumps bedrohte. Skandalgeschichten liefen doch immer. Verdammt. So hatte sie sich ihre Rolle als falsche Tochter nicht vorgestellt. Wo war sie da nur hineingeraten?

Sie kämpfte mit den Tränen, fühlte sich benutzt, war wü-tend. »Das ist alles deine Schuld!«, rief sie und schlug Joost mit der Hand auf den Arm.

»Meine?« Seine Finger umklammerten das Lenkrad, er starrte auf die abendliche Straße hinaus, wo sich nur wenige Wagen durch den Verkehr schoben.

»Ja! Was wolltest du an dem Tag in der Herderstraße? Wa-rum musstest du unbedingt deine Hilfe anbieten, als die Tür klemmte?«

»Ähm, ich dachte …«

»Niemand hatte dich darum gebeten.«

Luisa starrte aus dem Beifahrerfenster und ärgerte sich maßlos. Irgendwie ging jedes Date mit dem Mann gehörig schief.

Kapitel 33

Zurück in der Villa sprang Luisa aus dem Wagen, bevor Joost vorschriftsmäßig geparkt hatte. Wütend rannte sie zum Haus und stürmte in die Halle.

»Wo ist Herr von Arnheim?«

Überrascht sah James ihr nach. »In der Bibliothek. Mit den Kindern.«

Luisa stürmte weiter, stieß die Tür auf.

»Mami«, rief Lilli und eilte ihr entgegen.

»Oje«, kommentierte Matti die frühe Rückkehr seiner Mutter. »So schlimm?«

Sie gab ihren Kindern einen flüchtigen Kuss. »Ja.«

Dann fixierte sie streng von Arnheim, der in seinem Ledersessel saß.

Mit hochgezogenen Augenbrauen sah er sie und Joost fragend an, der in diesem Moment hinter Luisa auftauchte.

»Geht doch bitte mal hinaus, Kinder. Ich muss mit Herrn von Arnheim reden.« Sanft schob sie die beiden zur Tür.

»Oje, der Opa bekommt bestimmt Schimpfe«, erklärte Lilli ihrem Bruder, der sie an die Hand nahm und mit ihr hinausging.

Von Arnheim erhob sich aus seinem Sessel.

»Darf ich fragen, was los ist?«

Luisa stemmte die Fäuste in die Taille. »Das sollten Sie eigentlich wissen.«

An seinem Gesicht konnte sie ablesen, dass er genau wusste, wovon sie sprach.

»Sie müssen verstehen, Luisa, dass die Umstände ...«

»Bullshit! Es geht hier um nichts anderes als Ihre Unfähigkeit ...«, sie zeigte mit dem Finger auf seine Brust, »mit der eigenen Tochter zu reden.«

Er legte die Hände auf den Rücken und begann, im Raum auf und ab zu gehen. »Ich darf Sie daran erinnern, dass nicht ich es bin, der den Kontakt vermeidet.«

»Anwälte! Sie reden über Juristen mit ihr. Was für ein Vater tut so etwas?« Sie stellte sich von Arnheim in den Weg. »Sehen Sie mich gefälligst an, wenn ich mit Ihnen spreche.«

Hinter ihr sog Joost scharf die Luft ein.

Der Hausherr aber blickte Luisa unbeeindruckt aus schmalen Augen an.

»Dieses Theater muss ein Ende haben, Herr von Arnheim.«

»Ganz meine Rede, Frau Thießen.«

»Ach«, sagte Luisa, »jetzt sind wir wieder beim Sie? Und das genau in dem Moment, in dem ich mich von Ihnen nicht mehr hin und her schubsen lasse. Interessant.«

Sie sah, dass sein Atem schneller ging. Er stützte sich an einem kleinen Tisch ab.

»Hören Sie gut zu, Herr von Arnheim. Es ist Zeit, dass dieses erbärmliche Schauspiel beendet wird. Warum fliegen Sie nicht einfach zu Ihrer Tochter und sprechen mit ihr?«

»Das ist keine Option. Gar keine. Außerdem bin ich dafür zu alt.«

»Okay ... Dann fliegen Joost und ich nach London, um Ihre Tochter zu holen.«

»Das werden Sie nicht!«

»Oh doch. Das werden wir. Und dann werden Sie und

Ihre Tochter sich endlich wie zwei erwachsene Menschen benehmen und nicht wie bockige Kinder.«

Von Arnheim schüttelte energisch den Kopf. »Meine Tochter wird kommen, von allein! Ich brauche keine Bittsteller.«

»Sie haben bisher nichts erreicht, außer dass Sie mein Leben völlig durcheinandergebracht haben. Mir reicht es! Joost und ich fliegen nach London.«

»Nein, nein, nein …« Von Arnheim ließ sich auf einen Stuhl fallen. »Sie soll von selbst kommen.« Seine Stimme zitterte.

Luisa drehte sich zu Joost, in der Hoffnung, er möge ihr mit dem sturen Alten helfen. Der aber stand zur Salzsäule erstarrt an der Tür und blickte sie nur sprachlos an.

Wütend stellte sie sich vor von Arnheim.

»Sie sind so was von verbohrt. Wollen Sie Ihre Tochter überhaupt hier haben?«

Er starrte zu ihr hoch.

»Ich weiß, was es ist: Sie haben Angst vor ihr.«

»Habe ich nicht.«

»Doch.« Luisa verschränkte die Arme vor der Brust. »Feigling«, sagte sie.

Wotan gab ein leises Knurren von sich.

»Und du auch«, giftete sie den Hund an, woraufhin der sich schleunigst wieder auf seine Decke legte.

Schweigen. Das Feuer im Kamin knisterte. Ein Holzscheit fiel polternd zusammen. Hundert Funken wirbelten auf.

Als Luisa schon dachte, der Hausherr würde gar nichts mehr sagen, stand er auf und ging zu Joost.

»Ich gebe Ihnen achtundvierzig Stunden. Wenn Sie es nicht schaffen, Herr Behrens, werden Sie sich eine neue Anstellung suchen müssen.«

Dann verließ er den Raum.

»Super gemacht, Luisa«, zischte Joost. »Wirklich klasse. Danke.« Mit Zornesröte im Gesicht stürmte er hinaus.

Luisa schluckte.

»Sorry, das habe ich nicht gewollt«, rief sie ihm nach.

Kapitel 34

Mit sehr gemischten Gefühlen hatte Luisa am nächsten Morgen ihre Tasche gepackt, um für den Kurztrip gerüstet zu sein. Das schlechte Gewissen gegenüber Joost plagte sie noch immer, aber auch die Erkenntnis, dass sie noch nie so lange ohne ihre beiden Kinder gewesen war. Natürlich würden Matti und Lilli nicht alleine sein, denn Frau Schwertstätter und Butler Dietrich waren bei ihnen, ebenso wie ein verschmustes Ungeheuer namens Wotan und ... ach ja, der Hausherr.

Jeder sagte, sie müsse sich keine Sorgen um die Kinder machen, aber das war es eigentlich nicht, was ihr das Herz schwer machte. Sie war enttäuscht, dass Matti und Lilli nicht sonderlich traurig wirkten, zwei Tage ohne ihre Mutter auskommen zu müssen. Offenbar hatten die beiden bereits konkrete Pläne, welche Ecken und Winkel es im Haus noch zu entdecken galt. Dass Herr von Arnheim den Kindern zudem versprochen hatte, sie auf den morgendlichen Fahrten zur Schule und in den Kindergarten zu begleiten, um am Nachmittag mit ihnen Weihnachtsgeschenke kaufen zu gehen, hatte den Kindern den Abschied von Luisa leicht gemacht.

Der Flug ging am frühen Nachmittag. Noch nie hatte Luisa in einer Business Lounge auf ihren Abflug gewartet. Bequeme

Sessel, modernes Interieur, aufmerksames Personal, leise Musik in den Lautsprechern, sogar der Kaffee schmeckte.

In ihrem Magen rumorte es. Fraglos Reisefieber.

Für Joost hingegen schien all das normal zu sein. Er ließ sich eine der ausliegenden Tageszeitungen reichen und setzte sich an einen Tisch am Fenster, mit Blick auf die Startbahn, wo gerade ein Flieger donnernd abhob.

Seit gestern hatte Joost nicht mehr als nötig mit ihr gesprochen. Sie konnte ihn verstehen. Mit ihrer unbedachten Art, die Dinge in die Hand nehmen zu wollen, hatte sie ihn in eine schwierige Situation gebracht.

»Ist hier zufällig ein Platz frei?«, fragte sie Joost, um irgendetwas zu sagen.

Er nickte. Sie setzte sich ihm gegenüber.

»Willst du die ganze Zeit mit mir maulen?«

Er sagte nichts, sondern blätterte die Zeitung um und versteckte sich wieder hinter dem Blatt.

»Ich habe mich doch schon entschuldigt«, versuchte sie es ein weiteres Mal.

In dem Moment fiel ihr ein großes Foto in der Mitte der Zeitungsseite auf. Sie meinte, ihr Herz müsse stehen bleiben.

Da war sie. Wutverzerrt starrte sie in die Kamera. Bewaffnet mit einem Pumps.

»Neue Chefin der Ascot rastet aus!«

Ihre Gedanken überschlugen sich. Würden ihre Kinder das sehen? War dieser Bericht das, was von Arnheim gewollt hatte? Wohl kaum. Oder doch? Was sollte sie sagen, wenn sie sich im nächsten Jahr um einen Job bewarb und man sie wiedererkannte? Sie wirkte auf dem Foto absolut irre.

»O mein Gott«, stammelte sie nur.

Joost sah auf. »Was ist passiert?«

Sie konnte nicht antworten, wies nur entsetzt auf das Bild.

Er blätterte um und sah die Bescherung.

Schmerzvoll verzog er das Gesicht. »Wenig schmeichelhaft.«

»Das ist alles, was du sagst?«, fuhr sie ihn an.

»Ok, dann eben: Wie schön, dass du für zwei Tage in London bist. Da hast du Ruhe vor Xaver Perlbacher und Co.«

»Glaubst du etwa, dass das so weitergeht?«

Er nickte zum Eingang der Business Lounge hinüber, wo eine Stewardess gerade damit beschäftigt war, einen Fotografen daran zu hindern, hereinzukommen.

Luisa wurde schwindelig.

Joost beugte sich über den Tisch und nahm ihre kalte Hand.

»Mach dir keine Sorgen. Wenn wir zurück sind, hat die Welt das Bild längst vergessen.«

»Bist du sicher?«

»Ja, vertrau mir.« Aufmunternd lächelte er ihr zu.

Am liebsten wäre sie im Boden versunken.

In diesem Moment wurde ihr Flug aufgerufen.

»Los geht's«, sagte er und erhob sich. »Die Zeit drängt.«

Kaum waren sie in der Luft, ging es Luisa besser. Irgendwo über dem Ärmelkanal spürte sie, dass sie sich sogar auf London freute. Und sei es nur, um der Peinlichkeit zu Hause entfliehen zu können.

Natürlich wusste sie, dass es kein Urlaub sein würde, der sie in die britische Hauptstadt führte. Sie mussten Clarissa von Arnheim finden. Und zwar flott.

Aber hier und jetzt, so weit zwischen Himmel und Erde, war ihr das egal. Joost schien auch wieder gelöster. Ja, er spöttelte sogar ein wenig, ob er das Bild nicht einrahmen solle.

»Wehe dir!«

Er lachte. Die Wut auf sie schien verflogen.

Gleich nach der Landung fuhren sie in einem dieser urigen schwarzen Taxis zu Pendergast & Partner, einer schicken Anwaltskanzlei in der City.

Natürlich befand sich die Kanzlei in einem der oberen Stockwerke eines Wolkenkratzers und bot einen atemberaubenden Blick auf die Themse. Luisa meinte sogar den Tower entdeckt zu haben. Auf alle Fälle aber den Buckingham Palace.

Sie setzte sich neben Joost an den langen Konferenztisch. Er hatte sie als seine Assistentin vorgestellt, was ihr schmeichelte, denn so hatte sie mit in die heiligen Hallen der Kanzlei gedurft und musste nicht unten in der Lobby auf ihn warten.

Es war erstaunlich, wie perfekt Joost in dieses edle Ambiente aus britischer Vornehmheit, dicken Teppichböden und diskretem Flair passte. Es schien, als würde er nie etwas anderes machen.

Natürlich beschränkte sie sich in der gesamten Unterhaltung auf ein unverbindliches Lächeln. Die Englischkenntnisse hatte sie am Tag der Abiturprüfung auf der Schwelle ihrer alten Schule abgelegt und dankbar vergessen. Dennoch konnte sie dem Gespräch ausreichend folgen und erkannte, dass auch Pendergast & Partner keine Ahnung hatten, wo Clarissa von Arnheim sich derzeit aufhielt. Man hätte nur via E-Mail mit ihr Kontakt, falls dies nötig sei.

Das sei eine schlechte Nachricht, erklärte Joost und bat darum, man möge schnellstmöglich die Mandantin bitten, sich bei ihm zu melden. Er reichte seine Visitenkarte über den Tisch.

Heimlich beobachtete Luisa ihn. Sein Akzent war so britisch, wie er nur sein konnte, sein Auftreten derart weltmännisch, dass sie sich fragte, warum er mit diesen Fähigkeiten bei von Arnheim versauerte. Joost Behrens hatte eindeutig genug Stil, um auf der internationalen Bühne bestehen zu können.

Sie musste zugeben, sich in ihm geirrt zu haben, als sie meinte, er sei nichts weiter als ein Haus- und Hofanwalt in einem spießigen Büro bei der Ascot.

Als sie sich beide kurz darauf bei Pendergast & Partner verabschiedeten, bemerkte Luisa die interessierten Blicke der Sekretärinnen, die Joost wohlwollend folgten, als sie neben ihm zum Aufzug ging. Die Damen waren eindeutig neidisch auf sie.

Luisa konnte sich ein Lächeln nicht verkneifen.

Joost schien mit dem Ergebnis des Besuchs nicht zufrieden zu sein. Mit ernstem Gesicht blickte er auf seine Armbanduhr.

Die Fahrstuhltüren schlossen sich.

»Sie wird sich melden. Bestimmt«, versuchte Luisa ihn zu beruhigen.

»Neunundzwanzig Stunden. Bis dahin müssen wir sie gesprochen und zu ihrem Vater gebracht haben. Ich weiß nicht, wie das funktionieren soll.«

Sie wusste es auch nicht. Ihr fiel ein Spruch ein, den sie irgendwo gelesen hatte:

Gott, gib mir die Gelassenheit, Dinge hinzunehmen, die ich nicht ändern kann, den Mut, Dinge zu ändern, die ich ändern kann, und die Weisheit, das eine vom anderen zu unterscheiden.

»Ok, wir müssen warten. Also tun wir es. In der Zwischenzeit werden wir unseren Besuch in der Stadt genießen«, sagte sie voller Überzeugung.

Sprachlos schüttelte er den Kopf.

»Ich sage dir, was zu tun ist«, fuhr sie lächelnd fort. »Wir shoppen. Lilli möchte einen Winnie Puh als Freund für Teddy Pu haben. Und Matti einen Bobbyhelm oder einen Transformer. Ich glaube aber, ein Bobbyhelm ist günstiger.«

»Einkaufen? Jetzt?«

»Keine Widerrede. Danach gehen wir chic essen. Ohne Paparazzi. Und dein Chef bezahlt.«

»Du erlaubst es ihm?«

»Ich erwarte es sogar, schließlich hat er uns in diesen Schlamassel geschickt. Außerdem gedenke ich, nur das Beste von der Karte zu bestellen.«

Er seufzte kurz, dann lag ein Grinsen auf seinem Gesicht. »Ok. Was haben wir schon zu verlieren?«

»So ist es.«

Über der Oxford Street hingen goldene und silberne Weihnachtskugeln im Wechsel mit funkelnden Sternen. Lebensgroße Engel schwebten zwischen den Hausfassaden in der Regent Street hin und her, von Lichtern hell erleuchtet.

Bei Harrods funkelte es, wohin man auch schaute. Luisa konnte nicht anders, als zu staunen. Eine echte englische Teekanne mit filigranem Rosenmuster hatte es ihr angetan, allerdings lag der Preis über allem, was sie sich leisten konnte.

Ohne auf ihre Widerworte zu achten, nahm Joost das bauchige Ding aus dem Regal und ging damit zur Kasse, um zu zahlen und die Verkäuferin zu bitten, das gute Stück ins Hotel schicken zu lassen.

Mit einem roten Doppeldeckerbus fuhren sie anschließend durch die weihnachtliche Stadt und schlenderten danach durch den Hyde Park. Dort hatte man ein *Winter Wonderland* aufgebaut, in dem sich lachende Menschen jeden Alters auf einer riesigen Schlittschuhbahn tummelten, umrahmt von einem Weihnachtsmarkt mit Buden, wie Luisa es von zu Hause kannte.

Sie standen am Rand der Eisfläche und schauten den Leuten zu, wie sie mehr oder weniger elegant ihre Runden drehten.

Joost legte seinen Arm um Luisas Schultern. »Du frierst?«

»Ein bisschen.«

»Magst du Schlittschuhlaufen?«

Sie nickte. »Als Kind bin ich immer auf dem Teich hinterm Haus gelaufen.«

Er schwieg einen Moment. Dann fragte er sie leise, ob sie Lust auf ein kleines Abenteuer hätte.

»Ja«, sagte sie und strahlte.

Er nahm ihre Hand und führte sie aus dem Park, hinüber zur U-Bahn-Station.

Dort hörten sie eine Weile einem Saxofonisten zu.

»*Stille Nacht* als Jazzsong«, raunte Joost. »Hat was!«

»Es klingt wirklich gut.«

»Ja.«

An der Station Covent Garden stiegen sie bald darauf aus. Mittlerweile war es dunkel geworden, und London erstrahlte in jeder noch so kleinen Gasse wie ein ganz besonderes Juwel.

»Wohin entführst du mich?«

»Sag ich nicht.«

Joost schaute noch einmal kurz auf sein Handy, um nachzusehen, ob eine Nachricht von Clarissa von Arnheim angekommen war. Damit gerechnet hatte er aber nicht.

Luisa folgte ihm durch Londons Straßen, als er vor einem prächtigen klassizistischen Gebäude hielt.

»Das ist Somerset House.«

»Ein Museum?«

Ohne ein Wort zog er sie durch einen der drei Bögen, die in den Innenhof führten. Ein Portier in betresster Uniform kam aus seiner Loge und rief ihnen nach, dass bereits geschlossen sei. Joost ging hinüber, sprach kurz mit ihm und drückte dem Mann eine Zwanzigpfundnote in die Hand. Mit verschmitztem Lächeln sah der Pförtner zu Luisa herüber, die ein Stück entfernt stand.

»*Nice, very nice*«, hörte sie ihn sagen.

Joost kam zurück.

»Komm. Wir dürfen eine halbe Stunde bleiben.«

Der Innenhof von Somerset House hatte beeindruckende Ausmaße. Das aber war es nicht, was Luisa den Atem raubte, sondern der unglaublich schöne Weihnachtsbaum, geschmückt mit Hunderten goldener Kugeln aller Größen, die sich von unten in einer Spirale nach oben bis in die Spitze schraubten und dabei immer kleiner wurden.

»Wow«, flüsterte sie.

»Warte ab.« Er hielt ihr die Augen zu und führte sie vorsichtig um den Baum herum.

»Tattatah!«, rief er dann und senkte seine Hände.

Vor Luisa lag eine blau leuchtende Schlittschuhbahn, umrahmt von Buden, die menschenleer dastanden. Im Hintergrund ragte Somerset House wie eine üppige Filmkulisse auf, erhaben und stolz.

Hinter ihnen kam schaukelnd der Portier angewackelt. In den Händen hielt er Schlittschuhe. Ein weißes und ein schwarzes Paar. Zufrieden bemerkte Joost Luisas Überraschung.

»38, richtig?«

Sie nickte. »Wir dürfen hier ... ganz alleine?«

»Ja. Mister Harrison war so freundlich.«

»*Nice, very nice*«, murmelte der Mann immerzu, und Luisa fragte sich, was Joost ihm wohl gesagt haben mochte.

Die ersten Runden fuhren die beiden mit den Armen rudernd und schließlich aneinandergeklammert lachend auf dem Eis umher. Dann wurden sie sicherer, und bald schon konnten sie Hand in Hand fahren, ohne dass einer von ihnen ins Stolpern geriet.

Mister Harrison stand neben dem Weihnachtsbaum, die Arme vor der Brust verschränkt, und lächelte selig.

»Was hast du ihm gesagt, Joost?«

»Ich? Wieso?« Er tat unschuldig.

Sie versuchte eine Pirouette, die einigermaßen glimpflich endete, weil er sie im letzten Moment auffing.

»Nun, für ein paar läppische Pfund lässt der Mann uns hier laufen? Das ist bestimmt nicht erlaubt.«

»Du denkst zu deutsch. Freue dich doch einfach.«

»Tue ich ja. Trotzdem möchte ich wissen, wie du ihn überredet hast.«

Er probierte einen coolen Hockey-Stopp, kam aber ins Stolpern und musste sich an der Bande festhalten. »Uups. Früher konnte ich das besser.«

Sie lachte.

»Also, was hast du ihm gesagt?«

»Sag ich nicht!«, rief er und glitt davon.

So schnell wie möglich folgte sie ihm. »Und ob du das wirst.«

Es dauerte nicht lange, da hatte sie ihn eingeholt und klammerte sich an seinem Arm fest.

Er stoppte, drehte sich und nahm sie in seine Arme.

»Ich habe ihm gesagt, dass du meine Traumfrau bist.«

»Oh.« Sie sah ihm in die Augen. »Das kommt irgendwie plötzlich.«

Bevor sie weiter darüber nachdenken konnte, welche Folgen das haben könnte, zog er sie zu sich heran und küsste sie. Seine Lippen waren weich. Seine Arme hielten sie so fest, dass sie hoffte, er würde sie nie wieder loslassen. Seine Wärme kroch durch ihren dicken Mantel, direkt in ihr Herz.

Es begann zu schneien.

Leise schwebten kleine Flocken aus dem Himmel über Somerset House, umschwirrten die beiden Liebenden auf dem Eis, als tanzten sie zu einem stillen Walzer.

Luisa wusste nicht, wie lange sie dort gestanden hatten. Widerstrebend lösten sie sich irgendwann voneinander.

Sie blickte zu Mister Harrison, der in der Hand ein Taschentuch hielt, in das er jetzt hinein schniefte.

»Weint er?«

»Ich glaube nicht. Vielleicht hat er Schnupfen.« Joost zog sie an den Rand. »Lass uns essen gehen. Ich sterbe vor Hunger.«

Als sie kurz darauf zu dem alten Portier gingen, um sich herzlich zu bedanken, legte der den Kopf schief und schaute beide lange an.

»*You seem do be the best thing he's never planned*«, sagte er zu Luisa.

Sie spürte, dass sie ein wenig rot wurde. Schnell gab sie Mister Harrison einen Kuss auf die Wange, was ihm zu gefallen schien. Dann nahm Joost sie bei der Hand, und sie liefen zurück zur Straße.

Der nächste Morgen weckte Luisa mit sanften Sonnenstrahlen, die durch die Gardinen in ihr Hotelzimmer fielen. Still lag sie da. Ihr Körper fühlte sich so anders an. Weicher, schwebend, glücklich. Mit geschlossenen Augen tastete sie neben sich und stellte erleichtert fest, dass er noch bei ihr war. Sie hatte nicht geträumt.

Mit einem Seufzer drehte sie sich auf die Seite und kuschelte sich an Joost, spürte seinen gleichmäßigen Atem, meinte, seinen Herzschlag zu hören.

Sie lächelte.

Der Abend war wunderbar gewesen. Das Essen in dem kleinen Restaurant in Camden Town, der Besuch in einem Jazzkeller, wo er sich am Klavier versuchte und sogar Applaus bekam. Und dann die Küsse und alles, was darauf folgte.

Verrückt, dachte sie nur.

Ein Geräusch drang an ihre Ohren. Es war nicht das gleichmäßige Brummen der Autos vor dem Hotelfenster. Es war leiser, stetiger … Es war Joosts Handy.

Luisa riss die Augen auf.

Den ganzen Abend und auch in der Nacht hatten sie nicht einen Gedanken an Clarissa von Arnheim verschwendet. Jetzt war sie wieder da.

Luisa rollte sich zur Seite, tastete nach dem Telefon in Joosts Tasche.

»Was ist?«, wollte er verschlafen wissen.

»Dein Handy. Es klingelt.« Sie reichte ihm das Smartphone.

Er setzte sich auf, blickte aufs Display.

»Der Chef.«

»Aber die achtundvierzig Stunden sind noch nicht um!«, rief sie erschrocken, während das Telefon weiter klingelte.

Er sah sie an. »Es war schön mit dir«, sagte er leise, und es klang in ihren Ohren wie ein Abschied.

Dann nahm er das Gespräch an.

Kapitel 35

Nur drei Stunden später rollte der BMW die Auffahrt zur Villa hinauf. An der Tür erwarteten sie Frau Schwertstätter und James.

Joost parkte den Wagen, und sie stiegen aus. Mit federnden Schritten ging er auf die beiden zu. All die Angst, er könne seinen Job verlieren, hatte sich dank des morgendlichen Telefonats in Luft aufgelöst.

Luisa aber bemerkte, dass die Hausangestellten besorgt wirkten, was sie überraschte, denn die Rückkehr der Tochter des Hauses hätte doch ein Grund zum Feiern sein müssen.

»Ich denke, Sie sollten sofort ins Arbeitszimmer gehen«, sagte Frau Schwertstätter nur statt einer Begrüßung.

Fragend sahen sie die Hausdame an. Die aber zuckte entschuldigend mit den Achseln.

»Wo sind meine Kinder?«

»Oben. Sie warten dort auf Sie.«

»Sie sind nicht heruntergekommen, um mich zu begrüßen?« Das irritierte Luisa doch sehr. Mit einem unguten Gefühl in der Magengegend ging sie ins Haus.

Sie wollte schon an die Tür zum Arbeitszimmer klopfen, als Joost sie zurückhielt.

»Lass mich vorgehen.«

Luisa nickte.

Wie bei ihrem ersten Besuch saß Achim von Arnheim hinter seinem Schreibtisch. Neben ihm stand eine elegante Frau in dunkelblauem Kostüm. Die blonden Haare trug sie kunstvoll aufgesteckt. Alles an ihr war makellos. Ihre Hand lag auf der Schulter des Alten.

»Ist sie das?«, raunte Luisa Joost zu.

»Sieht so aus.«

Achim von Arnheim blickte auf.

»Mein Junge«, rief er. »Es ist vollbracht.« Er wies zu der blonden Schönheit neben sich.

Diese begrüßte Joost mit einem kühlen Lächeln. »Herr Behrens.«

Für Luisas Geschmack hielt der Blick zwischen ihm und der Frau ein wenig zu lange an. Sie versuchte, den Stich in ihrem Herzen zu ignorieren.

Dann wandte sich Clarissa von Arnheim Luisa zu. »Und den Köder haben Sie gleich mitgebracht, Herr Behrens. Wie nett.«

Sie musterte Luisa mit einer Mischung aus Neugier und Geringschätzung. »Dachten Sie tatsächlich, Frau Thießen, Sie könnten damit durchkommen?«

»Bitte?«

»Wie gedachten Sie, die Ascot zu leiten? Ohne Erfahrung, ohne irgendetwas, das Sie als Geschäftsführerin eines solchen Unternehmens auch nur im Ansatz befähigt.«

»Ich hatte nie die Absicht ...«

»Es ist besser, wenn Sie Ihre Kinder nehmen und sofort gehen.«

»Frau von Arnheim, Sie sollten wissen, dass ...«

Der linke Mundwinkel der Person zuckte in ihrem ebenmäßigen Gesicht, als wolle sie lächeln, was sie aber nicht tat.

»Wie gesagt, sofort.«

»Moment!« Luisa wandte sich an Achim von Arnheim. »Würden Sie bitte Ihrer Tochter erklären, was der Hintergrund dieser lächerlichen Scharade gewesen ist und dass ich niemals vorhatte, ihren Platz einzunehmen, egal was die Presse behauptet.«

»Ich erwähnte beiläufig die Verwechslung.«

Luisa glaubte, nicht recht zu hören. Doch das war in diesem Moment unerheblich.

»Egal. Ich habe meinen Teil der Abmachung erfüllt. Jetzt sind Sie dran. Ich hoffe, Sie halten Ihr Wort, Herr von Arnheim.«

Der alte Mann antwortete nicht.

»Wovon redet sie?«, wollte die echte Tochter wissen.

»Ihr Vater versprach mir, eine ganz bestimmte Immobilie in der Stadt nicht abreißen zu lassen, sondern wieder instand zu setzen, wenn ich Ihr Double spiele.« Sie blickte von Arnheim in die Augen. »So haben wir es vereinbart. Draußen im Garten.«

»Ja, wir sprachen darüber. Das ist richtig.«

Clarissa von Arnheim stellte sich wieder neben ihren Vater und lächelte milde zu ihm herunter. Luisa fragte sich, woher die plötzliche Vertrautheit mit ihm kam, wo sie sich doch über Jahre geweigert hatte, ihn auch nur anzurufen. »Du hast sicherlich eine Vereinbarung oder einen Vertrag aufsetzen lassen, in dem festgehalten wurde, was die Person da behauptet, Papa.« Sie betonte das »a« sehr französisch.

»Nein, das gibt es nicht.« Von Arnheim mied Luisas Blick. Nervös spielte er mit seinem Füller in der Hand.

»Sie haben mir Ihr Wort gegeben!« Luisa sah zu Joost, der angestrengt überlegte. Er sah zwischen ihr und der anderen Frau hin und her. Dann schüttelte er stumm den Kopf.

»Wenn es nichts Schriftliches gibt oder wenigstens Zeu-

211

gen …«, bedauerte er. »Ich fürchte, aus einem als Versprechen aufgefassten Gespräch lässt sich keine rechtswirksame
Verpflichtung ableiten.«

Der alte Mann räusperte sich. »Es wäre mir ganz lieb,
mein Kind«, sagte er zu seiner Tochter, »wenn wir den Abriss
von Haus Nummer 7 noch einmal überdenken.«

»Das war so nicht vereinbart!«, fuhr Luisa ihn an. »Sie
wollten das Gebäude sanieren lassen!«

»Reden Sie nicht so mit meinem Vater«, ging die Neue
dazwischen. »Wenn ich es richtig sehe, haben Sie seine Not-
situation für Ihre Zwecke ausgenutzt. Immerhin glaubte er
wohl tatsächlich eine Zeit lang, Sie seien ich.« Mit hochgezogenen Augenbrauen blickte sie zu Joost. »Mir scheint, wir
haben es hier mit einer strafrechtlich relevanten Situation zu
tun? Sehe ich das richtig, Herr Anwalt?«

»Ähm, nein, so würde ich es nicht einschätzen. Ihr Vater war sich der Identität von Frau Thießen sehr wohl be-
wusst.«

»Sind Sie sicher? In Ihrer Mail stand es anders. Danach
glaubte er, er hätte seine Tochter gefunden. Das ist ja auch
der Grund, warum ich hier bin.« Sie schaute zwischen Luisa
und Joost vielsagend hin und her. »Und wie mir scheint, bin
ich gerade rechtzeitig gekommen.«

Joost horchte auf. »Was soll das heißen?«

Luisa sah, dass er seinen Rücken ein wenig durchdrückte.
Vielleicht um größer zu wirken als die Frau in ihren hoch-
hackigen Pumps.

»Wir reden später darüber, Herr Behrens. Jetzt ist es an
der Zeit, dass die Dinge wieder ihre geordnete Bahn einnehmen.« Sie wandte sich an Luisa. »Ihre Dienste werden nicht
mehr benötigt. Sie und die Kinder können gehen.«

Luisa schnappte nach Luft. Sprachlos sah sie von Arnheim an, der ihren Blick mied. »Das ist nicht Ihr Ernst! Sie haben es mir versprochen.«

Der Mann, den ihre Kinder Opa nannten, schluckte.

»Mir sind die Hände gebunden. Mit dem heutigen Tag gehen die operativ-geschäftlichen Entscheidungen an meine Tochter über. Ich habe ab sofort nur eine beratende Funktion.« Er schaute zu der Mappe, die mitten auf dem Schreibtisch lag. Es war jene, die er Luisa vor Tagen ebenfalls vorgelegt hatte.

Joost griff danach. Kurz blätterte er in den Seiten. »Das ist nicht die Vereinbarung, die ich aufgesetzt habe.«

Clarissa von Arnheim wirkte amüsiert. »Dachten Sie wirklich, ich würde das unterschreiben?« Sie lachte. »Meine Anwälte haben selbstredend einen besseren Vertrag ausgearbeitet.«

Joost legte die Stirn in Falten, während sein Blick über die Zeilen huschte.

»Und Sie haben das ohne Prüfung durch mich unterschrieben, Herr von Arnheim?« Ungläubig sah er den Alten an.

»Ich habe ihm wenig Möglichkeiten gelassen, sich zu verweigern«, antwortete die Tochter für ihn. »Entweder diese Vereinbarung, oder ich hätte den nächsten Flieger zurück nach London genommen.«

»Das ist Erpressung«, kommentierte Joost.

»Nein, Geschäftssinn. Den habe ich von meinem Vater geerbt. Es liegt mir sozusagen in den Genen.« Sie lächelte den Alten an, der das Lächeln zögerlich erwiderte.

»Fraglos, Kind.« Dann wandte er sich an Luisa. »Danke, dass Sie hierherkamen, um mir zu helfen, endlich mein Kind kennenlernen zu dürfen.« Er zog aus einer Schublade seines Schreibtisches ein Stück Papier und schob es über den Tisch.

»Ein Scheck?«

»Altmodisch, ich weiß. Aber Ihre Bank nimmt ihn bestimmt an. Danke für Ihre Mühe. Ich hoffe, die Summe deckt Ihre Auslagen.«

Luisa schaute auf die Zahl. Damit konnte sie den Kindern ein schönes Fest bereiten, inklusive deckenhohem Tannenbaum und vielen Geschenken, einer Gans mit Rotkohl und einem guten Wein für alle im Haus. Ihrem Ziel nur war sie nicht ein Stück näher gekommen.

Ab kommendem Jahr würden sie ohne Wohnung sein.

Kurz war sie geneigt, von Arnheim seinen Scheck ins Gesicht zu werfen. Dann aber, überlegte sie, würde sie mit noch weniger dastehen. Langsam schob sie die Zahlungsanweisung in ihre Manteltasche.

»Ich hoffe, dass er wenigstens gedeckt ist«, murmelte sie und drehte sich um, bevor jemand etwas sagen konnte.

In der Tür fuhr sie herum. »Ich wünsche Ihnen allen das Weihnachtsfest, das Sie verdient haben.« Ein letzter Blick zu Joost, dann schlug sie die Tür hinter sich zu.

Kapitel 36

Wie Diebe waren Luisa und die Kinder zurück in ihre Wohnung in der Herderstraße geschlichen, um Oma Baumann oder Wolle aus dem Weg zu gehen. Sie hatten die Taschen und den Koffer ausgepackt und waren in die Küche gegangen, um sich eine heiße Schokolade zu machen.

Keines der Kinder hatte gefragt, warum sie so plötzlich die Villa verlassen mussten. Der Abschied von Wotan war tränenreich gewesen. Selbst James und Frau Schwertstätter hatten zutiefst unglücklich gewirkt, als das Taxi vorgefahren war.

Jetzt saßen die drei am Küchentisch und schauten in ihre Becher.

Die Teekanne aus London stand unausgepackt auf dem Kühlschrank. Im Heizkörper blubberte es.

»Mag Opa Arnheim uns nicht mehr?«, kam es von Lilli, die mit Teddy Pu und seinem neuen Freund Winnie im Arm dasaß und die Unterlippe vorschob, als würde sie jeden Moment weinen müssen.

Luisa nahm sie in den Arm. »Ach, Spätzchen, es ist alles so kompliziert.«

»Das sagt ihr Erwachsenen immer«, protestierte Matti.

Sie streichelte ihm über den Kopf. »Seine Tochter ist nach Hause gekommen.«

»Darf sie jetzt mit dem Puppenwagen spielen?«

»Du Doofe! Die ist erwachsen«, widersprach Matti. »Du hast sie doch gesehen.«

»Selber doof!«

In diesem Moment klingelte es an der Haustür. Langsam erhob Luisa sich und schlurfte in den Flur hinaus. Vor der Tür standen Oma Baumann und Wolle. Die alte Dame hatte einen selbstgebackenen Kuchen dabei und Wolle seine Gitarre.

Offenbar ahnten sie, dass die leise Rückkehr nichts Gutes zu bedeuten hatte.

»Kommt rein.«

Die alte Dame seufzte nur schwer, statt Hallo zu sagen.

Wortlos gingen alle in die Küche, wo Oma Baumann den Kuchen auf den Tisch stellte. Matti holte Gabeln und Teller aus dem Schrank. Dann setzten sich alle.

»Und nun?«, wollte Oma Baumann wissen. »Der Plan war unsere allerletzte Hoffnung.«

Luisa hatte keine Kraft mehr. »Er hat mir einen Scheck gegeben.«

»Echt?« Wolle war ganz Ohr. »Wie viel?«

»Nicht genug für eine Sanierung oder ein neues Haus.«

»Schade.« Er nahm seine Gitarre und klimperte ein wenig darauf herum. Dann stimmte er ein Lied an, in dem das Wort Heimat öfter vorkam, als Luisa aushalten konnte. Seine Stimme klang wie jene von Herbert Grönemeyer.

»Sie sollten Musiker werden«, sagte Oma Baumann leise zu ihm.

Kapitel 37

Seine Tochter saß am anderen Ende der Tafel und blickte auf ihr iPad, während sie die Gabel in den Salat neben sich stach. Wieder schüttelte sie den Kopf, griff zu einer schwarzen Mappe, die man ihr aus der Firma vorbeigebracht hatte, blätterte, legte das Besteck in ihrer Hand zur Seite, nahm einen Füller und strich irgendetwas durch.

Achim von Arnheim hatte versucht, mit ihr über ihre Mutter zu reden, doch das Kind meinte nur, dass das Gewesene vergessen sein sollte. Sie trage ihm nichts nach. Jetzt sei sie ja da.

»Sind das die Quartalszahlen?«, wollte er von ihr wissen. Er hatte sein Abendessen nicht angerührt.

»Nein. Ich prüfe, welche Umstrukturierungsmaßnahmen im kommenden Jahr umgesetzt werden können, ohne dass wir zu hohe Abfindungen zahlen müssen. Zudem sehe ich Potenzial, unsere operative Kapitalrendite erheblich zu verbessern.«

Von Arnheim horchte auf. »Clarissa ...«

Es fiel ihm noch immer schwer, die Fremde in seinem Haus so zu nennen. Sicherlich würde er sich bald schon daran gewöhnt haben.

»... hältst du es nicht für eine bessere Idee, erst einmal in die Zentrale zu fahren und dich bei den Mitarbeitern und Abteilungsleitern vorzustellen?«

»Nein. Ich gehe niemals unvorbereitet in ein Meeting.«

»Lobenswert. Ich habe meine Sekretärin gebeten, für morgen einen Umtrunk mit den wichtigen Leuten aus dem Haus vorzubereiten. Dir zu Ehren.«

»Ich halte nichts von Sektempfängen. Erstens sollte während der Arbeit nicht getrunken werden, und zweitens sind Veranstaltungen dieser Art ineffizient.«

»Man erwartet, dass ich die Leitung offiziell an dich übergebe.« Er hatte die Worte kaum ausgesprochen, als sein Herz zu schmerzen begann. Nur ein wenig, aber genug, dass er kurz die Hand darauf pressen musste.

Sie sah auf. »Gut, wenn es sein muss. Allerdings erst nach Arbeitsschluss. Also achtzehn Uhr.«

Wieder widmete sie sich ihren Unterlagen. »Es gibt viel zu tun, und wir sollten keine Zeit vertrödeln.«

Von Arnheim hob die Augenbrauen. Er hatte sich fest vorgenommen, seiner Tochter nicht in die Geschäfte hineinzureden, so wie sein Vater es früher bei ihm getan hatte. Aber es fiel ihm gar nicht so leicht.

Sie wirkte so kalt. Ob sie anders geworden wäre, wenn er seine Frau verlassen hätte, um bei ihr und Hanna zu sein? Er wusste, er war damals den bequemen, ja, den feigen Weg gegangen.

Doch warum? Waren es Geld und Macht, die ihn mehr gereizt hatten als eine liebende Ehefrau und ein Kind?

Die Ehe mit seiner Brigitte jedenfalls war eine gesellschaftliche Zweckgemeinschaft gewesen. Gefühle hatten dort nie eine Rolle gespielt.

Schweigend beobachtete er seine Tochter. Sie war so anders als ihre Mutter, obwohl sie ihre Augen und ihre Haare hatte.

Aus ihr war das geworden, was er sich immer vorgestellt

hatte: eine toughe Geschäftsfrau, die ohne zu zögern Entscheidungen treffen konnte. So, wie er es auch tat.

Warum aber fühlte es sich falsch an?

»Du isst nur Salat?«

»Ja.« Mit einem schwungvollen Federstrich fuhr sie über das Papier.

»Es ist löblich, dass du dich auf die Sitzung morgen vorbereitest. Allerdings solltest du auch auf deine Ernährung achten, denke ich.« Er lächelte, als ihm klar wurde, dass er wie ein besorgter Vater klang. »Vielleicht möchtest du lieber etwas … Handfesteres essen. Makkaroni mit Käsesoße zum Beispiel?«

Mit hochgezogenen Augenbrauen sah sie auf.

Sein Lächeln wurde breiter. »Ich hatte letztens Gelegenheit, ein einfaches Rezept zu kochen. Es schmeckt überraschenderweise köstlich.«

»Danke nein.« Sie widmete sich wieder ihrem iPad.

Das Knacken des Feuers im Kamin war das einzige Geräusch im Raum. Die karierte Hundedecke neben ihm war verwaist. Wotan hatte sich in die äußerste Ecke des Speisezimmers zurückgezogen. Der Hund war traurig. Wahrscheinlich vermisste er die Kinder.

Von Arnheim fröstelte.

Langsam erhob er sich und ging hinüber, um ein Scheit in die Flammen zu werfen. Still schaute er den Funken zu, wie sie den Schornstein hinaufflogen. Eine Erinnerung huschte durch seinen Kopf. Hanna, die ihm eines Abends erzählt hatte, dass sie als Kind davon überzeugt gewesen war, aus jedem dieser glühenden Teilchen würde im Himmel ein Stern werden.

»Hat dieser alte Kasten keine Heizung?«, hörte er Clarissas Stimme hinter sich.

»Natürlich. Ein Kaminfeuer aber ist …« Er drehte sich zu ihr herum, in der Hoffnung auf ein kleines Vater-Tochter-Gespräch.

»Ineffizient«, ergänzte sie seinen Satz und sah sich kritisch im Raum um. »Ich werde prüfen lassen, ob sich eine Runderneuerung überhaupt lohnt.«

»Bitte?«

Irritiert sah sie ihn an, als könne sie nicht verstehen, dass er nicht verstand. »Der Kasten ist über hundert Jahre alt … Papa. Seit Ewigkeiten wurde hier nur das Nötigste getan. Wir müssen von einem erheblichen Sanierungsstau ausgehen. Und der kostet.«

»Darf ich erfahren, was du konkret meinst?«

Sie seufzte. »Nun, erstens: Du bist nicht mehr der Jüngste.«

»Wie bitte?« Sein eiskalter Ton hätte in der gesamten Belegschaft der Ascot Holding für Angst und Schrecken gesorgt. Nicht so bei Clarissa.

»Und zweitens gehört die Villa der Firma. Wenn wir zusätzliches Geld für neue Bauprojekte von den Banken haben wollen, natürlich zu günstigeren Zinsen, dann müssen wir eine erheblich solidere Eigenkapitalquote vorweisen als jetzt.«

»Du willst die Villa verkaufen?«

»Ich prüfe nur die Möglichkeiten.« Sie widmete sich erneut ihren Zahlen.

»Du bist, wie ich es früher war«, meinte er irgendwann.

»Danke«, erwiderte sie, ohne den Kopf zu heben.

Hätte sie ihren Vater angesehen, wäre ihr vielleicht aufgefallen, dass seine Worte kein Kompliment gewesen waren.

Luisa hatte unrecht gehabt, dachte von Arnheim. Er konnte mit seiner Tochter nicht reden wie mit ihr.

Clarissa war einfach zu sehr wie er selbst.

»Gute Nacht«, murmelte er ihr im Vorbeigehen zu.

Sie antwortete nicht.

Kapitel 38

Ausgebreitet lag die Zeitung vor ihr auf dem Küchentisch. Es war wichtig, so früh wie möglich bei den Vermietern anzurufen, um sich beim Kampf um eine Wohnung als Erste ins Spiel zu bringen. Sie hatte, dank von Arnheim, wertvolle Zeit verloren.

Und so ging Luisa mit dem Telefon am Ohr noch vor dem Frühstück in der Küche umher und telefonierte, als würde ihr Leben davon abhängen. Was ja auch nicht ganz falsch war.

»Sechs Monatsmieten Kaution? Das ist sehr viel.« Sie versuchte, nicht allzu abweisend oder gar panisch zu klingen. Trotzdem war es plötzlich still in der Leitung. »Hallo? Hey, sind Sie noch da?«

Nein, der Mann hatte aufgelegt.

Nur schwer konnte Luisa sich zusammenreißen, um das blöde Telefon nicht an die Wand zu knallen. Ein Neues wäre zu teuer gewesen. Tief atmete sie durch.

Es blieben jetzt nur noch drei Angebote.

Sie bewarb sich auch um Wohnungen in der Umgebung. Wenn es nicht anders ging, würde sie Matti eben umschulen müssen. Geld für ein Auto hatte sie nicht, um den Jungen hin- und herzufahren.

Zu den Sorgen einer ungeklärten Wohnungsfrage kam mittlerweile auch die Sache mit dem Job.

Ohne Job keine Wohnung. Ohne Wohnung keinen Job.

Ein ähnliches Dilemma, wie es einst der Hauptmann von Köpenick in Carl Zuckmayers Drama hatte aushalten müssen.

Luisa war zum Heulen zumute. Was nutzten ihr ein Abitur mit lauter Einsen und eine humanistische Bildung, wenn sie weder Arbeit noch ein Zuhause hatte? Sie fragte sich, an welcher Kreuzung ihres Lebens sie falsch abgebogen sein mochte.

Luisa ging ins Wohnzimmer. Irgendwo hier hatte sie die Nummer vom Arbeitsamt hingelegt. Sie fand die Notiz auf der Fernsehzeitung.

Als sie hinausging, fiel ihr Blick zur Krippe auf dem Sideboard, die die Kinder schon zum Nikolaustag aufgebaut hatten. Maria und das Kind. Josef und Ochs und Esel. Ein Stall und ein Stern.

So romantisch, wie wir es heute sehen, konnte es damals nicht gewesen sein, überlegte Luisa und sah sich mit Matti und Lilli bereits in einem Schuppen am Stadtrand übernachten. Allerdings würden bei ihnen keine drei Könige mit Geschenken vorbeischauen, und ein Stern stünde auch nicht über ihrer Bleibe.

Schnell schob sie den deprimierenden Gedanken beiseite.

Da klingelte es an ihrer Tür.

Luisa zögerte. Wer konnte das in aller Frühe sein?

Mit hängenden Schultern waren Oma Baumann und Wolle spät in der Nacht zurück in ihre Wohnungen geschlurft, um mit sich und ihrem Unglück alleine zu sein. Von nun an musste jeder für sich kämpfen.

Luisa ging in den Flur. Vorsichtig öffnete sie die Tür.

»Du?«

Schon wollte sie Joost die Wohnungstür vor der Nase zuschlagen, aber er drückte sie mit der Hand auf.

»Können wir reden? Nur kurz. Bitte.«

Luisa verschränkte die Arme vor der Brust. »Du wusstest, dass er mir ein Versprechen gegeben hatte. Er muss es dir gesagt haben.«

Betrübt nickte Joost. »Ja. Aber das ist irrelevant. Vor Gericht zählt nur, ob etwas Schriftliches vorliegt oder wenigstens Zeugen vorhanden sind. Immerhin geht es hier um viel Geld.« Er versuchte zu lächeln und scheiterte kläglich.

»Du bist mein Zeuge!«

»Nein, ich war nicht dabei, als er es sagte.«

»Was willst du?« Sie nickte zu einer Manteltasche. »Ziehst du wieder einen Brief von deinem Chef hervor?«

»Ab heute ist es eine Chefin. Der Notartermin ist am Nachmittag. Danach gibt es einen Sektempfang in der Zentrale, wo Herr von Arnheim es offiziell macht.«

Erstaunt nahm Luisa die Arme herunter. »Geht das denn? Ich meine, so schnell? Sie ist doch eine Fremde für ihn.«

Joost zuckte mit den Achseln. »Familie.«

»Denkst du, man könnte mit ihr über Nummer 7 reden?« Der Gedanke schien ihr nach der ersten Begegnung mit der Frau zwar abwegig, aber Verzweiflung treibt ja bekanntlich eigentümliche Blüten.

»Ich habe gleich einen Termin mit ihr. Die Herderstraße wird dabei zur Sprache kommen. Ich verspreche es dir.«

Luisa sah ihn an. »Mehr ist wohl momentan nicht drin.«

»Nein. Leider.«

»Was genau tut dir leid?«

»Bitte?«

»Du hast gesagt, es täte dir leid. Was meintest du damit? Dass du wie ein toter Fisch zugelassen hast, dass diese Clarissa von Arnheim mich so behandelt? Oder die Nacht in London?« Sie musterte ihn aus schmalen Augen. »Nein, ich denke, du bereust davon nichts. Und weißt du warum? Du bist einer von ihnen.« Bitter lächelte sie. »Du passt gut zu den Leuten. Ein katzbuckeliger Gehilfe für verlogene Immobilienhaie.«

Jetzt griff sie zur Türklinke.

»Gehen Sie, Herr Anwalt. Ich hoffe, wir sehen uns nie wieder.« Dabei schob sie ihn in den Flur hinaus. Dann knallte sie die Tür hinter ihm zu.

Im selben Moment ging in der Küche etwas scheppernd zu Bruch.

Als sie eintrat, entdeckte sie auf dem Boden vor dem Kühlschrank die kaputten Reste der hübschen Teekanne von Harrods, die sich über den Fußboden verteilt hatten. Jetzt konnte sie Joost nicht einmal das Geschenk zurückgeben.

Tränen traten in ihre Augen, als sie die Scherben zusammensuchte und auf den Tisch legte.

Sie musste unbedingt einige Telefonate führen. Es gab so viel zu tun. Sie hatte keine Zeit für Leute wie ihn. Trotzig wischte sie sich eine letzte Träne aus dem Gesicht.

»Männer«, schimpfte sie und schaute gen Himmel. »Ja, du auch, Peter. Ihr seid alle gleich.«

Schon wieder klingelte es.

Luisa schnaufte, erhob sich und stapfte zur Tür.

»Habe ich mich unklar ausgedrückt, Herr Behrens?«, rief sie und riss die Haustür auf.

Dort aber stand nicht Joost, sondern der Hausmeister von gegenüber.

»Herr Tomte?« Luisa lugte ins Treppenhaus. »Entschuldigung. Ich dachte, Sie wären der Anwalt von ... diesem Vermieter!« Die letzten beiden Worte spuckte sie förmlich aus.

»Oh, nein, ich bin es nur.«

Ein Lächeln stahl sich in Luisas Gesicht. »Es ist schön,

Sie zu sehen, Herr Tomte. Wirklich.« Sie öffnete die Tür weiter. »Möchten Sie auf einen Kaffee hereinkommen? Ich bereite eh gleich das Frühstück für die Kinder, bevor ich sie wecke.«

Er schüttelte den Kopf. »Hätten Sie vielleicht ein wenig Zeit für mich? Ich muss Ihnen etwas zeigen.«

»Aber ich kann ...«

Er hob die Hand. »Es wird nicht lange dauern. Bitte.«

»Noch eine kleine Führung durchs Haus?« Sie drehte sich zur Kinderzimmertür um. Es war still. Ein Blick auf ihre Armbanduhr sagte ihr, dass sie knapp fünfzehn Minuten hatte, bevor sie die Kleinen wecken musste.

Sie folgte ihm die Treppen zum Dachboden hinauf. Kurz darauf standen sie wieder an jenem Fenster, an dem sie vor einigen Tagen auch schon gestanden hatten.

Herr Tomte öffnete es. Kalte Winterluft kam herein.

»Schauen Sie den Sternenhimmel an, Luisa.« Behutsam zog er sie näher zum Fenster.

»Ich hätte eine Jacke mitnehmen sollen«, sagte sie, schlang die Arme um sich und blickte hinauf in die klare Nacht. Im Osten zeichnete sich bereits der Morgen über den Dächern der Stadt ab.

»Kennen Sie sich mit dem Himmel aus?«, wollte er wissen.

»Ja, ich denke schon.« Luisa wies auf einen Stern. »Das ist der Mars. Er wandert im Dezember im Sternbild Stier nach Westen. Im Winter ist er der Morgenstern. Da drüben sind Castor und Pollux. Und dort ...«

In diesem Moment zog ein dünner Streifen in sanftem Bogen über das Firmament.

»Schauen Sie! Eine Sternschnuppe!«, rief Luisa aufgeregt.

Sie hielt die Luft an. Ihre Augen folgten dem Meteor, der

immer weiter den Himmel entlangzog. Ein schmaler, heller Strich, der das Himmelszelt abschritt. Dann verlosch der Zauber, als wäre er nie hier gewesen.

»Herr Tomte! Haben Sie gesehen?« Sie drehte sich zu dem Hausmeister, der nur milde lächelte. »Wie unglaublich lange er zu sehen war.«

Schnell kniff sie die Augen zusammen und faltete ganz fest die Hände.

»Was tun Sie da, Luisa?«

»Ich wünsche mir etwas«, antwortete sie.

Er lachte. »Aber die Sternschnuppe hat doch all Ihre Träume längst erfüllt. Das geht so schnell, dass man es gar nicht merkt.«

Vorsichtig sah sie ihn an. »Sind Sie sicher?«

Er hob drei Finger. »Ehrenwort.«

»Ich habe allerdings sehr viele Wünsche. Und große dazu. Einer ist so riesig wie Nummer 7.«

Er lächelte. »Das spielt keine Rolle. Vielleicht werden nicht all Ihre Sehnsüchte erfüllt, aber die meisten sicherlich.«

Da umarmte Luisa ihn, ohne darüber nachzudenken. Einfach nur, weil ihr danach war. »Danke, Herr Tomte.«

»Wofür?«

Sie machte eine vage Handbewegung. »Ich weiß nicht.«

Kapitel 39

Die Firmenzentrale lag mitten in der City in einem gläsernen Bau aus den Neunzigern. Ein beleuchteter schwarzer Marmorblock auf dem Platz vor dem Eingang ließ mit seinen goldenen Buchstaben keine Frage aufkommen, wer hier residierte.

Die Ascot Holding.

Das vierzehn Stockwerke hohe Gebäude überragte alle anderen Bauwerke der Stadt. Die imposante Eingangshalle hatte man mit Empfangstresen und einem Brunnen versehen. Ein überdimensionaler Adventskranz mit elektrischen Kerzen hing über den Köpfen der hereinströmenden Menschen.

Joost passierte auf seinem Weg zu den Fahrstühlen zwei Securitymänner, die er noch nie im Haus gesehen hatte.

Oben im siebten Stock saßen bereits die wichtigsten Leute der Ascot Holding im großen Konferenzraum und warteten nervös auf die neue Chefin.

Unruhe lag in der Luft. Außer Joost kannte niemand Clarissa von Arnheim oder hatte sie auch nur gesehen. Die meisten Anwesenden hatten erst gestern Abend von dieser außerordentlichen Sitzung erfahren. Sie wussten nicht, was sie erwartete.

Einzig Joost ahnte, was kommen würde. Und es gefiel ihm nicht. Er schaute in die Gesichter der CEOs und der eilig herbeizitierten Hauptabteilungsleiter der Zentrale. Sie waren blass. Sicherlich hatten sie alle in der letzten Nacht schlecht geschlafen, denn ein unangekündigter Führungswechsel im laufenden Geschäft verhieß nichts Gutes.

Jeder der Anwesenden, und es waren über vierzig, hatte mindestens einen Ordner vor sich liegen. Joost vermutete, dass sich darin die eilig zusammengefassten Erfolge der jeweiligen Abteilung oder Tochterfirma befanden, die man der neuen Konzernchefin mit blumigen Worten zu präsentieren gedachte. Auch Joost hielt eine Mappe in der Hand. Die aber bestand nur aus ein paar Seiten und betraf ein ganz besonderes Haus in der Stadt: Herderstraße Nr. 7.

Ebenso wie die anderen am langen Konferenztisch, so war auch er in der vergangenen Nacht nicht untätig geblieben. In Windeseile hatte er mit Hilfe einiger Freunde, die er nach Mitternacht aus dem Schlaf gerissen hatte, ein Konzept zur Rettung von Nummer 7 erstellt.

Unzählige Telefonate im Bauamt heute früh und beim Direktor einer großen Bank, mit der das Unternehmen seit vielen Jahren zusammenarbeitete, waren nötig gewesen. Ein Freund hatte ihm den Tipp gegeben, Fördergelder für eine energetische Sanierung in Brüssel zu beantragen. Ausgestattet mit Wärmepumpe und allem möglichen Öko-Pipapo würde Nummer 7 zwar historisch aussehen, im Inneren aber die neuste Heiztechnik haben. Man musste mit der Zeit gehen.

Vor Joost lagen vierzig Seiten eines Sanierungskonzeptes, das mit etwas Wohlwollen auch wirtschaftlich sein würde. Fraglich war nur, ob die Ascot Holding sich ein solches Prestigeprojekt leisten wollte.

Das Schicksal der Herderstraße hing von Clarissa von Arnheim ab, die heute die Nachfolge ihres Vaters antreten würde. Diesen Schritt des Alten hielt Joost für vollkommen verrückt, schließlich kannte die Frau weder das Unternehmen noch seine Menschen darin. Und niemand kannte sie.

Aber sie hatte klargemacht, dass sie alles wolle oder nichts.

Joost wischte seine nassen Hände unterm Tisch an den Hosenbeinen ab, während er zur Tür hinüberstarrte, durch die die neue Chefin gleich treten würde. Sein Puls ging höher, als ihm guttat. Er sollte mehr Sport treiben, dachte er gerade, als sie hereinrauschte.

Clarissa von Arnheim wirkte ausgeruht und kämpferisch. Eine Frau an der Spitze eines Immobilienunternehmens mit Tradition und Renommee. Und das nur, weil sie Papas Tochter war. Joost wusste genau, was jeder im Raum dachte. Und sie irrten. Selten war ihm ein Mensch mit so viel Ehrgeiz begegnet. Warum nur war sie nicht schon früher dem Ruf des Vaters gefolgt?

Clarissa von Arnheim stellte sich an den Kopf des Konferenztisches, ohne Platz zu nehmen. Langsam ließ sie ihren Blick über die Anwesenden schweifen. Es schien sie nicht zu stören, dass jeder sie erwartungsvoll anstarrte. Nein, es hatte den Anschein, als genieße sie ihren Auftritt.

»Guten Tag.«

Sie stützte die Hände auf die blank polierte Tischplatte. Zwei Sekretärinnen bezogen hinter ihr Stellung, wie die Adjutanten eines Generals.

»Sie wissen, wer ich bin. Und ich weiß, wer Sie sind.« Sie lächelte. »Ich habe bereits von allen Tochtergesellschaften der Ascot die Zahlen geprüft. Es gibt Fragen, deren Antworten ich zeitnah wünsche.«

Jemand hob übereifrig die Hand, als sei man in der Schule. Ehrgeizlinge gab es überall. Fehlte nur noch, dass er mit den Fingern schnipste.

Clarissa von Arnheim ignorierte die Meldung.

»Meine Assistentinnen werden Ihnen jetzt Dossiers über-reichen, die Ihren jeweiligen Verantwortungsbereich betref-fen. In der Mappe finden Sie einen mehr oder minder langen Fragenkatalog sowie einen Termin, an dem ich Sie zu sehen wünsche, damit Sie mir die Antworten auf meine Fragen ge-ben können. Habe ich mich klar ausgedrückt?«

Betretenes Schweigen im Raum. So hatte man sich die Firmenübergabe nicht vorgestellt.

Erst jetzt setzte sie sich auf den für sie vorgesehenen Sessel und schlug die Beine übereinander.

»So mancher von Ihnen arbeitet bereits viele Jahre bei meinem Vater. Sie kennen ihn. Er steht für Kontinuität, Fleiß und Geschäftssinn. Dank ihm konnte die Ascot Holding in einem Maße expandieren, das in der heutigen Zeit einzig-artig in der Immobilienbranche ist.« Wieder dieses Lächeln, das ihre Augen nicht erreichte. »Mit mir wird das Unter-nehmen weiterhin in den Händen der Familie von Arn-heim bleiben. Mein Vater hat mir eine hervorragende Aus-bildung ermöglicht, die mich auf diese Position über Jahre vorbereitet hat. Er vertraut mir, und ich hoffe, Sie werden es auch.«

Schon wollte sie sich wieder erheben und den Raum ver-lassen, als ein ganz Mutiger unter den Anwesenden fragte, wie denn die Zukunft der Ascot konkret aussehen würde. »Müssen wir mit personellen Veränderungen rechnen?« Er sprach aus, was jeder dachte.

Clarissa von Arnheim stand auf und wandte sich zum Ge-hen. »Mein Vater bittet die Geschäftsführer und Abteilungs-leiter sowie die Betriebsratsvorsitzenden für achtzehn Uhr zu einem Umtrunk«, ließ sie noch wissen.

Der Mutige ließ sich jedoch nicht so einfach abspeisen

und sprang jetzt auch auf. »Verzeihen Sie, aber wir alle würden gerne wissen, was Sie planen.«

Allgemeines Nicken folgte.

Clarissa von Arnheim trat zurück an den Tisch. »Die Zeiten ändern sich, meine Herren. Der Immobilienmarkt ändert sich. Und darum müssen wir uns anpassen. Machen Sie sich mit dem Gedanken vertraut, dass wir binnen zwölf Monaten zu einer Aktiengesellschaft werden.« Sie ließ ihre Worte wirken. »Außerdem werden wir uns internationaler betätigen. Dubai, Hongkong, Djakarta. Ich will, dass wir in den aufstrebenden Märkten dabei sind. Europa ist zu klein für eine Ascot Holding unter meiner Leitung.«

Sie nickte in die Runde, ein Nicken, das keine weitere Frage duldete. »Ich hoffe, Sie alle fühlen sich der Aufgabe gewachsen, die vor uns liegt. Falls nicht, erwarte ich Ihre Kündigung bis morgen.« Sprach's und verließ den Raum.

Kaum war sie draußen, begannen die Männer im Raum hektisch in ihren Dossiers zu blättern. Joost aber sprang auf und folgte Clarissa von Arnheim hinaus in den Flur. Am Fahrstuhl holte er sie und ihre beiden Assistenten ein.

»Auf ein Wort.«

»Herr Behrens. Was kann ich für Sie tun?«, fragte sie, ohne von ihrem Smartphone aufzusehen.

»Ich möchte mit Ihnen über ein hochinteressantes Prestigeprojekt sprechen.«

»Prestige? Das klingt teuer. – Hat man Sie ins operative Geschäft versetzt, Herr Behrens? Ich dachte, Sie seien einer unserer Juristen.«

Und damit ersetzbar, ergänzte Joost ihren Satz im Stillen.

Die Fahrstuhltüren öffneten sich, und sie stieg ein. Kurz bevor die Türen zufuhren, sprang er neben sie. Überrascht sah sie vom Display auf.

Wenigstens konnte sie ihm hier nicht weglaufen.

Die Kabine setzte sich in Bewegung.

»Es geht um die Herderstraße Nr. 7.«

»Die Bruchbude, die seit vier Jahren das Büroprojekt mit den Chinesen blockiert?«

»Ähm, ja.« Er reichte ihr die Mappe mit dem Konzept. »Hier finden Sie alles, damit wir aus dem alten Haus ein Leuchtturmprojekt für die Ascot Holding machen können.«

»Leuchtturmprojekt? Wollen Sie die armselige Behausung zu einer maritimen Taschenlampe umbauen?« Sie lächelte, ohne die ihr gereichte Mappe zu nehmen.

»Natürlich nicht.« Joost drückte die Seiten einer der Assistentinnen in die Hand, die ebenfalls in der Kabine standen. »Die Ascot könnte hier eine Verbundenheit mit ihrem Hauptstandort zeigen. Gerade, wenn wir zunehmend international sein wollen, sollten wir wissen, wo unsere Heimat ist.«

Sie lachte. »Wer hat Ihnen denn den Quatsch eingeflüstert?«

Die Fahrstuhltüren öffneten sich.

»Sie denken provinziell, Herr Anwalt. Daran müssen Sie unbedingt arbeiten.«

Joost wollte nicht aufgeben. Er folgte ihr den Gang entlang zu einem imposanten Eckbüro mit fantastischer Aussicht auf die Stadt und den Hafen. Es hatte bis vor Kurzem ihrem Vater gehört.

Vor der gläsernen Tür wartete bereits der Geschäftsführer der BauTec, einer Planungsgesellschaft im Ascot-Universum. Der Kollege war außer Puste, was wohl daran liegen mochte, dass er nach dem Auftritt der Neuen im Konferenzraum seinen Platz verlassen und die Treppe hochgesprintet war, um sich bei der Chefin einzuschleimen.

Clarissa von Arnheim blieb stehen. »Was also wollen Sie von mir, Herr Behrens?«

»Ich möchte, dass Sie das Versprechen Ihres Vaters gegenüber Frau Thießen einlösen.« Er entriss der Assistentin die Mappe und drückte sie der neuen Chefin in die Hand. »Hier finden Sie alles. Auch ein Gutachten über den aktuell äußerst mangelhaften Zustand des Hauses. Es geht hier um das Zuhause von Menschen.«

Ihr Lächeln, sofern es eines gewesen war, verschwand. Schwungvoll knallte sie die Mappe auf den Schreibtisch ihrer Vorzimmerdame, woraufhin diese aufschreckte.

»Ich will schwarze Zahlen sehen und keine Beschwerdebriefe lesen.«

Von Arnheims Tochter marschierte in ihr Büro und ließ Joost einfach stehen.

Der CEO der BauTec grinste. »Mann, statt sich gegen den Sturm zu stemmen, solltest du dich wie das Schilf im Wind beugen. Konfuzius, oder so.«

»Ich bin kein Arschkriecher.«

»Sicher? Beim Alten haben wir es doch auch nicht anders gemacht. Nur ist der neue Hintern weitaus hübscher.« Er schlug Joost auf die Schulter. »Fest steht jedenfalls, die Kleine kann dich nicht leiden.« Dann klopfte er mit einem Siegerlächeln an die Tür mit dem frischglänzenden Messingschild »Clarissa von Arnheim«.

Was dann geschah, überraschte Joost außerordentlich. Er hatte noch in seinem muffigen Büro gesessen und an die Wand gestarrt, weil er binnen weniger Stunden von zwei Frauen abgekanzelt worden war, als seine Sekretärin eintrat.

Frau Willmers legte ihm ein bereits ausgefülltes Formular vor, das er bitte unterschreiben solle. Es sei nichts Persönliches, sagte sie. Aber nach all den Jahren in der Ascot Holding sei es an der Zeit, einen neuen Lebensabschnitt einzuläuten.

Joost blickte zu ihr auf. »Was heißt das genau?«

»Ich gehe in den Vorruhestand, Herr Behrens. Während Ihrer Konferenz bei Frau von Arnheim habe ich bereits alles mit der Personalabteilung geklärt.«

»Ach.«

Joost schaute von dem Stück Papier auf.

»Und wann kam Ihnen denn der Gedanke?«

Er hatte immer angenommen, dass seine Sekretärin irgendwie zur Einrichtung der Ascot gehörte, wie der Schreibtisch und der Stuhl, auf dem er saß. Doch die Zeiten änderten sich offenbar.

Frau Willmers räusperte sich kurz. »Wenn ich ehrlich bin, in dem Moment, als ich die Tochter sah.«

»Sie können sie nicht leiden, oder?«

Sie lächelte sibyllenhaft. »Ich bin seit vielen Jahren hier. Mir ist nichts Menschliches fremd.«

Er schraubte die Kappe seines Füllers ab. »Wollen Sie es sich nicht vielleicht doch überlegen?«

»Nein, es ist mir lieber, wenn ich ihr zuvorkomme. Mit Frau von Arnheim wird hier ein neuer Wind wehen, der so manchen mit sich fortfegen könnte. Altgediente Mitarbeiter wie ich stehen ganz oben auf ihrer Liste. Glauben Sie mir.«

»Sie scheinen mehr zu wissen als ich, Frau Willmers.« Er setzte seinen Namen auf die untere Zeile. Sein Blick fiel auf eine stolze Abfindung, die die Ascot ihr gewähren solle.

Joost pfiff leise. »Diese Zahl ist …?«

»Abgeklärt«, ergänzte seine Sekretärin eilig und nahm den Bogen an sich. In der Tür zögerte sie kurz, als wolle sie etwas sagen, doch sie überlegte es sich anders.

Joost schloss die Augen.

Nummer drei, dachte er nur. Erst Luisa, dann von Arnheims Tochter und nun Frau Willmers. Sein Tag war nun endgültig versaut.

Ein Blick auf seine Uhr sagte ihm, dass es vertretbar war, in der Brasserie an der Ecke eine Kleinigkeit zu essen. Er nahm seinen Mantel und verließ fluchtartig das Ascot Building. Zum Arbeiten war ihm gerade gar nicht zumute.

Er ahnte nicht, dass der Tag noch weitaus mieser werden würde. Bei seiner Rückkehr aber wusste er es besser.

Das Erste, was ihm auffiel, als er ins Foyer der Ascot Holding zurückkam, war, dass einige Techniker auf hohen Leitern den großen Adventskranz von der Decke nahmen. Auch die Adventsgestecke beim Empfangstresen waren fort, ebenso wie der kleine Christbaum nahe der Treppe. Nichts im Eingangsbereich der Ascot wies mehr darauf hin, dass bald schon Weihnachten sein würde.

Gerade wollte er zu den Fahrstühlen gehen, als die zwei Securityleute zu ihm traten. Sie schienen auf ihn gewartet zu haben. Freundlich, aber bestimmt baten sie ihn zum Empfangstresen. Dort stand ein Pappkarton. Man übergab ihm einen Umschlag, in dem sich seine Kündigung befand.

Sprachlos starrte Joost auf die Zeilen.

»Das muss ein Irrtum sein«, hörte er sich stottern.

»Ich denke nicht«, erwiderte die Empfangsdame und forderte seine Chipkarte, das Firmenhandy und den Schlüssel für den Dienstwagen in der Garage. Dann geleitete man ihn samt seiner mickrigen Habseligkeiten vor die Tür.

Joost Behrens wusste nicht, wie ihm geschah. Sprachlos stand er vor dem Gebäude. Er hatte Clarissa von Arnheim für berechnend und, ja, auch skrupellos gehalten, aber ihn zu entlassen, weil er eine Lösung für Nummer 7 gefunden hatte? Ihre Eiseskälte schien noch um einiges größer zu sein, als er es sich hatte vorstellen können.

Ein letztes Mal blickte er an der Glasfassade empor, als er Frau Willmers Gesicht hinter der Scheibe seines Büros entdeckte. Sie winkte ihm traurig zum Abschied zu.

Er musste zugeben, dass sie weitaus cleverer war als er.

Kapitel 40

Er hätte mit ihr in die Firma fahren sollen. Unruhig ging Achim von Arnheim von einem Zimmer seines Hauses in das nächste, doch die Zweifel wollten nicht aufhören, ihn zu quälen. Clarissa hatte darauf bestanden, den ersten Schritt in der Firma ohne ihn zu machen, um sich Respekt zu erkämpfen, wie sie sagte. Mutig, fraglos, trotzdem wäre er lieber an ihrer Seite gewesen. Der Gedanke, seine Tochter könnte scheitern, gefiel ihm nicht. Viel hing davon ab, dass die Leute sie als neue Chefin anerkannten.

Von Arnheim ahnte, dass Clarissa in dieser Hinsicht keine Probleme haben würde. Selten hatte er jemanden gesehen, der so zielorientiert war.

Als er sie abends zuvor am Tisch hatte arbeiten sehen, war ihm klar geworden: Sie war eine äußerst kompetente Person.

Und dennoch wollte ihn die Unruhe nicht loslassen. Wenn Clarissas erster Tag in einer Katastrophe enden sollte, wäre er schuld daran. Er ging in sein Arbeitszimmer und setzte sich an den Schreibtisch. Keine Minute später erhob er sich wieder und begann von Neuem, durch den Raum zu gehen.

Was sollte er jetzt mit all den Stunden ohne Aufgabe anfangen? Zum Gärtnern fehlten ihm Talent und Interesse. Musikalisch war er nicht. Kunst interessierte ihn ebenfalls nicht. Kochen konnte er nur Makkaroni mit Käsesoße. Reisen war ihm zu anstrengend, vor allem, wenn es nur dem Vergnügen dienen sollte. Und seine Zeit als Opa war auch vorbei.

Sein Blick fiel auf die Zeichnung der Kleinen. Der Nikolaus auf dem Schlitten schien ihn frech anzugrinsen. Hatte der das gestern auch schon getan? War ihm gar nicht aufgefallen.

Von Arnheim horchte.

Seit die Kinder fort waren, war wieder Stille ins Haus eingekehrt.

Er stellte sich an das Fenster zum Park hinaus. Trostlos lag der Garten da. Hinten, beim Teich, glaubte er eine Bewegung zu sehen. Zwei Enten flatterten auf.

Dort hatte er mit Matti gesessen und ihm beim Schnitzen zugeschaut. Von Arnheim lächelte. An dem Tag war er nicht einmal im Arbeitszimmer gewesen. Ob Frau Schwertstätter den Puppenwagen schon gereinigt hatte?

Er fragte sich, warum er nicht auf die Idee gekommen war, den Kindern die Sachen zu schenken, die er damals für seine Tochter von Frau Schwertstätter hatte kaufen lassen. Clarissa hatte all die Spielwaren nie gebraucht.

Er läutete nach seinem Butler.

»James, ich hätte eine Frage an Sie.«

Mit den Händen auf dem Rücken trat der Mann näher. »Jawohl, Herr von Arnheim?«

»Denken Sie, ich sollte den Kindern Clarissas Spielkram schenken?«

»Das ist sicherlich eine ausgezeichnete Idee.«

»Aber?«

Er kannte seinen Butler lange genug, um zu wissen, wenn der Mann anderes sagte, als er dachte.

James druckste ein wenig herum.

»Nun, ich vermute, dass die Räumlichkeiten in der Wohnung von Frau Thießen nicht genügend Platz für alles bieten werden.«

»Verstehe.«

Von Arnheim erinnerte sich, dass die Kleine gesagt hatte, sie schlafe mit ihrem Bruder in einem Zimmer.

Wieder begann er im Raum hin- und herzugehen, während Wotans Augen ihm stumm folgten.

»Denken Sie, die Kinder würden mich mal besuchen?«

Als sein Butler darauf nicht antwortete, nickte von Arnheim.

»Natürlich nicht. Ich habe ihre Mutter aufs Äußerste verärgert.« Er drehte sich zu James. »Aber was hätte ich tun sollen? Clarissa ist dagegen, dass die Herderstraße saniert wird. – Sie ist immerhin meine Tochter. Blut ist dicker als …«

»Wasser«, half der Butler aus.

»Richtig.«

»Darf ich fragen«, setzte James an, »was jetzt aus Frau Thießen wird?«

»Was meinen Sie?«

»Nun, die junge Dame verlor Ihretwegen die Arbeit, damit sie für Sie die Tochter spielen konnte. Zudem wird sie bald schon keine Wohnung mehr haben. Das ist eine äußerst schwierige Situation für eine alleinerziehende Mutter.«

»Ich bot ihr ein Appartement in der Herderstraße an, aber sie lehnte ab. Dickköpfig, würde ich sagen.«

»Vielleicht hatte sie ihre Gründe.«

Verächtlich schnaufte der Hausherr. »Wer mit dem Rücken an der Wand steht, sollte wissen, wo seine Grenzen sind.«

»Ich bin ganz Ihrer Meinung.«

Von Arnheim horchte auf. »Wollen Sie mir damit etwas sagen?«

»Selbstredend nicht. Die Erkenntnis, dass man das Schicksal akzeptieren muss, wenn es erst einmal so weit ist, zeugt von Weisheit.« Der Butler neigte den Kopf. »Sollten Sie keine weiteren Wünsche haben, würde ich mich jetzt um das Silber kümmern.«

Von Arnheim sah, wie sich die Tür hinter James schloss. Aus irgendeinem Grund hatte er ein schlechtes Gewissen.

Er ging zum Telefon hinüber und schaute es eine Zeit lang an.

Er kannte nicht einmal ihre Telefonnummer.

Kapitel 41

Joost war sich nicht sicher, was er jetzt tun sollte. Normalerweise würde er um diese Zeit im Büro sitzen und bis mindestens sieben oder acht Uhr arbeiten.

Es kam ihm falsch vor, um diese Uhrzeit auf einer Bank am Fluss herumzulungern und vor sich hinzustarren. Er fühlte sich, als hätte ihn jemand aus seinem eigenen Leben gestoßen und anschließend mit einer Dampfwalze überrollt.

Irgendwo klingelte ein Handy. Niemand ging ran.

Joost drehte sich herum, doch da war keiner. Es dauerte einen Moment, bis er begriff, dass das Geräusch aus dem Pappkarton kam, den er neben sich auf die Parkbank gestellt hatte.

Er hob den Deckel des Kartons an. Da lag sein altes Telefon, das er in der obersten Schublade seines Schreibtisches aufbewahrt hatte. Warum eigentlich?

Alle Gespräche gingen bis heute Morgen an sein Diensthandy. Das aber hatte er nicht mehr.

Aus reiner Gewohnheit hatte er das alte Nokia von früher jeden Abend aufgeladen, so wie auch seine Smartwatch, das Diensthandy und das iPad.

Das altertümliche Mobiltelefon bimmelte noch immer.

Warum nur hielt der Mensch an Dingen fest, die sich längst überholt hatten?

Joost rutschte näher, lugte aufs Display und wusste, dass er diesen Anruf nicht annehmen wollte.

Trotzdem drückte er die grüne Taste.

»Hallo Papa. Wie geht es dir?«

Die Frage war eigentlich überflüssig, denn Joost ahnte, warum sein Vater über diese Nummer anrief. Jemand musste ihm gesagt haben, was passiert war.

So neutral wie möglich ließ er die Vorwürfe des alten Behrens an sich vorbeiziehen, während die Enten im Wasser vor ihm laut schnatternd stritten.

»Ja, Papa, ich weiß … Nein, es war nicht meine Schuld.« Er wechselte das Ohr, weil ihn das Brüllen seines Vaters bereits schmerzte. »Ich kann es mir nicht erklären. Es kam aus heiterem Himmel.«

Was er jetzt zu tun gedenke, wollte der alte Behrens wissen.

Joost hatte keine Ahnung. Niemals war er in einer solch schrecklichen Situation gewesen.

Vielleicht, so überlegte er, lag das daran, dass man ihm nie die Gelegenheit gegeben hatte, sich die Frage nach dem »Und jetzt?« zu stellen. Stets waren es andere, die sein Leben geplant hatten. Erst seine Mutter, die beschloss, er müsse Klavierunterricht haben. Danach der Vater, der ihn durch das Abitur jagte und später auf die juristische Fakultät. Bereits bei seiner Geburt war klar gewesen, der Junge würde Recht studieren, wie alle Männer in der Familie.

Und zu guter Letzt von Arnheim, bei dem er den Posten seines Vaters übernahm, inklusive quietschenden Drehstuhls und Frau Willmers.

Optionen hatte man ihm nie gelassen. Allerdings hatte er sie auch nicht eingefordert. Eigenartig, dachte Joost, dass er zu keiner Zeit auf den Gedanken gekommen war, etwas anderes zu wollen als das, was man für ihn gewählt hatte.

Er hörte nur mit halbem Ohr zu, was sein Vater zu sagen hatte.

»Ja, Papa. Das klingt gut. So machen wir es. Ich werde Onkel Eberhard nachher anrufen.«

Ohne ein Wort des Danks legte er auf.

Er stützte die Ellbogen auf seine Oberschenkel und starrte zu Boden. Sein Kopf war leer.

Irgendetwas musste er wegen der Kündigung tun. Auf alle Fälle würde er vor dem Arbeitsgericht klagen. Ob er zur Villa fahren sollte, um von Arnheim zu informieren? Nein, das würde nach Petzen aussehen. Auch er hatte seinen Stolz.

Zwischen all der Wut und der Scham, ab sofort ganz offensichtlich arbeitslos zu sein, mischte sich jetzt noch ein anderes Gefühl. Es war Erleichterung.

Verwirrt spürte er dieser eigenartigen Regung nach und stellte erschreckt fest, dass er nicht halb so verzweifelt war, wie er es eigentlich sein müsste.

»Darf ich mich setzen?«, wollte da eine Stimme wissen.

Joost sah auf. Aus lustigen Augen schaute ihn ein alter Mann mit rauschig weißem Bart auffordernd an. Irgendwie kam er ihm bekannt vor. »Kennen wir uns?«

Der Alte antwortete nicht, sondern lächelte nur.

Da er so gar keine Anstalten machte, zu gehen, nahm Joost den Pappkarton und stellte ihn zwischen seine Beine auf den Boden.

Der Fremde ließ sich neben ihm auf die Bank fallen.

»Kalt heute.«

»Entschuldigen Sie, aber mir ist gerade nicht nach Reden zumute«, versuchte Joost, ihn gleich zu Beginn eines unfruchtbaren und langweiligen Small Talks auszubremsen.

»Sind Sie obdachlos?«

Joost fuhr herum, sodass der Mann neben ihm schützend die Hände hob. »Verzeihen Sie. Ich dachte ja nur, wegen des Kartons. Oder ziehen Sie um?«

Er warf das Handy in die Kiste.

Die Dienstwohnung in der Seligerstraße! Er hatte ganz vergessen, dass sie ihm nicht gehörte. Es war eine Wohnung der Ascot. Ein cooles Loft mit Sauna und Dachterrasse. Was für ein Blödsinn. Er hatte die Schwitzbude nicht ein einziges Mal benutzt, und der Dachgarten war so unverschämt groß, dass man dort hätte Partys mit fünfzig Leuten feiern können. So viele Freunde aber hatte er überhaupt nicht. Wie albern ihm all das plötzlich vorkam.

»Ich werde in den nächsten Tagen meine Sachen aus der Wohnung holen«, murmelte er mehr zu sich selbst als zu dem Mann. »Bis ich etwas Neues habe, wohne ich im Hotel.«

»Gut. Sehr gut. Es ist momentan wirklich zu kalt, um auf der Straße zu leben. Günstige Wohnungen sind allerdings nur schwer zu bekommen. Sie müssen viel Geduld haben.«

Joost dachte an Luisa und ihre Kinder. Jetzt, da ihm gekündigt worden war, konnte er ihr nicht mehr helfen.

Da spürte er eine Hand auf seiner Schulter. Er zuckte zurück.

»Verzeihen Sie«, sagte der Alte schnell und rutschte bis ans Ende der Bank. »Ich hatte nur den Eindruck, dass Sie reden möchten.«

»Sind Sie Sozialarbeiter oder so was?«

Der Mann schaute grinsend an sich hinab. »Blaumann und Werkzeugkoffer? Versuchen Sie es ein zweites Mal.«

»Stimmt. Entschuldigen Sie. Heute ist nicht mein Tag.«
»Ich weiß.«

»Ja? Woher denn das? Hat es sich schon in der Stadt herumgesprochen, dass man mich gefeuert hat?« Joosts Ton war bitter.

»Wer war es, der sagte: Jedem Ende liegt ein neuer Anfang inne? Ich weiß es gerade nicht mehr.«

»Miguel de Unamuno. Ein spanischer Philosoph um 1900.«

»Ah, ein kluger Mann, der Herr.« Der Fremde ließ offen, ob er Joost meinte oder den Spanier.

»Mein Vater will, dass ich in die Kanzlei seines Bruders gehe. Er hat schon mit ihm telefoniert und alles in die Wege geleitet. Verwaltungsrecht.«

»Ist das spannend?«

»Nicht wirklich.« Joost seufzte schwer. »Und dann ist da eine Frau, die ich sehr ... schätze. Sie will mich aber nicht mehr sehen. Das habe ich auch vergeigt.«

»*Sehr schätze?* Das klingt eigenartig, wenn man doch in die Person verliebt ist. Luisa ist ein wunderbarer Mensch.«

Joost drehte sich zu dem Mann um. »Kennen Sie sie etwa? Hat sie Sie geschickt?«

»Aber nein, Sie haben nur eben ihren Namen erwähnt.«

»Habe ich das? Oh, kann mich gar nicht erinnern.«

»Also, diese Luisa, warum klappt das mit Ihnen beiden nicht?«

»Ich habe sie enttäuscht, weil ich ein Feigling bin.«

»Seien Sie nicht so streng mit sich. Ich denke, wir haben es hier mit einer ganz anderen Situation zu tun, als Sie meinen.«

»Ach, und mit welcher?«

»Sie haben Ihre Mission noch nicht gefunden.«

Jetzt ahnte Joost, was für ein Mensch sich neben ihn gesetzt hatte. Wahrscheinlich war er einer dieser Heiligen, die von Tür zu Tür gingen und kleine Bücher verteilten und von Vergebung und all dem brabbelten. Er nahm seine Kiste und erhob sich.

»Schönes Fest«, verabschiedete er sich.

»Ihnen auch.« Der Alte winkte ihm breit lächelnd nach.

Joost war erst einige Meter gegangen, als er stehen blieb und zur Bank zurückging. »Ich habe Luisa mit keinem Wort erwähnt.«

»Stimmt.«

Joost musterte ihn genauer.

Er setzte sich wieder auf die Bank. »Jetzt weiß ich, woher ich Sie kenne. Sie standen vor Luisas Tür, als ich ...«

»... weggelaufen bin.«

»Nein, so war es nicht. Wir hatten uns gestritten. Ein Missverständnis.« Gerade wollte er ihn fragen, wer er eigentlich sei, als der alte Mann ihn unterbrach.

»Was ist denn nun mit Ihrer Mission?«

»Welche Mission?«

»Kein Job, keine Liebe, keine Zukunft. Was also werden Sie tun?«

»Natürlich habe ich eine Perspektive«, widersprach Joost.

Der Alte nickte ernst. »Genau. In einer Kanzlei für Verwaltungsrecht.« Er schien zu warten, ob die Worte ihre verheerende Wirkung ausübten.

Sie taten es. Joost fühlte sich schrecklich.

Da reichte ihm der Mann die Hand. »Ich heiße Tomte. Angenehm.«

Zögernd schlug er ein. »Ähm, Behrens.«

Sie tauschten ein vorsichtiges Lächeln aus.

»Sind Sie ein guter Anwalt?«

Diese Frage war einfach zu beantworten. »Ja, absolut. Ich bin in Vertragsrecht firm, in Mietrecht, kenne mich mit internationalem Wirtschaftsrecht aus. Ja, ich bin gut in dem, was ich tue.«

»Das ist wunderbar. – Leider nur haben Sie keine Mission.«

»Wovon reden Sie da ständig?«

»Eine Aufgabe. Ein Ziel. Einen Grund, morgens aufzustehen und zu kämpfen. Etwas, auf das Sie stolz sein können.« Der Mann, der sich Tomte nannte, lächelte. »Einen Menschen glücklich zu machen, wäre ein guter Anfang.«

Lange sah Joost ihn an. Sollte es wirklich so einfach sein?

Tomte erhob sich von der Bank und griff nach seinem Werkzeugkoffer. »Wissen Sie, Herr Behrens, sehr oft sind die Dinge ganz anders, als man glaubt. Vertrauen Sie nicht dem Offensichtlichen. Hören Sie auf Ihr Herz. Verstehen Sie mich?«

Joost schüttelte den Kopf.

»Verstecken Sie sich nicht hinter Paragrafen, sondern treten Sie ins Licht. Dann werden Sie alles sehen und begreifen, was nötig ist.«

Mit einem munteren Winken ging dieser eigenartige Kauz seines Weges.

Kopfschüttelnd schaute Joost ihm nach.

»Der spinnt«, murmelte er und nahm seinen Pappkarton, um sich ein Hotel zu suchen. Trotzdem hörte er noch immer die Worte des Fremden: »Glauben Sie nicht das Offensichtliche.«

Kapitel 42

Die oberste Etage des Ascot Buildings füllte sich mit Menschen. Alle waren gekommen, auch der Ministerpräsident mit Gefolge. Und selbstredend: die Presse.

Von Arnheim trat an der Seite seiner Tochter aus dem Fahrstuhl. Begrüßungsbeifall brandete auf. Sie standen Spalier, ließen ihn und Clarissa hindurchschreiten in das Allerheiligste von Ascot: sein ehemaliges Eckbüro.

Kurz bemerkte er, dass seine Tochter bereits Veränderungen darin vorgenommen hatte. Sie verschwendete keine Zeit.

Genau so musste es sein.

Neue Chefs führten durch ihre eigene Persönlichkeit ein Unternehmen. Das brachten sie mit ganz subtilen Dingen zum Ausdruck, wie der Einrichtung ihres Büros.

Das moderne Gemälde an der Wand gefiel von Arnheim aber nicht. Auch der mannshohen abstrakten Skulptur vor dem Fenster konnte er nicht so recht etwas abgewinnen. Dem eichenen Schreibtisch war ein Designerstück aus Glas gewichen.

Eines war klar: Mit seiner Tochter würde ein neuer Wind im Hause wehen. Er blies schärfer.

Mit stolzgeschwellter Brust ging Achim von Arnheim durch die Menge. Er kannte viele von ihnen, wenn ihm auch gerade ihre Namen nicht einfielen. Aber was machte das schon? Die Zukunft der Firma war gerettet.

Händeschütteln hier, ein kleiner Scherz dort, dann war der Moment gekommen, auf den alle gewartet hatten. Jetzt würde der Stab offiziell, und vor den Augen und Ohren der Öffentlichkeit, von einer Generation an die nächste weitergereicht werden. Ganz so hätte es sein eigener Vater gewollt.

Er könne jetzt einen Schritt zurücktreten, um in den verbleibenden Jahren die Früchte seiner Arbeit zu genießen. Das waren die Worte des Herrn Ministerpräsidenten.

Von Arnheim wurde ein wenig übel.

Jetzt war es also wirklich so weit. Wie lange hatte er diesen Moment herbeigesehnt. Mit ihm, das musste er zugeben, drohte die Ascot zu verstauben. Die Zeiten änderten sich heutzutage dermaßen schnell, dass er einfach nicht mehr mitkam.

Die Rede des Landesvaters, ein übergewichtiger Mann mit Doppelkinn und dem Drang zu weitschweifenden Monologen, endete irgendwann in bravem Applaus. Einige wischten verstohlen eine Träne fort. Zumeist waren es die Damen.

Wohlwollend betrachtete von Arnheim seine Tochter. Sie mochte ihm bisher nicht im eigentlichen Sinne ans Herz gewachsen sein, aber das würde sicherlich mit der Zeit kommen. Heute war sie der Star. Und sie schien es zu genießen.

Er beobachtete sie aus den Augenwinkeln. Wie souverän sie die Anwesenden begrüßte, als kenne sie jeden von ihnen schon lange.

›Charmant‹ hatte der Präsident des Immobilienverbands sie eben genannt. Stolz hatte von Arnheim genickt.

Nun war es an ihm, in aller Würde die Ascot an sein Kind zu übergeben. Sie würde es anders machen als er. Aber die Firma bliebe in der Familie, und nur das zählte.

Aufgestützt auf seinen Stock, schaute er in die Gesichter der Gäste. Einige wirkten besorgt. Er nahm es als gutes Zeichen. Offenbar hatte Clarissa bereits am ersten Tag gewisse Dinge klargemacht, um sich Respekt zu verschaffen. Sehr gut. Voll Zuneigung sah er sie an und hob das Glas.

»Auf eine ertragreiche Zukunft und die neue Chefin der Ascot Holding: Clarissa von Arnheim. Meine Tochter.«

Er stieß mit ihr an, gab ihr sogar einen Kuss auf die Wange, was sich eigentümlich fremd anfühlte. Die Blitzlichter der Presseleute blendeten ihn kurz. Gratulationen von allen Seiten.

Da hörte er die Stimme eines Journalisten, der ihm früher schon unangenehm aufgefallen war.

»Herr von Arnheim! Eine Frage!«

Mit einem Lächeln drehte der alte Mann sich zu ihm. Immerhin liefen die Fernsehkameras.

»Was sagen Sie dazu, dass Ihre Tochter die Ascot Holding an die Börse bringen will?«

Das Lächeln fiel ihm aus dem Gesicht.

»Herr von Arnheim?«

Er räusperte sich. »Das haben Sie falsch verstanden. Niemand plant, aus diesem Traditionsunternehmen eine AG zu machen.«

»Wir haben verlässliche Informationen, wonach binnen eines Jahres genau das geplant ist.«

»Wer behauptet das?«

»Mitarbeiter dieses Hauses.«

Ihm wurde plötzlich heiß. »Das ist Unsinn!« Mit dem Stock wies er auf den Schmierfinken. »Wer immer das sagt, will Ihnen einen Bären aufbinden. Das ist nichts weiter als der Versuch der Konkurrenz, mit dem Führungswechsel bei der Ascot Holding Unsicherheit zu säen, um Profit zu schlagen.« Hilfesuchend sah er Clarissa an, die jetzt zu ihm eilte und seinen Arm nahm.

»Komm, Papa.«

Er riss sich los. »Behandle mich nicht wie einen senilen Alten! Noch bin ich der Chef.«

Sie beugte sich zu ihm vor. »Nein. Das bist du nicht mehr. Und es wäre schön, wenn du keine Szene machst. Um den Reporter kümmere ich mich.«

Er wollte widersprechen, doch wusste er, dass sie recht hatte. Sollte er jetzt ausfallend werden, würde der Skandal morgen die Titelseiten aller Boulevardblätter füllen.

»Du musst der Lüge Einhalt gebieten, Kind«, raunte er ihr zu. »Wenn du das nicht sofort unterbindest, wirst du einen schweren Einstieg ins Geschäft haben. Üble Nachrede ist der Tod unserer Branche.«

»Du hast recht, Papa, aber bitte beruhige dich.«

Er nickte. Wenn er es nicht schaffte, seine Contenance zu wahren, würde unnötig Staub aufgewirbelt werden.

Jemand reichte ihm ein Glas Sekt. Mit Schwung stürzte er den Inhalt herunter. Sein Herz raste. In den Ohren rauschte das Blut. Er drehte sich zu den Gästen, wobei er geflissentlich den Schmierfinken zu ignorieren gedachte, der ihm eine weitere Frage stellte.

Von Arnheim sah, wie der Mund des Mannes vor ihm auf- und zuging. Mit einer fahrigen Geste wischte er die Worte des Kerls fort.

Ihm wurde schwindelig. Die Menschen, das Büro, alles begann sich zu drehen.

Der Sekt. Das Zeug hatte er noch nie wirklich vertragen.

Warum sahen ihn die Leute so eigentümlich an? Worauf warteten sie? Dass er tot umfiele? Den Gefallen würde er ihnen nicht tun. Von Arnheim setzte an, einen Witz zu machen. Irgendeine lässige Bemerkung, doch seine Zunge fühlte sich taub an.

Im selben Moment gaben seine Beine nach. Alles um ihn herum wurde schwarz.

Von der Aufregung um ihn herum, dem alarmierten Notarzt und dem Abbruch der Feierlichkeit bekam er nichts mit.

Irgendwann öffnete er seine Augen. Er lag auf einer Bahre. Ein Sanitäter beugte sich über ihn. Dieses Mal war es kein Spiel.

Am anderen Ende der Stadt saß Lilli am Fenster und schaute auf die Straße hinunter. Dabei erzählte sie Teddy Pu und seinem neuen englischen Freund von dem Buch, das sie im Spielezimmer von Opa Arnheim entdeckt hatte. Darin ging es um einen kleinen Miniweihnachtsmann, der in der Nacht heimlich zu Leuten auf den Bauernhof schleicht und schaut, ob es allen gut geht und sie schlafen.

»Der hieß genauso wie der Hausmeister von drüben. Und auf den Bildern lag gaaaaanz viel Schnee.«

Gemeinsam sahen sie in den dunklen Himmel hinauf, in der Hoffnung auf tausend Millionen Schneeflocken. Doch leider kam aus den Wolken nur Nieselregen. Schade.

»Total doof, dass ich keinen Schlitten habe«, überlegte sie laut und dachte an Opa Arnheim, der gewiss einen für seine Clarissa gekauft hatte. Sie hätte den Opa gerne besucht, aber die Mami fand die Idee gar nicht gut. Noch mal schade.

Da fiel Lillis Blick auf einen Mann, der im Schein einer Laterne auf der anderen Seite vor dem Klötzchenhaus stand. Er hatte eine Kiste im Arm. Irgendwie kam er ihr bekannt vor. Der Fremde sah zu ihr herauf. Lilli bekam einen Schreck.

Schnell kletterte sie von der Sessellehne herunter und lief zu ihrer Mutter in die Küche.

»Mami!«, rief sie. »Da ist der Mann. Der guckt so komisch.«

»Wo?«

»Auf der Straße. Er hat mich angeguckt.«

Lilli sah, wie ihre Mutter die Hände an der Schürze abwischte.

»Zeig ihn mir mal, bitte.«

Gemeinsam gingen sie zum Wohnzimmerfenster und schauten hinaus. Doch der Platz unter der Laterne war leer.

»Eben war er noch da. Ganz bestimmt«, maulte Lilli.

Ihre Mutter öffnete das Fenster und blickte die Straße entlang. »Kanntest du ihn?«

Eifrig nickte sie. »Ja, das war der mit dem Knutschen. Was ist das eigentlich, Mama?«

»Was? Joost? Also … das erklär ich dir später …« Luisa lief alle Fenster ab, die zur Straße hinausgingen, aber Joost Behrens war nirgends zu sehen. Lilli musste sich getäuscht haben. Was sollte er auch hier? Er hatte sich für die andere Seite entschieden.

Er wusste nicht, was ihn in die Herderstraße getrieben hatte. Eigentlich hatte er in seine Wohnung gehen wollen, um ein paar Sachen zu holen. Stattdessen war er durch die Stadt gelaufen und hatte über die Worte des Mannes nachgedacht, den er auf der Bank getroffen hatte. Eigenartiger Zufall, dass er ihn zum zweiten Mal getroffen hatte.

Bevor Joost es begriff, fand er sich gegenüber von Nummer 7 wieder.

Zum ersten Mal betrachtete er in Ruhe das Haus, um das seit Jahren vor den Gerichten gestritten worden war.

Im gnädigen Schein der Laterne konnte man die frühere Schönheit der Fassade erahnen. Die aus Sandstein getriebenen Blumenranken über den Fenstern, die Fabelwesen links und rechts des Eingangs, die Weisheit, Gerechtigkeit und Tapferkeit darstellen sollten, sowie die aristotelische Tugend der Glückseligkeit.

Diese und andere Dinge hatte Joost letzte Nacht erfahren, als er einen Freund um eine architektonische Einordnung des Gebäudes gebeten hatte. Er hatte gehofft, dass Nummer 7 irgendeine besondere städtebauliche Bedeutung haben könnte, die einen Antrag beim Denkmalschutzamt begründen würde, doch Raimund musste ihn enttäuschen. Das Haus war einfach nur ein altes Mietshaus aus der Kaiserzeit mit einer ehemals hübschen Fassade.

Von denen gäbe es Dutzende in der Stadt. Ein paar von ihnen waren weitaus besser in Schuss als Nummer 7.

Trotzdem konnte Joost den Blick von dem Haus nicht abwenden, wegen dem er heute seinen Job verloren hatte.

Es war alles so schnell gegangen. Er verstand es noch immer nicht. Warum nur hatte er sich die Nacht um die Ohren geschlagen, um eine Lösung für das alte Haus zu finden? Ging es ihm wirklich um das Haus oder eher um Luisa?

War sie nicht der Grund, warum er hier im Regen stand?

Da entdeckte er die Kleine am Fenster.

Gerade wollte er Lilli zuwinken, als sie verschwand.

Enttäuscht machte er sich auf den Weg in irgendein Hotel.

Kapitel 43

Mit dem Kampfeswillen einer Löwin warf Luisa sich erneut in die Suche nach einem Zuhause für sich und die Kinder. Eine ältere Dame in einem Dorf nördlich der Stadt hatte ihr Hoffnung auf eine Drei-Zimmer-Wohnung im Souterrain gemacht.

Mit einem Lächeln auf den Lippen fuhr Luisa mit der Straßenbahn zurück in die Herderstraße.

Zwar würde die Bleibe kein Luxushotel sein, aber sie würde sich die Unterkunft leisten können, selbst wenn die Sache mit einem neuen Job ihre Geduld auf die Probe stellte.

Luisa drückte die Haustür von Nummer 7 auf, als sie einen schemenhaften Schatten im Flur erkannte.

»Hi.«

Erschrocken blieb sie stehen. »Herr Behrens.« Betont streng siezte sie ihn. »Welch Überraschung.« Der Spott triefte aus ihren Worten. »Hat Frau von Arnheim Ihnen denn erlaubt, mich zu besuchen?«

Ihre Frage klang härter, als sie eigentlich gewollt hatte. Aber was musste er ihr hier auch auflauern? Sie hatte sich erschreckt.

Wortlos hielt er ihr eine Mappe hin.

»Was ist das?«

»Ich glaube, es gibt eine Möglichkeit, das Haus zu retten. Schaue dir bitte die Seiten an. Ich bin kein Architekt. Du aber. Außerdem kennst du das Gebäude in- und auswendig.«

Vorsichtig nahm Luisa den Ordner in die Hand und schlug ihn auf.

»Du willst es sanieren lassen?«

»Ja. Nummer 7 könnte ein Schmuckstück werden, das auf dem Markt eine hohe Rendite abwerfen würde, falls die Ascot es anschließend verkauft.«

»Weder ich noch Wolle oder Frau Baumann könnten die neue Miete bezahlen.«

»Ihr hättet Mieterschutz. Auch im Falle eines Verkaufs. Ich vertrete euch, wenn ihr wollt.«

»Du?« Überrascht sah sie ihn an.

Er zuckte mit den Achseln. »Ja, ich.«

»Was ist, falls die Ascot Holding das Haus behalten will?«

Joost lachte. »Clarissa von Arnheim verkauft den alten Kasten. Glaube mir, sie braucht cash. Das ist gut für die Bilanz, sobald sie an die Börse geht.«

Luisa blätterte im Ordner herum. »Ich habe mein Studium nicht abgeschlossen, Joost.«

»Dir fehlte nur eine einzige Prüfung. Alles andere hast du mit summa cum laude geschafft. Du warst Jahrgangsbeste.«

»Du hast dich erkundigt?«

»Natürlich. Ich bin gut in meinem Job.«

Luisa klappte die Seiten zu. »Es ist hier unten zu dunkel zum Lesen.«

»Dann lies es oben. Ich will dem Alten das Sanierungskonzept so schnell wie möglich geben. Mit etwas Glück hat er noch Einfluss in der Ascot.«

»Na gut, komm mit rauf.«

Gemeinsam stiegen sie in die zweite Etage.

Vor Wolles Tür drehte sie sich zu Joost um.

»Das mit London ...«

»Ja?«

»Das hätte nicht passieren dürfen.«

»Aber …«, setzte er an, doch Luisa hob die Hand.

»Nein, ich meine es ernst. Es war ein Fehler.«

Er trat näher. »Es tut mir leid. Wirklich.«

»Du hast deine Chance gehabt, zu mir zu stehen, und hast es nicht getan. Nein, Joost, aus uns wird nichts.«

Sie sah, dass ihre Worte ihm wehtaten.

Ihr selber ging es dabei nicht besser. Seit dem Vorfall in der Arnheim-Villa spürte sie einen scharfen Schmerz in ihrem Herzen, der sie nicht mehr losließ. Doch sie wusste, dass sie an ihre Kinder denken musste. Für sie würde sie mal wieder stark sein müssen. So wie immer.

»Tut mir leid, Joost. Es ist besser so.«

»Für wen?«, wollte er traurig wissen.

Sie holte tief Luft. Dann drehte sie sich zu Wolles Tür und klopfte. Der Nachbar war mal wieder als Babysitter eingesprungen.

Es dauerte recht lange, bis die Tür geöffnet wurde.

»Oh, schon zurück?« Schnell knöpfte Wolle sein Hemd zu. »Hast du die Wohnung bekommen?«

»Es sieht gut aus. Jedenfalls hat man nicht gleich Nein gesagt.«

»Super.« Er warf einen kurzen Blick hinter sich, wo eine leicht bekleidete Frau in buntem Kimono rauchend im Türrahmen stand.

»Alles okay?«, wollte Linda wissen.

»Ja, klar, alles schicki. Total easy.«

»Wo sind Matti und Lilli?«

»Ähm«, war die Antwort des Nachbarn auf Luisas fragenden Blick. »Oben. Sie gucken Fernsehen. Kika-Dingsda. Irgendetwas mit einer Prinzessin oder so.«

»Du lässt sie alleine in meiner Wohnung?« Luisa machte

auf dem Absatz kehrt und stürmte an Joost vorbei die Stufen hoch. »Das hätte ich auch ohne dich gekonnt, Wolle.«

Ihre Haustür stand offen.

»Matti! Lilli! Ich bin wieder da!«, flötete sie und ging hinein.

Sie hörte eine Männerstimme.

Mit wenigen Schritten hatte sie das Wohnzimmer erreicht.

Das Sofa war leer, und der Fernseher lief.

»Wo seid ihr, Kinder?« Sie schaute in der ganzen Wohnung nach. Nichts.

»Vielleicht haben sie sich versteckt?«, meinte Joost, der ihr gefolgt war.

Luisa hatte ihn vollkommen vergessen.

Gemeinsam begannen sie, die Wohnung zu durchsuchen. Jedes Zimmer, jeden Schrank, jeden Winkel.

Ratlos standen sie danach im Flur.

»Was ist«, fragte Joost, »wenn dein Nachbar sich irrt, und die beiden sind noch in seiner Wohnung?«

Sie warf die Hand vor den Mund, als sie an die halb bekleidete Frau dachte und was Lilli und Matti dort wohl zu sehen bekommen haben könnten, falls Joost recht hatte. Schon rannte sie zurück ins Treppenhaus und stürmte die Stufen wieder hinunter.

Mit der Faust schlug sie gegen Wolles Tür.

»Wo sind sie?«, donnerte Luisa ihren Nachbarn an, kaum dass der die Tür geöffnet hatte.

»Ähm.«

»Nichts ähm! Wo sind meine Kinder?« Sie schubste ihn beiseite und ging hinein.

An der Frau im Kimono vorbei bahnte sie sich einen Weg in die Wohnung.

Unbeholfen blieb Joost vor der Tür stehen.

Wolle kratzte sich am schwarzgefärbten Schopf. »Ähm, sind sie denn nicht oben?«, nuschelte er.

Schon kam Luisa wieder aus der Küche.

»Sie sind nicht hier!« Angst lag in ihrer Stimme.

»Herr Wolle«, wandte Joost sich an Luisas Nachbarn. »Wann haben Sie die Kinder das letzte Mal gesehen?«

»Als ich vorhin kam, waren sie schon weg«, mischte sich die Kimonofrau ein. »Also vor zwei Stunden.«

Luisa stürmte auf Wolle zu, die Fäuste erhoben.

Joost hielt sie zurück.

»Langsam!« Er stellte sich zwischen sie und dem mittlerweile blass gewordenen Nachbarn. »Wir sollten die beiden erst einmal suchen, bevor das hier in Handgreiflichkeiten ausartet.« Er drehte sich um und bohrte seinen Finger in Wolles Brust. »Und Sie werden helfen.«

Der griff nach seiner Lederjacke, die über der Türklinke zur Küche hing. »Logo, Mann. Ehrensache. Mag die beiden Krabben doch. Wo fangen wir an?«

Gemeinsam eilten sie zu Oma Baumann und fragten nach, ob die Kinder bei ihr wären. Ohne Erfolg. Besorgt schloss die alte Diva sich dem Suchtrupp an. Wolle übernahm den Dachboden und den Hinterhof. Die Nachbarin suchte in den leeren Wohnungen. Luisa und Joost versuchten ihr Glück im Keller.

Als sie Matti und Lilli auch dort nicht fanden, beschlossen sie, zum Spielplatz zu laufen, der drei Straßen weiter lag.

Jetzt standen Luisa und Joost verloren zwischen den menschenleeren Spielgeräten. Nicht ein einziges Kind war hier.

Luisa schlug verzweifelt die Hände vor den Mund.

Das Schlimmste, was sie sich je hatte ausmalen können, war passiert. Zitternd sah sie Joost an.

Er nahm sie in den Arm. »Bestimmt sind die beiden längst wieder zu Hause. Immerhin wird es gleich dunkel. Komm, lass uns zurückgehen.«

Widerstandslos ließ Luisa sich in die Herderstraße zurückführen, als ihr eine Idee kam. »Sie könnten bei Herrn Tomte sein, dem Hausmeister von gegenüber.«

Ohne sich um den Verkehr zu kümmern, rannte sie über die Straße und drückte mit ihrer Hand alle Klingelknöpfe gleichzeitig.

Stirnrunzelnd stellte Joost sich neben sie, als auch schon die erste Stimme aus der Gegensprechanlage kam.

»Ja?« Es war eine Frau.

»Hallo! Ähm, ich suche meine Kinder.«

»Habe keine gesehen.«

»Nein, also, ich möchte wissen, ob Ihr Hausmeister da ist.«

»Wer?«

»Herr Tomte. Ihr Haustechniker.«

Die Frau im Lautsprecher zögerte. »So etwas haben wir hier nicht. Das erledigt die Firma Klappke Facility Management.«

»Unsinn. Natürlich haben Sie einen Hausmeister. Ich kenne ihn. Er ist so ein kleiner Dicker mit Bart und trägt einen Blaumann. Er hat immer seinen Werkzeugkoffer dabei.«

»Wollen Sie mich veralbern?«

»Nein, bestimmt nicht. Ich ...«

Es knackte im Lautsprecher. Dann war Stille.

»Hallo?« Luisa wollte ihre Hand erneut auf die Klingeln legen, als Joost sie fortnahm.

»Dieser Herr Tomte. Ich bin ihm vor deiner Tür begegnet und kürzlich am Fluss. Schräger Vogel. Wenn er der Hausmeister von diesem Haus ist, was hat er dann mit Nummer 7 zu tun?«

»Er liebt Nummer 7. Ständig ist er bei uns drüben und repariert Kleinigkeiten. Er weiß so viel über das Haus und seine Menschen. Ich mag ihn. Und die Kinder auch. Darum denke ich ja, dass sie bei ihm sein könnten.«

Kurz zögerte sie. Sollte sie Joost von dem geheimnisvollen nächtlichen Ausflug berichten? Da kam ihr eine Idee.

»Komm!«

Sie lief über die Straße, zurück zu Nummer 7. Dort schloss sie die Augen und legte ihre Hände auf die Wand. Sie horchte.

»Los! Sag was«, murmelte sie. Doch das Haus schwieg.

»Was tust du da?«, fragte Joost vorsichtig.

»Gib mir deine Hand.« Als er nicht gleich reagierte, nahm sie sie und legte sie auf das Mauerwerk. »Schließe die Augen.«

Zögerlich tat er es.

»Jetzt horche genau hin. Kannst du es hören?«

»Was soll ich denn …?«

»Konzentriere dich.«

»Okay … also, da ist der Autolärm von der Hauptstraße, eine Polizeisirene …«

»Nein, das meine ich nicht. Sind da keine Stimmen?«

Er lachte. »Wenn ich das hören würde, müsste ich dringend zum Arzt.« Sie schlug ihm auf die Schulter. »Aua.«

»Es ist die Seele des Hauses, die spricht.«

»Die was?« Joost riss seine Finger von der Wand.

»Ich weiß, es klingt verrückt, aber als Herr Tomte meine Hand auf die Mauer legte, habe ich sie gehört. Ganz deutlich. Da waren Menschen, die lachten und sich unterhielten, spielende Kinder im Treppenhaus. Dann waren da Granaten und Bomben im Hintergrund und knatternde Automobile. Ich konnte sogar Rübenmus riechen. – Alles, was je in Nummer 7 geschah, ist noch da. Das Gute wie das Schlechte. Das Gebäude erinnert sich. Vielleicht weiß es ja, wo meine Kinder sind.«

Besorgt sah Joost sie an. »Luisa, Häuser haben keine Seele. Sie sind aus Stein und Holz, Beton und Glas oder Stahl. Sie werden gebaut, benutzt und abgerissen.« Er zog sie zu sich. »Ich verstehe ja, wenn du ...«

»Nein, lass mich.« Sie schubste ihn von sich. »Wir müssen es fragen, wo Matti und Lilli sind.«

Mit beiden Händen stemmte sie sich gegen die Wand, schloss erneut die Augen und horchte tief in sich hinein.

Doch da war nichts.

Sie versuchte, sich mehr Mühe zu geben. Dann aber gab sie auf.

»Das kann nicht sein.«

Tränen liefen über ihre Wangen. Sie trat einen Schritt nach hinten und betrachtete das Mauerwerk. »Warum sagst du nichts?«

»Lass uns vernünftig bleiben, Luisa. Wenn deine Nachbarn sie nicht gefunden haben, müssen wir die Polizei informieren.«

»Ich habe es mir nicht eingebildet, Joost. Bestimmt nicht.«

Sie trafen die anderen im Treppenhaus, wo Luisa sich auf die Stufen fallen ließ, weil ihre Beine sie nicht mehr trugen.

Nervös knetete Wolle seine Finger.

»Es tut mir echt leid. Ich dachte wirklich, sie würden oben Fernsehen gucken.«

Verächtliches Kopfschütteln von der Diva war die Antwort. »Mit Ihnen wird es noch einmal ganz, ganz schrecklich enden, Herr Wolle«, prophezeite sie mit ernster Miene.

Reumütig senkte er den Kopf und ließ die Schultern hängen.

»Ich weiß, Oma Baumann.«

Joost stellte sich vor ihn. »Was war, bevor die Kinder verschwanden?«

»Wir haben Flaschendrehen gespielt. Und danach habe ich ihnen vorgelesen.«

»Woraus?«, verlangte Joost zu wissen, als sei er ein Kommissar aus dem Fernsehen.

»Ähm …«

»Ein Buch?«

»Nö. Die Tageszeitung.« Wolle strahlte ihn an. »Da stehen heute ausnahmsweise mal gute Nachrichten drin. Ist doch wichtig, dass die Kleinen wissen, was in der Welt los ist.«

»Welche Zeitung?«

»Das BLATT.«

Luisa und Joost wechselten einen kurzen Blick. Beiden war der Vorfall mit dem Paparazzo und den Fotos noch gut in Erinnerung.

»Die ist auch nicht schlechter als alle anderen«, verteidigte Wolle sich. »Moment!«

Er rannte nach oben, in seine Wohnung.

Kurz darauf kam er mit der heutigen Tageszeitung in der Hand zurück. Er reichte sie Luisa. »Da hat es endlich mal den Richtigen erwischt.«

Luisas Blick überflog die Headline und dann den knappen Text darunter. »*Das* hast du ihnen vorgelesen? Bist du irre?«

»Was? Man soll Kindern doch etwas vorlesen, heißt es immer.« Plötzlich aber schien ihm die Idee nicht mehr so gut, denn er biss sich auf die Unterlippe.

»Der Alte hat ja überlebt, steht da.« Er kratzte seinen

Wuschelkopf. »Die Stelle habe ich den beiden sogar drei Mal vorgelesen, weil sie es genau wissen wollten. – Frage mich nur, warum sie ihn dauernd Opa nennen. Ich meine, der ist doch gar nicht mit ihnen verwandt, oder?«

Luisa kämpfte zwischen Schreien und dem Wunsch, Wolle zu würgen.

Kapitel 44

Eine halbe Stunde später hielt der VW-Bulli vor dem Haupteingang der Klinik. Joost und die Bewohner von Haus Nummer 7 sprangen heraus und rannten ins Foyer.

»Sie können hier nicht stehen bleiben!«, rief der Portier aus seinem Glaskasten ihnen nach, als sie auch schon die Fahrstühle erreicht hatten.

Luisa starrte auf die Anzeige für die Stockwerke. Endlich öffneten sich die Türen. Als sie hochfuhren, betete sie, ihre Kinder mögen hier sein. Dies war die letzte Erklärung, die ihr einfiel. Wenn sie Lilli und Matti hier nicht fänden, mussten sie tatsächlich die Polizei um Hilfe bitten.

Oma Baumann brillierte mit ihrem schauspielerischen Talent bei der Stationsschwester, der sie irgendeine herzerwärmende Geschichte erzählte, während Wolle wie ein Dackel auf der Hutablage eines alten Mercedes danebenstand und nickte, gleichzeitig jedoch mit seinem massigen Körper den Blick der Krankenschwester in den Gang versperrte.

Hinter ihm huschten die anderen beiden am Stationszimmer vorbei, auf der Suche nach von Arnheim.

»Er wird in einem Privatzimmer liegen«, vermutete Joost.

»Da drüben«, raunte Luisa und zeigte in einen Flur, der vom Hauptgang abbog. Hier waren die Wände cremefarben gestrichen statt lindgrün. Es gab Topfpflanzen nahe einer ledernen Sitzgruppe sowie eine Pantry mitsamt Kaffeemaschine und Keksteller. Ein echter Weihnachtsbaum stand am Ende des Flurs, der mit bunten Kugeln geschmückt war.

Ja, eindeutig! Sie hatten den Privattrakt gefunden. Hier gab es nur vier Zimmertüren.

Luisa öffnete die erste Tür. Dort saß eine Dame mit Nasenverband in einem breiten Bett und schaute Fernsehen.

»Verzeihung. Falsches Zimmer.«

Die nächsten beiden Krankenzimmer waren leer. Vor der letzten Tür blieb sie stehen.

»Was ist, wenn er hier auch nicht liegt?«

»Das können wir nur auf eine Art herausfinden«, sagte Joost und drückte die Klinke herunter.

Im Halbdunkel des Zimmers konnten sie deutlich ein Krankenbett erkennen.

Schnell schlüpften sie hinein. Erleichtert erkannte Luisa Achim von Arnheim darin. Trotz der vielen piependen Geräte, die um das Bett herumstanden, schlief er. Über einen Katheder rann eine kristallklare Flüssigkeit in seinen Arm. Er war blass und wirkte unter der weißen Decke wie ein Gespenst.

Von dem energischen Herrn, mit dem sie erst kürzlich durch den Garten gegangen war, schien kaum etwas übrig zu sein.

Betroffen standen sie und Joost einen Moment da, als Luisa Teddy Pu im Arm des Patienten entdeckte.

»Die Kinder sind hier«, flüsterte sie aufgeregt und zeigte auf das Kuscheltier.

Sie sah sich um, schaute unterm Bett nach, schob die Vorhänge beiseite. Dann lief sie ins Badezimmer. Enttäuscht kam sie zurück. »Nichts.«

»Vielleicht sind sie bereits gegangen und auf dem Weg nach Hause.«

»Lilli ohne Teddy Pu? Niemals.«

»Es könnte auch sein, dass die Stationsschwester sie erwischt hat«, überlegte Joost.

Sogleich wollte Luisa hinauslaufen, als er sie am Arm festhielt. Er sah zu einer Tür hinüber. »Eine Verbindungstür ins nächste Zimmer?«

Vorsichtig drückte sie die Klinke herunter.

Nein, hinter der Tür verbarg sich nur ein begehbarer Schrank, der fast so groß war wie ihr Badezimmer in der Herderstraße. Dort stand ein einsamer Koffer. Die meisten Regale waren leer. An einem Haken hing ein Kaschmirmantel an einem Bügel, dessen Saum fast den Boden berührte.

Darunter entdeckte Joost zwei Paar Kinderschuhe. Er wies Luisa mit dem Finger darauf hin. Schon wollte sie hinüberstürzen, als er sie festhielt. Er legte seinen Zeigefinger auf die Lippen.

»Wenn wir die beiden finden«, sagte er laut genug, dass die Kinder ihn hören mussten. »Dann werden wir nicht schimpfen, oder? Immerhin haben sie nur einen Freund besucht.«

Luisa presste die Lippen aufeinander. Wie gerne wäre sie zu Matti gestürmt und hätte ihrer Angst Luft gemacht, weil er heimlich mit seiner kleinen Schwester durch die ganze Stadt gefahren war. Wo hatte er überhaupt das Geld für die Straßenbahn her?

Sie riss sich zusammen. »Ich denke, dass du recht hast. Wir sollten nicht schimpfen.«

»Mami, ich bin hier!«, hörte sie Lillis Stimmchen hinter dem Mantel.

Luisa schob das Kleidungsstück zur Seite. Eng aneinandergedrängt saßen die beiden in der Ecke.

»Bist du sehr böse?«, wollte Matti vorsichtig wissen.

Luisa kniete sich vor ihre Kinder. »Nein, tut das nur nie wieder, habt ihr gehört? Nie wieder.«

Lilli schlang ihr Arme um den Hals der Mutter.

Gemeinsam gingen sie zurück ins Krankenzimmer.

Dort aber standen jetzt Clarissa von Arnheim und die Stationsschwester. »Was machen Sie hier?«, dröhnte die Tochter, während die andere die Arme vor der Brust verschränkt hielt.

Hinter den beiden lugten Wolle und Oma Baumann vor.

»Wir haben versucht, sie aufzuhalten«, verteidigte sich der Nachbar.

»Verlassen Sie sofort den Raum!« Von Arnheims Tochter wies mit dem Finger zur Tür.

Luisa trat vor. Die Arroganz dieser Person war nicht zu überbieten.

Schon wollte sie ihr ein paar gepfefferte Worte an den Kopf werfen, als sie sah, dass der alte Mann im Bett verwirrt die Besucherschar in seinem Zimmer betrachtete.

»Der Opa ist wach!«, rief Lilli erfreut und rutschte aus dem Arm ihrer Mutter, um zu ihm zu laufen.

»Geht es dir wieder besser?«, fragte Matti und stellte sich neben das Bett.

Von Arnheim nickte matt. »Was macht ihr denn hier?« Seine Stimme kratzte. Jetzt sah er Teddy Pu in seinem Arm. »Oh, da ist ja noch ein kleiner Besucher. Wie nett.«

»War das Ihre Idee, Herr Behrens?«, zischte Clarissa Joost an.

»Wie kommen Sie darauf?«

Die Frau schob ihre Hände in die Hüften. »Ich habe Sie nicht entlassen, damit Sie über die Hintertür versuchen, meinem Vater Ihre fixe Idee von einer Sanierung unterzujubeln. Wie Sie sehen können, ist er sehr krank.«

Joost schüttelte den Kopf. »Wir haben die Kinder gesucht. Das ist alles.«

Luisa trat zu ihm und schaute ihn fragend an. »Sie hat dich vor die Tür gesetzt?«

»Fristlos«, bestätigte Clarissa von Arnheim. »Ich kann in der Ascot Holding niemanden gebrauchen, der sein weiches Herz sprechen lässt, statt auf Tatsachen zu hören.« Sie hob das Kinn. »Wir werden nicht zu einem Global Player, wenn jeder tut, was er will.« Jetzt schaute sie zu ihrem Vater hinüber. »Das siehst du doch auch so, Papa?«

Von Arnheim blickte zwischen Luisa und Clarissa hin und her. »Ich glaube, ich bin müde«, sagte er leise und schloss die Augen.

»Sie haben es gehört. Raus hier.« Die Tochter des Millionärs riss die Tür auf und wies mit ausgestrecktem Finger auf den Flur hinaus.

Im Hinausgehen bemerkte Luisa, dass Matti die Frau besonders böse anschaute und Lilli die Zunge herausstreckte.

Brave Kinder.

Kapitel 45

Immer wieder nahm Luisa ihre Kinder auf der Rückbank von Wolles VW-Bulli in den Arm, nur um sich zu versichern, dass sie auch wirklich da waren. Tränen der Erleichterung liefen über ihre Wangen, die sie ständig schniefend fortwischte.

»Bist du traurig, Mami?«

»Nein, Lillilein, nur glücklich, dass ich euch zurückhabe. Und wenn das Glück zu viel wird, läuft es manchmal über.«

Oma Baumann drehte sich zu ihnen um. »Trotzdem habt ihr eurer Mutter einen scheußlichen Schreck eingejagt. Und mir auch.«

»Und mir erst«, bestätigte Wolle.

Da gab Oma Baumann ihm einen heftigen Knuff in die Seite.

»Aua! Wofür war das denn?« Er rieb sich die Rippen.

»Nachdenken, junger Mann. Vielleicht fällt es Ihnen dann ein, Sie ... Sie«, sie rang nach den richtigen Worten. »Sie Double ... Sie! All das wäre nicht passiert, wenn Sie auch nur ein bisschen Verantwortungsgefühl hätten! Aber Sie denken ja nur an sich und Ihren Spaß im Leben!«

»Aber ich ...«

»Ach, halten Sie doch den Mund!«

Schweigend fuhren sie durch die Nacht, vorbei an weihnachtlich geschmückten Gärten mit blinkenden Girlanden über Haustüren und mit Kunstschnee dekorierten Schaufenstern in den Kaufhäusern. Sie passierten die hohe Tanne auf dem Marktplatz, die im Wind hin und her wogte, als tanze sie.

»Wird Opa von Arnheim wieder gesund?«, wollte Matti wissen.

Luisa überlegte. Sie hatten nicht ein Wort mit dem alten Mann wechseln können, denn seine Tochter war in ihrem Vorhaben, alle aus dem Krankenzimmer zu scheuchen, mit höchster Effizienz vorgegangen. Weil sie auf die Frage ihres Sohnes keine Antwort wusste, lächelte sie und hoffte, es möge optimistisch wirken.

»Er machte auf mich den Eindruck, als ginge es ihm recht gut. – Was wünscht ihr euch eigentlich zu Weihnachten?«

Lilli drückte Teddy Pu an sich. »Ein Schlitten, das wäre fein«, sinnierte sie.

»Macht keinen Sinn, wenn es nicht schneit«, konterte Matti.

Lillis Mundwinkel zogen nach unten. »Es wird aber schneien. Ganz bestimmt, oder, Mami?«

»Ich hoffe es, Kleines.«

Da fiel Luisas Blick auf Joost, der schweigend neben ihr saß und aus dem halb beschlagenen Fenster hinausstarrte. »Ist alles in Ordnung mit dir?« Er nickte. »Sicher?«

»Dieser Hausmeister, den die Leute von der anderen Straßenseite nicht kennen …«, begann er.

»Was ist mit ihm?«

»Er meinte zu mir, dass die Dinge, die wir sehen, oft nicht so sind, wie sie sein sollten, oder so ähnlich. Der Satz will nicht aus meinem Kopf. Und als ich eben von Arnheims Tochter in das Krankenzimmer stürzen sah, da dachte ich …«

»Ja?«

»Ihre Haare waren ungekämmt. Der Mantel falsch zugeknöpft. Sie trug keine Pumps, sondern Sneaker. Es war, als stünde dort ein anderer Mensch.«

»Das ist nur zu verständlich. Die Stationsschwester wird sie angerufen haben, weil wir uns Zutritt verschafft hatten. Sie sprang in irgendwelche Klamotten und kam sofort ins Krankenhaus.«

»Warum? Hatte sie Angst, wir würden ihren Vater klauen?«, fragte Oma Baumann.

Luisa lachte. »Wohl kaum. Ich denke, sie ist besorgt um ihn.«

»Komisch, den Eindruck machte sie gar nicht auf mich. Es schien mir eher, als versuche sie, dafür zu sorgen, dass niemand mit Herrn von Arnheim Kontakt hat.«

Oma Baumann drehte sich zu ihnen um. »Warum sollte sie denn das tun? Sie hat doch alles bekommen, was er besitzt, oder?«

Joost sah hinaus. »Ich weiß. Aber da war noch etwas anderes. Mir fällt nur nicht ein, was es gewesen sein könnte.« Wieder fiel er in sein Schweigen zurück.

Als sie in der Herderstraße ankamen, war er so tief in Gedanken versunken, dass er sich nicht einmal von den anderen verabschiedete.

Stirnrunzelnd sah Luisa ihm nach. Sie hatte ganz vergessen zu fragen, was er von nun an mit seinem Leben anzustellen gedachte. Für ihn war es bestimmt schwerer, eine neue, gut bezahlte Position zu finden als für sie, die sicherlich schon bald irgendwo einen Job an der Kasse eines Supermarktes bekommen konnte. Sie war eine Kämpferin. Aber Joost?

Luisa spürte, dass sie sich Sorgen um ihn machte.

Kapitel 46

Mehrmals in der Nacht ging Luisa in das Zimmer der Kinder, um sich zu versichern, dass sie da waren. Die beiden hatten ihr einen entsetzlichen Schrecken eingejagt, als sie einfach verschwunden waren. Sie hatte nicht mehr viel in ihrem Leben, außer Matti und Lilli.

Mit einem Glas Wein setzte sie sich auf das Sofa im Wohnzimmer und sah sich um.

Auf dem Tannengesteck vor ihr brannte bereits die dritte Kerze. Bald schon würde die vierte hinzukommen.

Sie musste einen Christbaum kaufen und die Geschenke für die Kinder besorgen. Dieses Jahr würde ihr Fest dank des Schecks in ihrer Tasche ein wenig großzügiger ausfallen können. Es sei denn, sie legte das Geld für noch schwerere Zeiten zurück.

Ihr Blick fiel auf Peters Fotografie.

»Warum nur hast du uns alleine gelassen?«, fragte sie ihn leise.

Sie leerte das Glas und tadelte sich, nicht so weinerlich zu sein. Ihre Lage war zwar schwierig, aber beileibe nicht hoffnungslos. So, wie es aussah, hatte sie immerhin eine kleine Wohnung für sich und die Kinder in Aussicht. Gleich im kommenden Jahr würde sie sich um einen neuen Job bemühen. Sie wusste, dass sie arbeiten konnte. Auch wenn es ein Job war, der sie unterfordern würde. Einzig das Geld musste reichen, damit sie für ihre Familie sorgen konnte. Für Träume war nicht die Zeit.

Wie so oft sprach sie sich weiter leise Mut zu. »Du hast es immer wieder geschafft, dich am Schopf aus Notlagen zu ziehen, Luisa. Du schaffst es auch dieses Mal.«

Und dann war da Joost.

Ja, sie war wütend darüber, dass er nicht zu ihr gestanden hatte, als die Tochter sie aus der Villa geworfen hatte. Aber an vielen anderen Stellen hatte er ihr geholfen. So, wie sie sich selbst ihm gegenüber benommen hatte, hätte er sich ebenso gut umdrehen und nie wiederkommen können.

Da fiel ihr der Ordner ein, den er ihr im Treppenhaus gegeben hatte.

Sie schaute sich um und entdeckte ihn auf dem Wohnzimmertisch. Sie hatte versehentlich die Rotweinflasche darauf gestellt.

Schnell griff sie nach der Flasche. Zu spät, unter dem Boden hatte sich bereits ein hässlicher Ring gebildet.

»Mist«, knurrte sie.

Halbherzig nahm sie die dünne Mappe zur Hand, setzte sich aufs Sofa und begann, darin zu lesen.

Als sie die Seiten kurz darauf fortlegte, um sich einen Schreiber zu holen, murmelte sie nur: »Nicht schlecht für einen Anwalt.«

Die nächsten Stunden strich sie einen Teil der Statik-Berechnungen durch und ergänzte die möglichen Sanierungskosten um weitere Punkte. Wenn die Ascot Holding tatsächlich Nummer 7 wiederherstellen wollte, musste sie über den wahren Zustand des Hauses informiert werden. Da waren die maroden Fenster ebenso zu erwähnen wie die feuchten Wände im Keller und das undichte Dach, der versottete Schornstein und die aus dem Krieg stammenden elektrischen

Leitungen. Den meisten Schaden aber verursachten die verstopften Regenrinnen, die dafür sorgten, dass das Wasser seit Jahren am Mauerwerk herunterlief. Die Liste vor ihr wurde länger und länger.

Der größte Posten aber würde eine neue Heizung für das Haus ausmachen. Joosts Konzept konnte nur funktionieren, wenn es tatsächlich Fördergelder dafür gab.

Sie lächelte bei dem Gedanken, dass Nummer 7 vielleicht noch weitere hundert Jahre bleiben könnte.

Zur selben Zeit, in einem kleinen Hotel nahe dem Zentrum, lag Joost mit offenen Augen in seinem Bett. Die Hände unter den Kopf gelegt, starrte er an die Zimmerdecke. Es war bereits nach Mitternacht. Irgendetwas ließ ihm keine Ruhe. Leider nur wusste er nicht, was es war.

Ohne viel Hoffnung schloss er die Augen.

Immer wieder drehte er sich von einer Seite auf die andere.

Irgendwann fiel er endlich in einen unruhigen Traum.

Er befand sich in der Herderstraße und blickte zu Nummer 7 hinüber. Menschen standen vor der Tür, die miteinander redeten und scherzten. Sie trugen altmodische Kleidung. Teddy Pu saß ganz oben auf dem Dach und hielt Lilli in seinem Arm, die zur Straße hinunter winkte. Wolle und Oma Baumann lehnten in den Fenstern ihrer Wohnungen und sangen Weihnachtslieder.

Und Luisa?

Sie küsste in der Tür einen fremden Mann, während Clarissa von Arnheim in einem Bademantel vorbeischlurfte. Mit unbeweglicher Miene starrte sie ihn an.

Plötzlich bekam Joost keine Luft.

Etwas Schweres lag auf seiner Brust.

Das Atmen schmerzte.

Er riss die Augen auf, japste, fuhr hoch. Sein Herz raste.

Sofort warf er die Decke beiseite und sprang auf. Er brauchte einen Moment, um sich von dem Schreck zu erholen.

Er wusste, dass er im Traum etwas zutiefst Verstörendes gesehen hatte. Nur was war es gewesen?

Barfuß tapste er zu seinem Laptop, klappte ihn auf und startete das Gerät. Dann holte er sich ein Glas Wasser aus dem Badezimmer und setzte sich an die Tastatur.

Eine halbe Stunde später lehnte er sich zufrieden zurück.

Dieser Herr Tomte hatte recht: Manchmal sind die Dinge ganz anders, als sie scheinen.

Kapitel 47

Am nächsten Morgen war es nasskalt. Einige Meter vom Haupteingang der Ascot Holding entfernt wartete er hinter einer Werbetafel. Joost klappte den Kragen seines Mantels hoch und zog die Baseballcap tiefer ins Gesicht. Es war besser, wenn niemand ihn erkannte.

Kurz vor halb neun entdeckte er sie im Strom der Angestellten, die auf die Drehtür zuhielten, durch die er auch jahrelang allmorgendlich gegangen war.

Joost eilte der Person entgegen, die er zu treffen gehofft hatte, wobei er den Kopf so tief wie möglich hielt.

»Frau Willmers«, raunte er ihr über die Schulter.

Sie erschrak. »Herr Behrens! Was machen Sie denn hier?«

»Ich habe auf Sie gewartet.«

»Auf mich?« Erschrocken blickte sich seine ehemalige Sekretärin um. »Haben Sie oben etwas vergessen? Ich kann es Ihnen herunterbringen.«

Joost legte ein möglichst charmantes Lächeln auf, obwohl die vergangenen schlaflosen Nächte ihn sicherlich gezeichnet hatten.

»Ich müsste für einen kurzen Moment an meinen alten PC.«

Seine Ex-Sekretärin trat einen Schritt zurück. »Das ist unmöglich, Herr Behrens. Sie haben mit der Kündigung auch ein Hausverbot erteilt bekommen. Das ist so üblich.«

»Ich weiß, aber lassen Sie mich in meine alten Unterlagen schauen.«

»Welche?«

Er schüttelte den Kopf. »Es ist besser, wenn Sie es nicht wissen. Es reicht schon, dass die neue Chefin *mich* vor die Tür gesetzt hat. Sie sollen Ihren Job nicht auch noch verlieren, bevor Sie in den Vorruhestand gehen.«

Bitter lachte Frau Willmers auf. »Oh, aus dem wird nichts. Die Neue ist verdammt schnell. Die Kündigungen fliegen durchs Haus wie Motten ums Licht. Alle haben Angst, die Nächsten zu sein. Sie sagt, die Umstrukturierung der gesamten Firma habe Priorität. Mein Antrag auf Vorruhestand ist auf Eis gelegt. Von der Abfindung redet keiner mehr.«

»Das klingt nicht gut.«

»Wenn Sie mich fragen, Herr Behrens, wirft sie bis nächste Woche mindestens die Hälfte aller Angestellten raus, um Kosten zu sparen.« Frau Willmers sah ihren Ex-Chef vielsagend an. »Was brauchen Sie?« Jetzt schien sie nicht nur auf seiner Seite zu stehen, sondern auch wieder in ihrem Element zu sein.

»Eine Stunde und Ihre Zugangsdaten für das Ascot-Netzwerk.«

»Okay, wir treffen uns um halb elf oben. Dann ist die große Besprechung im Konferenzraum. Die meisten Abteilungsleiter werden dort sein. Alle anderen arbeiten in ihren Büros vor sich hin, in der Hoffnung, unsichtbar zu sein.« Ihre Stimme nahm einen verschwörerischen Ton an. »Das ist die beste Zeit, damit Sie ungesehen hereinkommen können. Nehmen Sie in der Garage den Lieferanteneingang, fahren Sie in die alte Kantine hinauf und kommen Sie über das Treppenhaus in mein Büro. Wenn jemand Sie fragt: Die Chefin hat Sie einbestellt. Faseln Sie irgendwas von Arbeitsgericht oder Abfindung. Egal. Hauptsache, man glaubt Ihnen. Schaffen Sie das?«

»Ich bin Anwalt.«

Sie eilte zum Eingang und verschwand in der Drehtür. Etwas sagte Joost, dass er die Sekretärin seines Vaters in den letzten Jahren vollkommen falsch eingeschätzt haben könnte.

Kurz nach halb elf huschte er ungesehen in sein altes Büro. Man hatte alles Persönliche bereits fortgeräumt. Leere Regale. Eckige Flecken an den Wänden, wo zuvor Fotos und Urkunden gehangen hatten. Beim Fenster stand der Bildschirm einsam auf dem Schreibtisch. Der PC darunter war zum Glück noch da.

Frau Willmers nickte Joost zu. Dann zog sie die Tür hinter sich zu und schloss ab.

»Falls jemand kommt, behaupte ich einfach, der Schlüssel sei weg«, hörte er sie mit gedämpfter Stimme sagen. »Das verschafft Ihnen Zeit zu verschwinden.«

»Danke«, raunte Joost und fragte sich, warum er eigentlich flüsterte.

»Möchten Sie einen Macchiato? So wie früher, Herr Behrens?«

Er fuhr den Computer hoch und grinste. »Fällt das nicht auf, Frau Willmers? Immerhin sind Sie Teetrinkerin.«

»Oh, stimmt.« Sie lachte. »An Ihnen ist ein Detektiv verloren gegangen.«

Wenn Sie wüssten, dachte Joost und gab das Passwort ein.

Unterdessen saß Clarissa von Arnheim in ihrem neuen Eckbüro am Schreibtisch und prüfte kopfschüttelnd die Quartalszahlen der einzelnen Abteilungen. Es war ihr rätselhaft, wie sie es schaffen sollte, das Unternehmen an die Börse zu bringen. Bei dieser Bilanz würde niemand freiwillig Aktien der Ascot kaufen. Diese Performance reichte einfach nicht für einen guten Börsenstart. Dabei hatte die Firma so unglaublich viel Potenzial, ohne dass Achim von Arnheim es auch nur erahnte.

Sie seufzte und griff nach dem Coffee to go, den sie sich hatte bringen lassen. Morgen würde die Barista-Kaffeemaschine geliefert werden, die sie vorgestern in Italien bestellt hatte. Ohne starken Kaffee, das wusste sie, war sie ungenießbar und machte Fehler. Da sie sich selten mehr als vier Stunden Schlaf gönnte, war ein Café Crema die einzige Möglichkeit, den Stress auszuhalten. Sie war nicht grundlos die Jahrgangsbeste in Cambridge gewesen, die jüngste Beraterin bei PwC, die erste Frau, die auf der European Investment Conference in London eine vielbeachtete Keynote zu Multi-Asset-Strategien gehalten hatte. Danach hatte man ihr sogar die Partnerschaft in einer illustren Hamburger Privatbank angeboten, welche sie aus privaten Gründen bedauerlicherweise hatte ablehnen müssen.

In ihrer Vergangenheit gab es nämlich nicht nur Erfolge und Sonnenschein, sondern auch Schatten. Viel Schatten.

Damit niemand diese sehen konnte, arbeitete sie härter als alle anderen und meinte dennoch, es würde nicht reichen.

Es klopfte an der Tür.

»Verzeihen Sie die Störung, Frau von Arnheim, aber Herr Schneider von der Sicherheit würde Sie gerne sprechen.«

Clarissa horchte auf. »Worum geht es?«

Wenige Minuten später stand die neue Chefin der Ascot Holding vor dem Schreibtisch von Frau Willmers und starrte zu dieser hinunter.

»Sie können mich rauswerfen, Frau von Arnheim, aber ich weiß wirklich nicht, wo der Schlüssel zum Büro von Herrn Behrens ist.«

»Man hat Herrn Behrens im Haus gesehen.«

»In der Garage. 10 Uhr 43«, ergänzte der Mann in der Uniform eines Sicherheitsmannes.

»Vielleicht hatte er etwas vergessen. Sein Rauswurf kam ja recht unerwartet.«

Frau Willmers versuchte, dem wütenden Blick der Neuen standzuhalten. Immerhin arbeitete sie hier schon länger, als diese hochnäsige Göre alt war. Um ihren Worten Nachdruck zu verleihen, verschränkte die Fast-Rentnerin die Arme vor der Brust.

Die Frauen musterten sich. Keine sagte etwas.

Dann aber lächelte Clarissa von Arnheim. »Sie meinen, ich würde mich nicht trauen, Sie zu entlassen, weil Sie all die Jahre der Ascot treu gedient haben, richtig?«

Frau Willmers Knie wurden weich.

Jetzt wurde es kritisch.

Joost drückte sein Ohr an die verschlossene Tür. Hoffentlich hielt seine Sekretärin stand. Er brauchte nicht mehr lange, vielleicht noch zehn Minuten, dann hatte er alles zusammen.

Danach hieß es, seine Vermutungen zu beweisen.

Das jedoch würde der schwierigste Teil werden.

Sollte man ihn allerdings zuvor erwischen, war es aus, denn das illegal verschaffte Material würde im Falle eines

Prozesses nicht zugelassen werden. Es gab nur diese eine Chance!

Plötzlich klingelte Joosts altes Nokia in der Jackentasche.

Hastig zog er es heraus. Fast wäre ihm dabei das Ding aus der Hand gerutscht.

»Psssst!«, zischte er das Telefon an, als könne er es so am Bimmeln hindern.

Mist! Es war sein Vater.

Joost lief in die äußerste Ecke seines alten Büros, wo bis vor Kurzem eine Yuccapalme gestanden hatte. Er zwängte sich hinein.

»Ja?«, krächzte er so leise wir möglich.

»Bist du krank?«, verlangte sein Vater mit lauter Stimme zu wissen, sodass Joost das Telefon dichter an seine Wange drücken musste, befürchtete er doch, man könnte den alten Behrens vor der Tür hören.

»Es passt gerade nicht so gut.«

»Wie redest du mit mir? Ich bin dein Vater.«

»Was willst du?«, presste Joost hervor.

»Was denkst du, warum ich dich anrufe? Small Talk machen?« Die Stimme im Telefon überschlug sich fast. »Ich besorge dir einen neuen Job, und du gehst nicht hin? Wie stehe ich denn jetzt da? Onkel Eberhard ist äußerst verärgert.«

»Mir ist etwas dazwischengekommen.«

»Soll das ein Witz sein? Du bist arbeitslos, Sohn. Und darum wirst du dich heute um vier bei meinem Bruder entschuldigen. Mit Glück gibt er dir noch eine Chance.«

»Ähm, ja, also das ist ungünstig. Ginge nicht auch nach Weihnachten?«

»Bist du von allen guten Geistern verlassen? Er tut mir einen großen Gefallen, wenn er dich nimmt.«

»Ich muss sehen, ob ich es einrichten kann, Papa.« Ohne

ein weiteres Wort legte er auf. Dann stellte er das Telefon stumm und schob es zurück in seine Hosentasche. Mit drei Schritten war er wieder bei der Tür.

Gerade wollte er das Lauschen fortsetzen, als er den Schlüssel im Schloss hörte.

»Mist«, zischte er und sprang zurück. Jetzt würde es mächtig Ärger geben.

Erleichtert stellte er fest, dass es nur Frau Willmers war, die zu ihm ins Büro schlüpfte und hinter sich eilig abschloss.

»Sie ahnt etwas«, keuchte seine Sekretärin mit blassem Gesicht.

Joost überfiel ein schlechtes Gewissen. »Es tut mir leid. Ich wollte Sie da nicht mit hineinziehen.«

»Papperlapapp! Was haben Sie gefunden?« Sie lief zum Schreibtisch und schaute auf den Bildschirm.

Joost stellte sich neben sie. »Hier, was sehen Sie?«

»Ein Foto von der Chefin.«

»Richtig. Und hier?« Er nahm die Maus und klickte ein neues Bild an.

»Noch eines.«

»Nein. Dies ist eine Aufnahme aus dem Jahr 2010. Sie sehen hier die Abitur-Abschlussklasse des Schweizer Internats, das Clarissa von Arnheim damals besuchte.«

»Das muss eine schöne Zeit gewesen sein. Sie sieht fröhlich aus.«

Wieder klickte Joost. »Und hier eine Aufnahme aus Oxford, wo Clarissa von Arnheim ihr Wirtschaftsstudium beendete. Zuvor war sie in Cambridge, wechselte aber nach dem Grundstudium.«

»Welche ist sie? Die sehen mit ihren Roben und Hüten alle gleich aus.« Sie ging näher an den Bildschirm. »Die hier?«

»Nein, die daneben.«

Jetzt zoomte Joost in das Foto hinein.

»Oh, sie wirkt nicht mehr glücklich. Eher verbissen.«

»Darum geht es nicht, Frau Willmers. Sehen Sie sich die Augen an.«

Die Sekretärin ging dichter heran und setzte ihre Lesebrille auf, die stets um ihren Hals an einer Kette hing. »Ich weiß nicht recht, was mir auffallen soll.«

»Die Augenfarbe.«

»Braun.« Frau Willmers sah Joost an. »Sie hat braune Augen. Eben jedenfalls sah sie mich damit verdammt wütend an.«

Er grinste. »Genau. Nun erklären Sie mir aber mal, warum Clarissa von Arnheim gestern hellblaue hatte, als sie mir im Krankenzimmer des Alten begegnete. Ich begriff erst in der vergangenen Nacht, was an ihr mich irritiert hatte.«

»Aber ... aber was heißt das denn jetzt?‹ Unsicher schaute Frau Willmers ein weiteres Mal das Bild an.

»Ich muss herausfinden, wer diese Frau wirklich ist.« Zufrieden lehnte Joost sich zurück.

»Hoffentlich machen Sie keinen Fehler, Herr Behrens.«

»Werden Sie schweigen?«

Als sie nickte, erhob er sich und drückte ihr einen Kuss auf die Wange.

»Was werden Sie jetzt tun?«

»Ich fahre nach Oxford.«

Er fühlte eine Kraft in sich wie schon lange nicht mehr. Wo diese herkam, hätte er nicht sagen können. Vielleicht war dies hier seine Mission. Den Dingen auf den Grund zu gehen. War er nicht darum Anwalt geworden?

Clarissa von Arnheim stand am Fenster ihres Büros und blickte auf die Stadt hinunter. Wie Ameisen eilten die Leute ins Gebäude der Ascot und wieder hinaus. Ob einer von ihnen Joost Behrens war? Was hatte er hier gewollt?

Die Hände auf ihren Rücken gelegt, fragte sie sich, ob es ein Fehler gewesen war, den Mann so schnell zu entlassen.

Als Angestellter hätte sie ihn unter Kontrolle gehabt. Jetzt aber brachte seine fixe Idee, Nummer 7 zu sanieren, Probleme mit sich. Sollte er nachweisen können, dass es sich lohnte, das Gebäude wirtschaftlich zu betreiben, wäre das für ihre eigenen ambitionierten Pläne katastrophal.

Denn so, wie es schien, hatte außer ihr bisher keiner begriffen, dass die Herderstraße mitten in einem Viertel lag, das unglaubliches Potenzial hatte. Büros, Lofts, Tiefgaragen, öffentliche Areale mit hippen Restaurants, ein Theater, ein Kino und sogar die neue Stadtverwaltung könnten hier entstehen.

Mit dem Abriss von Nummer 7 würde sie den Grundstein für dieses Prestigeprojekt legen. Die ersten Gespräche mit zwei Banken waren vielversprechend gewesen, und auch der Herr Ministerpräsident zeigte sich interessiert.

Vor ihr lag eine Chance, wie sie nicht so schnell wiederkommen würde.

Sie fragte sich, wer den Anwalt geschickt haben mochte. Die Konkurrenz? Oder arbeitete er etwa für die Mieter in der Herderstraße? Egal, wer es war, von Joost Behrens ging eine Gefahr aus, das spürte sie mit jeder Faser ihres Körpers.

Statt den Mann zu entlassen, hätte sie mit ihm essen gehen sollen. Ihn um den Finger zu wickeln, war für eine Frau wie sie ein Leichtes. Zudem war der Anwalt recht attraktiv. Eine Nacht mit ihm wäre ihr bestimmt nicht schwergefallen. So aber hatte ihre Unbeherrschtheit sie mal wieder in eine unvorteilhafte Situation gebracht.

»Mist«, zischte sie und beschloss, das Problem Herderstraße mit eiserner Hand schnellstmöglich selbst zu lösen,
bevor Joost Behrens oder wer auch immer ihr in die Suppe
spucken konnte.

Sie ließ sich mit dem Bürgermeister der Stadt verbinden,
von dem sie wusste, dass seine Wiederwahl auf der Kippe
stand.

Kapitel 48

Schweigend saß Achim von Arnheim zwei Tage später im Sessel seines Schlafzimmers, während James die Tasche auspackte. Er wusste zu schätzen, dass der Butler die unerwartete Rückkehr des Hausherrn unkommentiert zur Kenntnis genommen hatte.

Er würde nicht sterben. Noch nicht.

»Darf ich jetzt Doktor Sievers hereinlassen?«, fragte James.

Von Arnheim nickte.

Kurz darauf betrat sein alter Freund den Raum.

»Bist du von allen guten Geistern verlassen?«, legte der Arzt gleich los. Er warf seine schwarze Tasche auf das Bett und holte das Stethoskop heraus.

»Ich dachte, ich höre nicht recht, als das Krankenhaus anrief und fragte, ob ich deine medizinische Betreuung in der Villa übernehmen könnte, weil du Sturkopf dich selbst entlassen hast.«

»Mecker mich nicht an. Wir sind nicht verheiratet.«

Kopfschüttelnd trat Doktor Sievers näher, um das Herz seines Patienten abzuhorchen.

Von Arnheim blickte aus dem Fenster. Dort unten hatte er dem Jungen den Ritterhelm abgenommen und die Kleine heruntergeputzt, sie solle die Tischdecke gefälligst zurückbringen. Obwohl er anfangs so ein miesepetriger Kotzbrocken gewesen war, hatten die Kinder ihn im Krankenhaus besucht. Lilli hatte ihm sogar ihren Teddy geliehen, den sie sonst niemals aus den Händen gab.

Dass seine Tochter alle vor die Tür gesetzt hatte, war sicherlich vernünftig gewesen, nur hatte er sich danach noch einsamer als zuvor gefühlt.

Die Dinge in seinem Leben waren aus den Fugen geraten, seit er die fixe Idee gehabt hatte, sein Unternehmen an die nächste Generation weiterzugeben.

Jahrelang hatte er diesen Moment herbeigesehnt, nur um jetzt festzustellen, dass es ihn nicht zufriedener machte.

Doktor Sievers legte eine Manschette an, um den Blutdruck zu messen. Dabei grummelte er verärgert vor sich hin, wie verantwortungslos all das hier sei.

Von Arnheim ignorierte ihn.

Stattdessen dachte er an seine Tochter.

Ja, er wusste, er sollte stolz auf sie sein. Sie war die perfekte Erbin für sein Lebenswerk. Zielorientiert. Kompetent. Tough.

Doch irgendetwas fehlte. Vielleicht war es die Kälte, mit der sie beide einander begegneten.

Er hatte keine Erfahrung mit einer Tochter und sie nicht mit einem Vater. Immer wenn er sie ansah, suchte er Hanna in ihrem Blick oder ihren Gesten. Er seufzte. Wahrscheinlich musste er nur Geduld haben.

»Achim«, unterbrach Doktor Sievers seine trüben Gedanken. »Kannst du mir sagen, was du planst?«

»Ich?«

»Ja, du hast doch immer einen Plan.« Der Arzt legte seine Utensilien zurück in die Tasche. »So wie die Sache mit der jungen Frau und den Kindern. Du wolltest deine Tochter provozieren, damit sie hierherkommt. Und es hat geklappt.

Niemals hätte ich für möglich gehalten, dass du es schaffst.«
Der Arzt lehnte sich an die Fensterbank, verschränkte die
Arme vor der Brust und musterte seinen Freund. »Was ist
dein nächster Schritt?«

»Ich habe keinen.«

»Natürlich hast du einen. Du hast immer einen. Schon
in der Schule hattest du Pläne, machtest Listen und hast
anschließend die Punkte darauf abgehakt. Egal ob es um
Mädchen ging oder um Prüfungen. – Darf ich ehrlich sein,
Achim?«

»Wenn es sein muss.«

Doktor Sievers lächelte säuerlich. »Du bist ein reicher,
einsamer Mann.«

»Unsinn.«

»Doch. Und ich habe etwas bemerkt.«

»Was du nicht sagst.«

»Die Kinder taten dir gut, Achim. Ich habe es gleich gesehen.«

»Quatsch. Du warst überhaupt nicht hier, als Matti und
Lilli im Haus waren.«

»Ich sprach mit James.«

»Verräter.«

»Und diese Luisa magst du auch. Ich wünschte, deine
dämliche Scharade mit der falschen Tochter wäre wahr gewesen. Die junge Frau hat Mut und Herz.«

»Die Ascot braucht kein Herz, sondern eine harte Hand.«

»Du weißt, was ich meine, Achim.«

»Wenn Sie Ihre Untersuchung beendet haben, Herr Doktor, können Sie gehen.« Er wies zur Tür.

»Wie du willst.«

Sichtlich beleidigt verließ sein einziger Freund den Raum.
Von Arnheim wollte alleine sein, um die verwirrenden

Gedanken im Kopf sortieren zu können. Ja, er brauchte dringend einen Plan.

Er läutete nach seinem Butler. »Bringen Sie mich in den Garten, James.« Leicht wankend erhob er sich. »Geben Sie mir meinen Stock.«

Bald darauf saß von Arnheim auf der Terrasse seiner Villa. Eine Decke lag über seinen Beinen, und ein heißer Punsch stand vor ihm auf dem Tisch. Nasse Kälte lag in der Luft.

Von hier konnte er den Teich sehen, an dem er mit dem Jungen gesessen hatte, um zu schnitzen. Er lächelte bei dem Gedanken, wie sie zuvor in die Küche geschlichen waren, um ein Kartoffelschälmesser zu stibitzen. Dabei hätte er nur James schicken müssen.

»Guten Tag«, hörte von Arnheim da eine Stimme ganz in seiner Nähe. Er zuckte zusammen, drehte sich um.

An der Terrasse stand ein Handwerker mit einem Werkzeugkoffer in der Hand.

»Den Lieferanteneingang finden Sie um die Ecke.«

»Darf ich mich für einen Moment setzen?« Der Mann trat näher. »Ich bin nicht mehr der Jüngste und ein wenig aus der Puste.« Unaufgefordert kam er die drei Stufen hoch und nahm neben dem Hausherrn Platz, der ihn überrascht ansah.

»Mein Name ist Tomte.« Er reichte von Arnheim die Hand. Der aber rührte sich nicht, um die Begrüßung zu erwidern.

Der Besucher lächelte. Dann schaute er sich um. »Ein wirklich schönes Haus haben Sie. Ende 19. Jahrhundert?«

»1888.«

»Ah, das Dreikaiserjahr.«

»Bitte?«

»Die Kaiser Wilhelm I, Friedrich III und Wilhelm II regierten nacheinander in dem Jahr das Land. Darum Dreikaiserjahr.«

»Wollen Sie mir Geschichtsunterricht erteilen?«

»Um Himmels willen, nein. Ich finde nur, dass alte Gebäude immer auch von der Zeit, in der sie gebaut wurden, erzählen. Aber wem sage ich das? Sie sind Fachmann in Sachen Immobilien. Wenn einer weiß, dass Häuser mehr sind als nur Steine und Mörtel, dann Sie.« Er schaute sich um. »Ist es nicht schön, in einer Villa zu wohnen, in der bereits vor über hundert Jahren Menschen lebten? Welch rauschende Feste hier wohl gefeiert wurden. Bestimmt gingen hier wichtige Künstler ein und aus.«

Von Arnheim setzte sich etwas aufrechter hin. »Was soll daran so besonders sein? Ich kannte die Leute nicht.«

»Das stimmt. Dabei wäre es interessant zu erfahren, wer hier lebte, welche Schicksale sich hier abspielten, ob Träume und Hoffnungen in Erfüllung gingen, wie viel Liebe und Leben zwischen den Mauern zu finden waren. Denken Sie nicht auch?«

Von Arnheim spürte, dass der Mann ihn nervös machte, wie er so munter vor sich hinplapperte. Darum erhob er sich und griff nach seinem Stock.

»Es wird kühl.«

Der Fremde schien ihn nicht gehört zu haben.

»Ach«, seufzte der Mann und ließ seinen Blick liebevoll über die Fassade der Villa gleiten. »Wie schön wäre es, wenn man wüsste, was so ein alter Kasten denkt und fühlt. Welch Reichtum an Erinnerungen muss zwischen diesen Mauern existieren.«

Jetzt wurde es von Arnheim aber doch zu irrational.

»Häuser können weder denken noch fühlen, guter Mann. Das sage ich Ihnen als Fachmann für Immobilien.«

Erschreckt sah der Fremde ihn an. »Sind Sie da sicher?«

»Absolut.«

Der ungebetene Gast erhob sich jetzt ebenfalls.

»Das ist schade, wirklich sehr schade.« Er wirkte zerknirscht. »Aber wenn Sie es sagen, muss es wahr sein.« Er reichte dem Hausherrn zum Abschied die Hand. Überrumpelt nahm dieser sie an. »Auf Wiedersehen, Herr von Arnheim. Es war mir eine Freude, Sie kennengelernt zu haben.« Dabei schaute er seinem Gegenüber eigentümlich lange in die Augen. »Auf ein nächstes Mal.«

»Ich denke nicht, dass das passieren wird.«

»Warten wir es ab«, lächelte der Fremde, nahm seinen Werkzeugkoffer und ging.

Kopfschüttelnd sah von Arnheim dem Kerl nach. Er hatte ganz vergessen zu fragen, was er hier eigentlich wollte. Nun, James würde es ihm bestimmt erklären können. Wahrscheinlich ein tropfender Wasserhahn oder eine lose Dachschindel.

Langsam ging von Arnheim zur Tür, die in den Wintergarten führte, als ihm ein wenig schwindelig wurde. Er wankte zwei Schritte und stützte sich mit der freien Hand an der Hauswand ab.

Was dann passierte, hätte er später nicht in Worte fassen können.

Plötzlich erschienen Bilder vor seinem geistigen Auge, die sich in schneller Folge abwechselten. Frauen in langen Sommerkleidern, Männer in Uniformen, alte Autos, Schnee im Winter, Sonnenschein im Sommer. Er hörte Kinderlachen. Irgendjemand rief seinen Namen. Leute sangen Weihnachtslieder. Irgendwer las aus einer Zeitung vor. Irgendwo jammerte ein kleines Mädchen, es hätte seine Puppe verloren. Sie kam ihm bekannt vor. Mathilde? Seine längst verstorbene Schwester?

Von Arnheim riss die Hand von der Wand. Sofort erstarben Bilder und Stimmen.

Entsetzt starrte er erst seine Hand und dann die Mauer vor sich an. Sein Herz raste. Was passierte hier? Hatte er zu viele Medikamente eingenommen? War ihm etwas auf den Magen geschlagen?

Er fühlte in sich hinein, konnte aber keine Übelkeit feststellen.

Was er eben gesehen und gehört hatte, schien erschreckend real gewesen zu sein. Es war unmöglich, dass all das seiner Fantasie entsprungen war, von der er wusste, dass er nur wenig davon vorzuweisen hatte.

Zitternd erhob er seine Hand erneut. Vorsichtig berührten die Fingerspitzen erneut einmal das Mauerwerk. Sogleich waren sie wieder da, die Bilder und Stimmen. Dieses Mal hörte er seinen Vater nach dem Fahrer rufen und die Mutter, wie sie ihren Kindern ein Schlaflied sang. Ein glückliches Gefühl zog durch seine Seele.

Er musste an den schrägen Vogel denken, der eben angedeutet hatte, Häuser seien mehr als nur Steine und Mörtel. Erinnerungen, die zwischen Mauern lebten.

Gerne hätte von Arnheim »Unsinn« gesagt, statt hier zu stehen und ängstlich die Hauswand anzustarren.

Er drehte sich um, in der Hoffnung, dieser Herr Tomte möge noch in der Nähe sein und ihm erklären, was vor sich ging. Doch da war niemand. Vorsichtig wandte er sich wieder dem Haus zu.

»Redest du etwa mit mir?«, fragte er leise das Mauerwerk.

Natürlich antwortete die Villa nicht, und so lachte von Arnheim auf. Er schüttelte den Kopf und nahm sich vor, seinen Freund, den Doktor, anzurufen, damit der die Medikamentierung überprüfte, die sie ihm im Krankenhaus verordnet hatten. Unverträglichkeiten oder Nebenwirkungen, ganz eindeutig.

Zufrieden mit der Erklärung des Phänomens griff er nach der Klinke der Wintergartentür.

Da hörte er sie! Er war sicher, dass es ihre Stimme war. Sie rief seinen Namen! »Achim?«

»Hanna!«

Nur ein einziges Mal war sie in die Villa gekommen.

Sie hatte es getan, um ihm mitzuteilen, dass sie ihn liebe und darum verlassen müsse. Erst später erfuhr er, dass sie ein Kind von ihm erwartete.

Tränen traten in von Arnheims Augen. Er schluckte.

Hanna, seine einzige große Liebe, die er nicht hatte heiraten dürfen, weil er bereits mit einer anderen Frau verheiratet gewesen war. Einer Frau, die sein Vater für ihn ausgesucht hatte. Eine angemessene Beziehung, den gesellschaftlichen Kreisen derer von Arnheims entsprechend. Kinderlos. Lieblos.

Er hatte sich wegen Hanna scheiden lassen wollen, aber dann war sie gegangen, und er hatte nicht den Mut gefunden, den Lauf der Dinge zu ändern. Irgendwann war es zu spät gewesen.

Seine Finger umkrallten die Türklinke.

»Los, Haus! Sage mir, dass ich ein Feigling war. Sei ehrlich!«

Doch die Villa schwieg.

Bilder von Sommerfesten im Garten tauchten vor ihm auf. Seine Gattin, in einem dunkelblauen Kleid, die die Gäste zu seinem sechzigsten Geburtstag begrüßte. Bälle und Weihnachtsfeiern mit Hunderten von Menschen, die er oft gar nicht gekannt hatte, die aber gut fürs Geschäft gewesen waren.

Es hatte Zeiten gegeben, da hatte er Hanna vergessen. Und jetzt war sie wieder da.

Er schloss die Augen und versuchte, sie zu sehen.

»Herr von Arnheim! Ist Ihnen nicht gut?«, fragte da jemand neben ihm.

Erschreckt blickte er in das Gesicht seines Butlers, als wäre der ihm bisher nie begegnet. »Sie?«

James reichte ihm den Arm und brachte ihn in den Salon, wo bereits ein Feuer im Kamin brannte.

Erschöpft ließ von Arnheim sich in einen der tiefen Sessel fallen. Schweigend beobachtete er seinen Diener, wie dieser ihm einen Cognac eingoss.

Dankbar nahm er das Glas. »Seit wann arbeiten Sie schon für mich?«

»Es werden an die fünfundzwanzig Jahre sein.«

»Das ist lang.«

Von Arnheim trank einen tiefen Schluck.

»Kennen Sie Hanna? Sie ist die Mutter meiner Tochter Clarissa?«

Noch nie hatte er die Namen der beiden in einem Satz ausgesprochen. Es klang in seinen Ohren wie ein Geständnis.

»Ja, ich hatte kurz die Ehre, die Dame kennenzulernen. Eine junge Frau mit strahlendem Lachen und einem mutigen Kleidergeschmack, wenn ich es so sagen darf.«

Von Arnheim lachte. »Ja, bunt. Sie liebte es farbenfroh.«

Plötzlich war es ihm ein Bedürfnis, über sie zu reden, in der Hoffnung, ein wenig von dem Gefühl in sich wiederzufinden, das ihn all die Jahre heimlich begleitet hatte.

»Alles in ihrem Leben war fröhlich und leicht. Ich denke, sie hätte das Zeug zu einer großen Künstlerin gehabt.« Er leerte sein Glas. »Sie starb.«

»Ich weiß. Damals waren Sie viele Monate sehr traurig.«

»Sie haben es gemerkt?«

Der Mann vor ihm nickte.

»Wissen Sie, ich wollte für Hannas Tochter nur das Beste. Aber als Vater war ich nutzlos. Obwohl sie alles von mir bekam, scheint es zu wenig gewesen zu sein. Verstehen Sie das?« Er seufzte. »Denken Sie, ihre Mutter hat mir verziehen, Dietrich?«

Der Butler erstarrte.

»Sie heißen doch Dietrich, oder?«

Stumm nickte der Mann.

Von Arnheim gedachte nicht, ihm zu erzählen, dass er erst vor wenigen Minuten davon erfahren hatte. Von der alten Villa höchstpersönlich.

Ihm wurde klar, dass auch sein eigenes Leben Teil dieser Mauern war, die ihm seit seiner Geburt ein Zuhause boten. Hatte er sich vielleicht vorhin selbst lachen hören? Wann war es, dass er das letzte Mal gelacht hatte? Er wusste es nicht.

»Bitte, bringen Sie mich nach oben. Ich möchte ein Stündchen schlafen.«

»Sehr wohl, Herr von Arnheim.«

Und so gingen sie die Treppen hinauf, der alte traurige Mann und sein Diener, der glücklich war, weil man seinen Namen kannte.

Kapitel 49

Am nächsten Tag machten Luisa und ihre Kinder sich zum Marktplatz auf, um einen Weihnachtsbaum zu kaufen. Vorher aber hieß es, Briefmarken zu besorgen, denn die Schublade mit den Marken war leer. Das hatte Luisa gesehen, als sie die alljährlichen Weihnachtskarten an einige Freunde verschicken wollte. Matti und Lilli beichteten, dass sie dem Weihnachtsmann ihre Wünsche per Post hatten zukommen lassen. Und weil sie nicht gewusst hatten, wie viel Porto nötig sei, hatten sie einfach alle Marken in der Schublade auf den Umschlag geklebt.

Auch wenn Luisa Zweifel hatte, dass der Brief den Empfänger erreichen würde, war sie stolz auf die beiden. Immerhin hatten sie all das ganz alleine geschafft.

Nach der Post ging es zu dem Tannenbaumverkäufer. Sie entschieden sich für einen günstigen Baum, der ganz passabel aussah, auch wenn er ein wenig schief gewachsen war und auf einer Seite eine kahle Stelle hatte. Diesen Teil gedachten sie zur Wand zu drehen, sodass niemand die abgebrochenen Äste sehen konnte. Den Rest würden sie großzügig mit Lametta verdecken.

Den eingepackten Baum notdürftig auf dem Fahrrad befestigt, kamen Luisa und die Kinder gerade singend zurück zur Nummer 7, als jemand von innen die Tür öffnete.

Mehrere Männer traten aus dem Haus. Einer von ihnen

hielt die Haustür auf, damit die drei samt Rad und Weihnachtsbaum in den dunklen Flur gehen konnten. Zwei der Herren trugen Klemmbretter unterm Arm und nickten ihr zu, während ein anderer seinen Zollstock zusammenklappte.

»Wiedersehen«, murmelte er und trat auf die Straße hinaus. Hinter ihm fiel die Tür zu.

»Wer waren die Leute, Mami?«

»Ich habe keine Ahnung, Kleines.« Luisa lehnte das Rad an die Wand und begann, das Band, mit dem sie den Baum festgebunden hatte, zu lösen.

»Guten Tag«, kam da eine Stimme aus dem Dunkel, und ein Schatten trat auf sie zu.

»Herr Tomte!«, rief Luisa überrascht. »Wo waren Sie? Ich habe Sie gesucht.« Im Halbdunkel sah sie, dass seine Wangen eingefallen waren und der Blick voll Sorge. »Was ist los?«

»Einer der Männer war von der Bauaufsicht, der zweite ein Statiker und die anderen beiden von der Ascot Holding.«

»Na endlich bewegt sich etwas.« Luisa klatschte in die Hände. Sie dachte an Joost und den Ordner oben in ihrer Wohnung. Vielleicht waren all ihre Berechnungen gar nicht mehr nötig. Offenbar hatte er es irgendwie geschafft, jemanden von der Herderstraße Nr. 7 zu überzeugen.

Sie fragte sich, warum er ihr davon nichts erzählt hatte?

Dann aber sah sie den traurigen Blick des Hausmeisters.

»Das ist noch nicht alles, oder?«

»Die mögen das Haus nicht«, sagte er leise und öffnete die Tür zur Straße hinaus. Licht fiel auf sein Gesicht. Luisa erschrak, als sie die tiefen Falten darin sah.

»Sind Sie krank, Herr Tomte?«

Statt einer Antwort meinte er nur: »Alles hat irgendwann ein Ende, nicht wahr?« Dann klappte die Tür hinter ihm zu.

»Matti! Lauf ihm nach, und lade ihn für heute Abend zum Essen ein. Wir machen Makkaroni mit Käsesoße.«

Der Junge rannte zur Tür und riss sie auf, während Luisa und ihre Tochter den Baum vom Fahrrad hoben. Der Zustand des Hausmeisters gefiel ihr ganz und gar nicht.

Kurz darauf kam ihr Sohn zurück.

»Kommt er?« Luisa hatte den Tannenbaum auf ihre Schulter gehievt und schon fast den ersten Stock erreicht.

»Ich weiß nicht. Er war weg.«

»Das kann nicht sein, Matti.«

»Doch. Als ich auf die Straße kam, war er nicht mehr da. Einfach verschwunden.«

Sie runzelte die Stirn. »Hast du es auch drüben versucht?«

»Im Klötzchenhaus? Klar.«

»Eigenartig«, sagte sie leise. »Sehr eigenartig.«

Kapitel 50

Der gemietete Mercedes machte auf der Autobahn problemlos seine zweihundert Stundenkilometer. Schade nur, dass der Stau vor Joost endlos zu sein schien. Er wusste, dass die Zeit drängte. Vor allem, nachdem Frau Willmers angerufen hatte, um ihm mitzuteilen, dass sie gehört hatte, die Chefin plane etwas in der Herderstraße. Seit ein scharfer Wind in der Ascot Holding wehte, trafen sich immer mehr Angestellte nach der Arbeit in einer Bar in der Nähe, um ihren Kummer gemeinsam herunterzuspülen.

»Weißt du, Mann«, nuschelte der Dürre, den Joost vor einer Stunde aus einer stickigen Mietwohnung im achten Stock eines Sozialbaus abgeholt hatte. »Ich kriege in einem Monat meinen Lappen zurück. Also, wenn du willst, kann ick den Schlitten ooch mal fahren. Is zwar keene echte Männerkutsche, aber besser als die Straßenbahn is dett schon, falls de verstehst, wat ick meene.«

Obwohl Joost hundemüde war, lehnte er dankend ab. Es hatte ihn Tage gekostet, Steven Klingbeil ausfindig zu machen.

Joost war den Brotkrumen gefolgt, die das Schicksal ihm in den Weg gelegt hatte.

Erst war er nach Oxford gefahren, um dort alte Jahrbücher in der Universitätsbibliothek zu wälzen und mit Professoren zu sprechen. Danach fuhr er aus dem gleichen Grund nach

Cambridge. Er führte mehrere Telefonate mit Studienkollegen der Millionärstochter sowie einer Londoner Firma, die Immobilien in der Stadt verwaltete. Hier erfuhr Joost, dass Clarissa von Arnheim ihre Wohnung seit einigen Jahren an eine gewisse Mara Klingbeil zu einem äußerst günstigen Kurs vermietete.

Joost hatte geahnt, er war auf der richtigen Spur.

Das aber reichte nicht. Er brauchte Beweise.

Und so folgte er den Brotkrumen zurück nach Deutschland, wo er Steven Klingbeil begegnete.

»Kennen Sie die Novelle ›Kleider machen Leute‹ von Gottfried Keller?«, fragte er den Mann neben sich, der ständig Kaugummi kaute und Zigarettendunst zu transpirieren schien.

»Häh?«

Joost grinste. »Egal.« Er war allerbester Laune.

»Und die zehntausend? Bekomm ick die jetzt?«

»Wie gesagt: Sobald Sie mir den Namen einer bestimmten Person bestätigen können, sind wir im Geschäft.«

»Und wenn die det nich is? Also die, von der Se globen, dat se et is. Kriege ick dann den Schotter trotzdem?«

»Ja. Wichtig ist nur, dass Sie ehrlich sind.«

Zufrieden fläzte sich Steven Klingbeil ins Leder des Beifahrersitzes.

»Ehrlich? Na logo. Bin ick immer.«

Joost verzichtete auf eine Bemerkung und trat das Gaspedal durch. Er hoffte inständig, dass sie nicht zu spät waren.

Endlich war der Stau zu Ende, und es ging schneller voran.

Kapitel 51

Es war kurz nach acht Uhr, als Luisa aus dem Halbschlaf schreckte. Sie setzte sich auf und horchte. Nein, es war nicht die stets klappernde Heizung gewesen, die sie aufgeweckt hatte. Auch das Telefon läutete nicht, und niemand klingelte an ihrer Tür. Dennoch raste ihr Herz.

Sie war erst spät eingeschlafen. So viele Gedanken hatten sie wachgehalten. Da war vor allem die Frage, warum sie Joost nicht erreichen konnte? Und warum meldete er sich nicht?

Die Tatsache, dass Clarissa von Arnheim ihn entlassen hatte, war für Luisa ein Schock gewesen.

Dann hatte sie gegrübelt, wer diese Männer ins Haus Nummer 7 geschickt hatte?

Und was war nur mit Herrn Tomte los? Er hatte wirklich sehr krank ausgesehen.

Das Gefühl in ihrer Magengegend, die Chancen für das Haus könnten von Tag zu Tag schlechter werden, wurde auch jetzt wieder stärker.

Hinzu kamen die Sorgen um einen neuen Job und die Wohnung im Souterrain. Die Vermieterin hatte sich bisher nicht gemeldet. Was würde passieren, wenn es nicht klappte? Das Gedankenkarussell drehte sich sofort wieder weiter.

Luisa presste die Hände gegen ihre Schläfen. Ihr Kopf drohte unter all den Sorgen zu platzen.

Da hörte sie ein Klopfen an der Wohnungstür.

Sie warf die Bettdecke zurück und sprang aus dem Bett.

Nur mit langem T-Shirt bekleidet, riss sie die Tür auf.

»Joost?«

Sie erschrak, als sie nicht ihn, sondern Herrn Tomte im Treppenhaus stehen sah.

»Um Himmels willen, wie sehen Sie denn aus?«

Wie ein Häufchen Elend stand er da und blickte sie erschöpft an. Unter seinen Augen lagen dunkle Ringe, und seine Wangen schienen eingefallen, als hätte er seit Wochen nichts mehr gegessen.

Luisa zog den Mann in ihre Wohnung. Sie bugsierte ihn in ihre Küche.

»Setzen Sie sich. Ich mache einen Kaffee.«

Kraftlos ließ er sich auf einen der Stühle schieben.

Sie holte den Porzellanfilter und die Kaffeekanne vom Regal.

Dabei fiel ihr Blick auf Joosts Geschenk. Sie hatte die Scherben in den Karton geworfen, ohne recht zu wissen, was sie damit machen sollte.

Egal.

Sie griff nach den Papierfiltern und dem Kaffeepulver, stellte den Wasserkocher an und nahm zwei Becher aus dem Schrank. Dann setzte sie sich zu dem Hausmeister an den Tisch.

»Wo ist Ihr Werkzeugkasten? Sie haben ihn doch sonst immer bei sich.«

»Den brauche ich nicht mehr.«

»Warum denn das nicht? Hat man Sie etwa auch entlassen?« Luisa runzelte die Stirn.

Er wiegte seinen Kopf hin und her. »Wenn Sie so wollen, ja.« Ein schweres Seufzen entfuhr seiner Brust. »Haben Sie schon ein neues Zuhause gefunden, Luisa? – Nein? Wie bedauerlich.«

In diesem Moment spürte sie ein leichtes Beben unter ihren Füßen, und ein eigentümliches Rumpeln drang an ihre Ohren.

»Was ist denn da los?«, fragte sie mehr sich als den Mann an ihrem Küchentisch.

Der Lärm schien von der Straße zu kommen, also ging sie ins Wohnzimmer und schaute aus dem Fenster.

»Himmel!«, rief sie aus, als sie den anrollenden Riesenbagger sah. »Was tun die da? … Bleiben Sie hier oben, Herr Tomte. Ich laufe kurz runter und schaue nach.«

Eilig zog sie ihre Jacke an und rannte auf die Straße, wo einige Arbeiter Zaunelemente von einem Laster nahmen und begannen, diese aufzubauen.

Sie war nicht die Einzige, die den morgendlichen Lärm gehört hatte. Auch Oma Baumann und Wolle kamen aus dem Haus, um zu erfahren, was los war.

»Hallo, was soll das?«, rief Luisa den Arbeitern zu. »Sie können uns doch nicht einfach einzäunen.«

Einer nickte zu einem Mann mit weißem Helm hinüber, der ein Stück entfernt im Gespräch mit einigen Anzugträgern war.

»Chef da.«

Luisa marschierte zu der Gruppe.

»Guten Morgen. Könnten Sie mir bitten sagen, was hier vor sich geht? Und was soll das Ding dort?« Sie wies zu einem schmutzig-gelben Rückbaubagger mit mächtiger Greifzange, der wie ein müder Stier auf seinen Einsatz wartete.

Einer der Anzugträger reichte ihr seine Visitenkarte.

»Meierling, Bauaufsichtsbehörde. Sie wohnen in dem Haus?«

Luisa erkannte in ihm einen jener Besucher, denen sie kürzlich im Treppenhaus begegnet war, als sie und die Kinder mit dem Tannenbaum vom Markt zurückgekommen waren.

»Ja«, sagte sie mit trockener Kehle.

»Name?«

»Luisa Thießen.«

Der Mann begann in seiner Ledertasche nach etwas zu suchen. Er zog einen Brief hervor, den er ihr reichte.

»Es wurde ein Baubeseitigungsverfahren eingeleitet.«

»Ein was?« Ihr wurde schwummrig. Sie griff nach dem blauen Umschlag, auf dem ihr Name stand.

»Zu Deutsch: Einsturzgefahr. Zu Ihrer eigenen Sicherheit müssen wir Sie bitten, sofort Ihre Wohnung zu verlassen.«

Sprachlos sah sie ihn an. Mit der Hand wies sie zu Nummer 7, wo Wolle und Oma Baumann ratlos in der Tür warteten.

»Wir wohnen seit Jahren in dem Haus. Okay, es ist in keinem guten Zustand, aber Einsturz?« Bitter lachte sie auf. »Das ist doch lächerlich.«

»Das sehen die Statiker und der Architekt anders.« Der Mann von der Bauaufsichtsbehörde verzog das Gesicht zu einer Art Lächeln. Dann ging er zu Oma Baumann und Wolle hinüber, um ihnen ebenfalls einen Brief zu geben.

»Clarissa von Arnheim ist bestimmt auch Ihrer Meinung«, zischte sie ihm hinterher.

Sie hatten drei Stunden, um die nötigsten Sachen zu packen. Ein smarter Kerl mit Designerbrille und goldener Armbanduhr teilte ihnen mit, die Ascot Holding habe sich großzügigerweise bereit erklärt, Zimmer in einem Hotel in der Stadt anzumieten, wo die verbleibenden Mieter von Nummer 7 vorerst bleiben könnten. Eine Rückkehr ins Haus sei nur nach vorheriger Absprache und in Begleitung möglich, falls jemand etwas aus seiner Wohnung benötige.

Sobald der Holding die neuen Wohnadressen von allen bekannt seien, würde ein Umzugsunternehmen die Möbel holen und wo immer gewünscht abliefern.

Die Hälfte der Kosten trüge die Ascot, meinte der Jüngling und fügte hinzu, dass dies ein weiteres Entgegenkommen der Firma sei, da man rechtlich nicht dazu verpflichtet wäre.

Wie in Trance war Luisa zurück in ihre Wohnung gegangen. Mit zitternden Fingern hielt sie das Schreiben in der Hand, hin- und hergerissen, ob all dies nicht nur ein entsetzlicher Albtraum war.

Da standen Matti und Lilli in der Küchentür.

»Fertig, Mami!«, rief ihre Tochter vergnügt. In der Hand trug sie ihren Spielekoffer und im Arm Teddy und Winnie Pu. »Fahren wir jetzt zurück zu Opa Arnheim?«

Luisa schüttelte den Kopf.

»Nein.« Sie zwang sich zu einem aufmunternden Lächeln. »Aber wir machen Urlaub.«

»Wo?« Matti stellte seinen Koffer ab, den eine Sammlung von Dino-Stickern zierte, und schaute sie misstrauisch an. Er war zu groß, als dass sie ihn mit einer Lüge abspeisen konnte.

»Hier in der Stadt. Wir ziehen für ein paar Tage in ein Hotel. Das ist mein Geschenk für euch.« Luisa räusperte sich.

»Aber unser Christbaum?«, rief Lilli besorgt. »Dürfen wir den mitnehmen?«

»Dort, wo wir die Festtage verbringen werden, gibt es einen, der ist viel größer und schöner«, versuchte Luisa die Kleine zu trösten, in der Hoffnung, dass das Hotel tatsächlich einen Weihnachtsbaum hatte.

Matti sagte kein Wort, was für sie fast schlimmer war als

Tränen. Es war nicht in Ordnung, die Kinder aus ihrem Zuhause zu reißen. Andererseits würden sie eh bald ausziehen müssen. Und in einem Hotel zu wohnen, wo sich andere Leute um das Essen und das Bettenmachen kümmerten, fand Luisa beim zweiten Überlegen gar nicht so übel.

»Ich hole unseren großen Koffer und packe schnell ein paar Sachen ein. Dann geht die Reise los.« Sie klatschte in die Hände, als freue sie sich auf ein Abenteuer.

Schweigend sah Matti sie an.

»Es tut mir leid«, murmelte sie.

Da hörte sie heftiges Poltern im Treppenhaus.

»Oma Baumann! Mach keinen Scheiß!«, brüllte Wolle.

»Ihr bleibt hier!«, rief Luisa den Kindern zu und rannte aus der Wohnung, die Treppe hinunter, wo ihr Nachbar mit der Faust gegen die Tür klopfte.

»Was ist los?«

»Sie hat sich eingeschlossen.«

Er trat einen Schritt zurück. Dann preschte er vor, warf sich mit der Schulter gegen die Tür ... und schrie auf. Mit schmerzverzerrtem Gesicht beugte er sich vor und hielt seinen Oberarm.

»Scheiße. Im Fernsehen geht das doch auch«, jammerte er durch zusammengepresste Zähne. »Ist bestimmt gebrochen.«

»Unsinn. Höchstens geprellt.«

»Woher weißt du das? Bist du seit Neuestem Ärztin?«

»Nein, aber solange du noch schimpfen kannst, ist es garantiert nicht schlimm. Was also ist passiert?«

»Sie will vom Balkon springen.«

»Was?« Luisa rannte die Treppe hinunter, zwei Stufen auf einmal nehmend.

Vor dem Haus hatte sich bereits eine Menschentraube gebildet, die in den zweiten Stock hinaufstarrte.

»Frau Baumann! Seien Sie vernünftig!«, rief der Mann
von der Bauaufsichtsbehörde zu ihr hinauf, während der Vertreter der Ascot Holding nervös in sein Handy sprach.

Luisa stellte sich auf die Straße und schaute hoch. Für
einen Schlag setzte ihr Herz aus. Die alte Frau stand in einem
altmodischen Abendkleid und mit einer schief sitzenden
Tiara auf dem unfrisierten grauen Haar da. Offenbar hatte sie
einen Stuhl herbeigeschafft und sich darauf gestellt. Das Bal-
kongeländer ging ihr kaum bis zu den Knien.

»Oma Baumann! Nicht!«, schrie Luisa.

»Ich gehe nicht ins Heim!«

»Wir ziehen in ein schickes Hotel.«

»Und danach? Die stecken mich in ein Altersheim. Das
ist mein Ende! Da kann ich lieber jetzt aufhören.«

Hastig eilte Luisa zu dem telefonierenden Ascot-Mann
und riss ihm das Handy aus der Hand.

»Holen Sie Frau Baumann da runter!«

»Ich? Für so etwas ist die Polizei zuständig.«

Wie aufs Stichwort hörte man die Sirene eines Streifen-
wagens schnell näher kommen.

Kapitel 52

Zur selben Zeit betrat Achim von Arnheim das Foyer der Ascot Holding. Schwer auf seinen Stock gestützt, wollte er gleich zu den Fahrstühlen hinübergehen, als eine junge Frau in adretter Uniform ihm irgendetwas zurief. Er drehte sich zu ihr um.

»Wer sind Sie?«, blaffte er. Sein Blick glitt durch die marmorne Halle.

»Zu wem möchten Sie?«, wiederholte die neue Empfangsdame.

»Zu meiner Tochter.«

»Darf ich fragen, wer das ist?«

Er wurde wütend. Offenbar hatte die Kleine ihren Job erst kürzlich angetreten und wusste nicht, wen sie vor sich hatte. Früher hätte es niemand gewagt, ihn aufzuhalten.

»Haben Sie einen Termin?«

»Pah!« Er nahm seinen Weg wieder auf.

Aus dem Augenwinkel sah er, wie die Neue nervös den Telefonhörer abhob. Wahrscheinlich holte sie die Security. Würde man ihn tatsächlich aus seiner eigenen Firma werfen? Er spürte, wie die Wut in ihm immer höhere Wellen schlug.

Zum Glück trat in diesem Moment jemand in die Halle, der ihn erkannte.

»Herr von Arnheim! Wie ich mich freue, Sie zu sehen.«

Überrascht sah der Alte den Mann an.

Brüdigam, Leiter Flächenmanagement, solide Zahlen, etwas entscheidungsunsicher, aber zuverlässig, fragte nie nach einer Gehaltserhöhung, guter Angestellter, machte selten Probleme. Von Arnheim hatte den Mittfünfziger vor über zwanzig Jahren persönlich eingestellt.

»Wie schön, dass Sie vorbeikommen, Chef.« Er klang ehrlich erfreut. »Dürfen wir hoffen, dass Sie wohlauf sind und Ihr Büro wieder beziehen werden? Wir vermissen Sie sehr.«

Von Arnheim wäre niemals auf die Idee gekommen, man könne ihn vermissen. Ebenso hatte er nie einen Gedanken daran verschwendet, was seine Angestellten denken oder fühlen könnten, und dennoch stockte er, als er die Dringlichkeit in der Stimme des Mannes bemerkte. Man vermisste ihn? Wie eigenartig.

»Es hat sich in kurzer Zeit viel im Haus verändert«, erklärte der Abteilungsleiter halb entschuldigend, wobei er seine Hände nervös knetete. »Ich selber werde wohl Anfang nächsten Jahres gewisse Weichen in meinem Berufsleben ebenfalls neu stellen müssen. Neue Zeiten, neue Gesichter, wie Ihre Tochter kürzlich sagte.«

Irgendwie war von Arnheim die Vertraulichkeit unangenehm. Wovon redete der Mann?

»Ist sie im Haus?«

»Ja. Sie ist stets die Erste am Morgen und die Letzte am Abend. Sie müsste in ihrem ... also, in Ihrem alten Büro sein.«

Gemeinsam fuhren sie in die oberste Etage.

Als sie gerade ausstiegen, kam Clarissa mit einer mehrköpfigen Entourage den Gang entlanggerauscht. Schnell verabschiedete sich der Abteilungsleiter, ohne seine Chefin zu begrüßen. Von Arnheim sah ihm nach und fragte sich, ob seine Angestellten früher ebenso hastig vor ihm geflüchtet waren.

»Papa.« Clarissa hauchte ihm einen Kuss auf die Wange. Immerhin. »Es scheint dir heute Morgen besser zu gehen«, säuselte sie und kratzte ein schmales Lächeln in ihr Gesicht. »Weiß Doktor Sievers, dass du hier bist?«

»Wir müssen reden.« Von Arnheim ignorierte ihre Bemühungen, fürsorglich wirken zu wollen.

»Worüber?«

»Über deine verrückte Idee, aus der Ascot eine Aktiengesellschaft zu machen.«

»Das muss leider warten, Papa.« Sie legte ihre Hand auf seinen Arm. »Vielleicht können wir heute Abend darüber plaudern. Jetzt werde ich eine unwürdige Posse in der Herderstraße beenden.«

Als er sie fragend ansah, erklärte sie, dass sie eben einen Anruf von dort erhalten habe.

»Einsturzgefahr. Die Polizei ist vor Ort, um zu räumen. Leider zeigen sich die Mieter uneinsichtig. Irgendjemand will sogar vom Balkon springen.« Sie lachte. »Ich werde die Angelegenheit selber in die Hand nehmen.«

Jemand half ihr in den Mantel. Dann stieg sie in den Lift.

Sprachlos stand von Arnheim da, als die Türen des Fahrstuhls sich auch schon schlossen.

Herderstraße? Es musste sich um das Haus Nummer 7 handeln. Dort, wo die Kinder wohnten.

Kapitel 53

Dort spitzte sich mittlerweile die Situation zu, als zwei uniformierte Polizeibeamte das Gebäude betraten, um Oma Baumann vor einer entsetzlichen Dummheit zu bewahren.

Die alte Dame auf ihrem Balkon hatte in kürzester Zeit eine gewisse Berühmtheit erlangt, weil irgendjemand sie da oben gefilmt und das Video ins Netz gestellt hatte. Wie ein Lauffeuer sprach sich die Nachricht von der Dramatik in der Herderstraße herum. Immer mehr Leute fanden sich gegenüber von Nummer 7 ein.

Oma Baumann schien die Aufmerksamkeit auf der Straße zu gefallen. Jedenfalls war sie noch nicht gesprungen.

»Gehen Sie zurück in Ihre Wohnung, Frau Baumann!«, rief der Mann von der Ascot zu ihr hoch. Offenbar gefielen ihm der Menschenauflauf und die vielen gezückten Handys nicht.

»Ich will nicht ins Heim!«, antwortete sie bockig. »Außerdem verweigere ich mich der Immobilienlobby und den Geldmachern, die auf Kosten armer Rentner immer reicher werden.« Kampflustig reckte sie die Faust in die Luft. »Revolution! Für alle!«

Einige auf der Straße jubelten ihr zu.

Wolle schüttelte den Kopf. »Jetzt dreht sie richtig ab«, sagte er zu Luisa und sah sich um. »Na ja, wenigstens hat sie Publikum.«

Mittlerweile hatte sich auch die örtliche Presse eingefunden. Ein junger Mann mit Mikrofon machte Interviews für den lokalen Radiosender, während hinter ihm ein Fernsehteam die Kamera auspackte und eine Reporterin dem Vertreter von der Ascot Holding auf den Pelz rückte.

Keiner bemerkte die schwarze Limousine, die an der Ecke hielt.

»Was ist da los, Dietrich?«, wollte von Arnheim von seinem Butler wissen, der in diesem Moment die Rolle des Chauffeurs innehatte. Der alte Mann ließ das Seitenfenster herunterfahren und beugte sich ein wenig hinaus, um besser sehen zu können.

»Möchten Sie, dass ich hinübergehe und frage?«

»Nein.«

Von Arnheim hatte die Mutter der Kinder in der Menge ausgemacht. Besorgt schaute sie nach oben. Er folgte ihrem Blick und entdeckte eine alte Frau auf einem der Balkons, die gerade ihre Faust reckte. Mit richtigen Hausbesetzern kannte er sich aus. Das da drüben aber war neu für ihn.

Kopfschüttelnd suchte er in der Menge seine Tochter.

Er entdeckte sie in Begleitung einiger Herren. Zwei von denen waren Vertreter einer großen Kanzlei, die sich auf Räumungsangelegenheiten spezialisiert hatte. Auffallend vertraulich sprach Clarissa mit dem Mann von der Baubehörde, fast so, als kenne sie ihn seit Langem.

Ihre Vertrautheit gefiel von Arnheim nicht. Diskretion war in seiner Branche äußerst wichtig.

Die jedoch war hier nicht mehr möglich, denn eine Handvoll Presseleute lief bereits herum und stellte Fragen.

Sollte er aussteigen und die Angelegenheit in seine Hände nehmen?

Clarissa war nicht erfahren genug, um eine solche Situation zu meistern. Himmel! Sie hätte nicht einmal hier sein dürfen! Dummes Kind.

Der alte Mann beobachtete seine Tochter, wie sie vor Nummer 7 energisch umherlief, um dem Chaos ein Ende zu bereiten.

Jetzt wollte sie auch noch vor laufender Kamera eine Stellungnahme abgeben. Ein Fehler, geboren aus Überheblichkeit. Vielleicht aber war es gut, dass sie eine schmerzhafte Erfahrung machte. Sie würde daran reifen. Hoffte er zumindest.

»Dietrich, sagen Sie mal ...« Von Arnheim beugte sich ein wenig vor. »Die alte Frau da oben ... Sie kommt mir irgendwie bekannt vor. Kennen wir sie?«

In diesem Moment kam jemand zum Wagen und versperrte von Arnheim die Sicht. Er erschrak.

»Herr Behrens! Wollen Sie mich umbringen?«

Joost beugte sich vor.

»Verzeihen Sie. Das war nicht meine Absicht.«

Er reichte ihm einen roten Pappordner durch das geöffnete Seitenfenster.

»Was ist das?«

»Ich komme gerade aus England. Na ja, genauer gesagt aus Klein Machnow.«

»Klein wo?«

»Machnow. Das liegt in Brandenburg.«

»Und was wollten Sie dort?«

»Beweise sammeln.«

»Ach.« Von Arnheim mochte es nicht, wenn Leute nicht zum Punkt kamen. »Und weiter?«

»Ich habe eine schlechte Nachricht für Sie. Vielleicht sollten wir woanders darüber reden.«

Der alte Mann wedelte mit seiner Hand. »Hier ist ebenso gut wie sonst wo. – Kommen Sie zum Punkt. Was ist in dem Ordner?«

»Bitte, lesen Sie es.«

Von Arnheim klappte die Seiten auf. Dann zupfte er seine Lesebrille aus der Tasche.

»Ich hoffe nur, dass es wichtig ist.«

Mit jeder Zeile, die er überflog, verfinsterte sich seine Miene. Als er die letzte gelesen hatte, schaute er eine ganze Weile schweigend nach vorn.

»Und Sie sind sich sicher?«

»Absolut. Ich habe es mehrfach geprüft.«

»Dann tun Sie, was getan werden muss.«

»Das wird nicht möglich sein.«

Überrascht sah von Arnheim ihn an. »Warum nicht, wenn ich fragen darf?«

»Ihre Tochter entließ mich. Sie waren dabei.«

»Die Kündigung wird hiermit zurückgezogen!« Grimmig ließ er das Seitenfenster hochfahren. »Dietrich! In die Firma.«

Da klopfte es ein weiteres Mal an die Fensterscheibe.

»Was ist?«, bellte von Arnheim.

»Ich möchte aber nicht mehr für Sie arbeiten«, teilte Joost Behrens ihm mit.

»Sind Sie von allen guten Geistern verlassen? Sie haben immer für mich gearbeitet.«

»Die Zeiten ändern sich. – Ich werde mich selbstständig machen. Auf meiner überstürzten Reise habe ich darüber nachgedacht. Der Gedanke gefällt mir.«

Von Arnheim sah zu dem Anwalt hinauf. Dann begriff er. »Sie wollen ein Mandat von mir?«

Joost Behrens nickte.

»Und ich wäre Ihr erster Mandant?«

»Ja.«

»Ich habe eine ganze Abteilung von Winkeladvokaten, die das hier …«, er wedelte mit der Mappe herum, »für mich erledigen könnten.«

Der Anwalt lächelte. »Sie sprechen im Konjunktiv. Ich nehme an, Sie haben sich entschieden.«

Von Arnheim holte tief Luft. »Also gut: Sorgen Sie dafür, dass das Chaos dort drüben endet.«

Luisa wusste nicht, ob Oma Baumann wirklich springen würde. Zwei uniformierte Beamte waren vorhin ins Haus gegangen, um sie zur Vernunft zu bringen.

Da fuhr ein entsetzlicher Schreck durch Luisas Körper. Matti! Lilli! Die beiden waren alleine in der Wohnung. Wie verängstigt mussten die Kinder von all dem Trubel sein.

Schon wollte sie zurück ins Haus rennen, als einer der Bauarbeiter sie am Arm festhielt.

»Das geht nicht.« Er zeigte auf ein großes Schild, das sein Kollege gerade am Zaun anbrachte. »Betreten verboten. Einsturzgefahr.«

Sie riss sich los. »Meine Kinder sind noch in der Wohnung«, rief sie und rannte los.

Plötzlich schrie die Menge auf der anderen Straßenseite hinter ihr auf. Luisas Blick raste zu Oma Baumanns Balkon hinauf. Er war leer.

Entsetzt presste sie ihre Hände auf den Mund, um nicht aufschreien zu müssen. Ihr Herz schlug bis zum Hals. Langsam drehte sie sich um, erwartete, den Körper der alten Frau zerschmettert auf dem Asphalt vorzufinden. Doch da war nichts. Luisa starrte zum Holzzaun. Wahrscheinlich lag sie dahinter.

Fassungslos sah sie zu Wolle hinüber. Der aber rührte sich nicht. Stattdessen hob er den Finger und zeigte nach oben.

»Sieh mal.«

Mit weichen Knien hob Luisa vorsichtig den Kopf. Ihr Blick schob sich Etage für Etage höher. Eigentlich wollte sie nicht wissen, was sonst noch Schreckliches passiert sein könnte.

Da sah sie im Dachfenster eine Gestalt. »Herr Tomte?«

»Was will er da?«, fragte Wolle.

Auch Clarissa von Arnheim hatte den alten Mann entdeckt. Mit fester Stimme ordnete sie an, jemand solle ihn aus dem Haus schaffen.

»Und zwar sofort!« Vier Arbeiter verschwanden im Treppenhaus.

Luisa ging zu ihrem Nachbarn. »Wolle, wo ist Oma Baumann? Ist sie ...?«

»Gesprungen? Nö. Glaube ich nicht. Sie war einfach weg.«

»Weg? Was soll das heißen?«

»Na ja, erst war sie da. Dann entdeckte jemand diesen komischen Kauz am Fenster ... Die dachten wohl, er will auch springen. Und als ich wieder zum Balkon sehe, ist Oma Baumann weg.«

»Sie ist nicht ...« Luisa schluckte.

Da bemerkte sie aus den Augenwinkeln, wie ihre Kinder durch die offene Haustür auf die Straße traten. Jeder trug sein Köfferchen in der Hand. Zwischen ihnen ging die alte Frau, mit dem Abendkleid und der Tiara auf dem Kopf.

Erleichtert eilte Luisa auf die drei zu.

»Mami, schau mal, wie hübsch Oma Baumann aussieht«, rief Lilli. »Sie hat versprochen, dass ich ihre Krone Weihnachten tragen darf.«

Luisa kniete sich hinunter und nahm die Kinder in die Arme. »Wie habt ihr Oma Baumann denn aus der Wohnung bekommen?«

»Geklingelt«, sagte Matti unschuldig. »Wir wollten mal gucken, was im Treppenhaus los ist. Aber dann klappte die Haustür zu. Und weil Lilli so dringend musste, sind wir zu Oma Baumann gegangen.«

»Ein Notfall, sozusagen«, erklärte die alte Frau.

Plötzlich strahlte ihr Gesicht, als sie die Leute vom Fernsehen auf sich zukommen sah. Ob sie vielleicht ein Interview geben wolle?, fragte der eine.

»Gerne, junger Mann«, flötete sie und richtete ihren Haarschmuck. Mit federnden Schritten folgte sie dem Journalisten.

Luisa schaute ihre Kinder an.

»Ihr seid kleine Helden, wisst ihr das?«

Stolz nickten die beiden.

Nun aber galt Luisas Sorge dem Hausmeister, der noch immer in dem einsturzgefährdeten Haus war.

Warum kam er nicht herunter?

Luisa drehte sich zu Wolle.

»Du passt auf meine Kinder auf. Und zwar richtig, verstanden? – Ich hole Herrn Tomte.«

Dann rannte sie ins Haus. Im halbdunklen Treppenhaus hing ein großes rotes Schild mit der Warnung »Einsturzgefahr!«

Immer zwei Stufen auf einmal nehmend, stürmte sie die Treppe hinauf, als ihr die Arbeiter entgegenkamen.

»Wo ist er?«

Die Männer zuckten mit den Achseln. »Unterm Dach ist keiner.«

Das konnte Luisa nicht glauben.

»Er muss da sein.«

»Ey, Lady, da war niemand. Denken Sie etwa, wir lügen?«

Sie drängelte sich zwischen den Arbeitern hindurch. »Sie haben nur nicht richtig genug gesucht.«

Oben angekommen, riss sie die Tür zum Dachboden auf.

»Herr Tomte? Wo sind Sie?«

Sie schaute sich um.

»Hören Sie mich?«

Die Arbeiter hatten recht. Hier war niemand.

Sie ging zum Fenster, das offen stand, und beugte sich hinaus. Auf dem Dach war der alte Mann auch nicht.

Luisa sah den Bagger unten auf der Straße darauf warten, dass er mit seiner Zange Nummer 7 Stück für Stück abtragen konnte.

Mit weichen Knien begriff sie, dass endgültig alles verloren war. All die Hoffnungen und Wünsche waren umsonst gewesen.

Sie schloss die Augen. Ihr war zum Weinen zumute.

Da legte sich eine Hand auf ihren Arm. Sie fuhr herum.

»Hi«, sagte Joost leise. »Ganz schön viel los hier!«

»Wo warst du? Ich dachte, du lässt uns alleine.« Ihre Stimme zitterte.

»Ich bin gerade angekommen und sah dich ins Haus laufen.« Er nahm sie in seine Arme. »Jetzt bin ich ja da.«

Tränen liefen über ihre Wangen. »Ich heul dein Jackett nass.«

»Ist schon okay.«

Sie hörte sein Herz schlagen. Ruhig und langsam. Tief atmete sie ein und spürte, wie die Angst in ihr ein wenig kleiner wurde, bis sie fast verschwunden war. Sanft schob sie ihn von sich.

»Danke.«

»Wofür?«

»Dass du wiedergekommen bist. Ich war nicht sonderlich nett zu dir.«

»Stimmt. Ich habe übrigens eine Überraschung für dich.« Er grinste breit. »Mein Geschenk zum Weihnachtsfest, sozusagen.«

Sie wischte eine letzte Träne aus ihrem Gesicht.

»Mir ist nicht nach Feiern zumute.«

Er nahm ihre Hand. »Komm. Es wird dir gefallen.«

Doch Luisa blieb stehen. »Ich muss Herrn Tomte finden. Es geht ihm nicht gut.«

»Der Hausmeister?«

Sie überlegte. »Ich bin mir nicht sicher, ob er wirklich ein Hausmeister ist. Wir dachten es alle, weil er doch immer mit einem Werkzeugkasten herumlief. Aber irgendetwas stimmt mit ihm nicht.«

Ihr Blick glitt noch einmal über den Dachboden. Langsam ging sie zu dem Balken mit den eingeritzten Strichen darin. Ihre Finger fuhren darüber.

»Er weiß Dinge, die er eigentlich nicht wissen kann. Geschichten, die vor Jahrzehnten passiert sind. Es klingt eigenartig, aber ich glaube, er kann zaubern oder so etwas.« Verlegen lachte sie auf.

»Du meinst das mit dem Hand-auf-die-Wand-Legen?«

»Es klappte nur dann, wenn er in der Nähe war.«

Unschlüssig standen sie da, bis Joost einen Vorschlag machte. »Lass uns hinuntergehen und dem Spuk dort unten ein Ende bereiten. Danach suchen wir deinen geheimnisvollen Hausmeister, ja?«

Joost ging direkt zu Clarissa von Arnheim hinüber. Gerade besprach sich die Person mit einigen Herren, von denen einer einen Bauhelm trug. Der Mann von der Bauaufsichtsbehörde stand bei ihnen.

»Ist was passiert?«, wollte Wolle wissen und folgte Luisa.

»Ich weiß nicht recht. Joost sagt, er könne diesen Wahnsinn hier beenden.«

»Guten Tag, Frau Klingbeil«, rief Joost laut und deutlich.

Clarissa von Arnheim zuckte zusammen.

»Wer?«, wollte Wolle von Luisa wissen.

»Keine Ahnung.«

Langsam drehte sich die Chefin der Ascot Holding um.

»Der Ex-Anwalt. Welch Freude. Kann es sein, dass Sie sich widerrechtlich Zugang zu Ihrem alten Büro verschafft haben? Ich musste leider Anzeige erstatten. Sie verstehen das sicher.« Obwohl sie lächelte, zuckte ihr linkes Auge. »Und wer ist diese Frau Klingeling?« Sie schaute sich um. »Kennt einer der Herren sie?«

Die Männer schüttelten den Kopf.

»Sie müssen die Dame also woanders suchen, Herr Behrens. Und nun, husch, husch. Wir haben zu tun. Der Rückbaubagger kostet mich nämlich jede Minute enorme Summen, selbst wenn er nur herumsteht.«

»Mara Klingbeil, geboren 1998, Begabtenstipendium in Cambridge, danach Abschluss in Oxford in Wirtschaftswissenschaften. Ihre Masterarbeit schrieb sie über den europäischen Immobilienmarkt. Sie müssen Sie kennen. Jeden Morgen, wenn Sie in den Spiegel schauen, sehen Sie in ihr Gesicht.« Joost grinste breit.

Die Frau hielt die Luft an. Mit hektischen Flecken am

Hals und einer äußerst schrillen Stimme holperten die Worte aus ihrem Mund.

»Was – was ist das für ein wirres Zeug, das Sie da behaupten? Sollten Sie mich verleumden wollen, sind Sie an der falschen Stelle, Herr – Herr Behrens. Und nun gehen Sie endlich!«

Da hob Joost die Hand.

Er winkte über die Straße, wo ein hochgewachsener junger Mann mit Zigarette im Mundwinkel an einem Mercedes lehnte.

Jetzt nahm er den Glimmstängel heraus und schnippte ihn theatralisch in den Rinnstein. Betont gelangweilt schlurfte er herüber.

»Hi, Schwesterherz. Lange nicht gesehen.« Er wollte Clarissa von Arnheim einen Kuss auf die Wange geben, doch sie schob ihn angewidert von sich.

»Darf ich vorstellen: Steven Klingbeil«, erklärte Joost den Anwesenden. »Er ist der Bruder von Mara.« Er wies zu der Frau neben sich. »Also dieser Dame.«

»Ich kenne den Kerl nicht«, fuhr sie auf.

»Ey! Bist du jetzt total durchgeknallt, oder was?« Der junge Mann trat direkt vor sie. »Hat dir der janze Luxusscheiß die Birne zugedröhnt? Klar weest du, wer ick bin. Und Onkel Heribert und Suse werden dat vor Jericht och bezeugen.«

»Warum tust du das, du Idiot?« Ihre Stimme überschlug sich.

»Na ja, dat is doch nur, weil ick nämlich ehrlich jeworden bin. Könnte man so sagen.« Er zwinkerte Joost zu. »Außerdem hättest du dir ja och mal melden könn. All die Knete, die du da abgeräumt hast, davon hätt ick och jerne wat jesehen, Schwesterherz. Aber wir waren dir ja zu peinlich. Du mit deiner scheißvornehmen Art.«

Mara Klingbeil alias Clarissa von Arnheim verpasste ihrem Bruder eine schallende Ohrfeige. »Du warst schon immer blöde wie Brot«, zischte sie.

Als hätte die Backpfeife ihm gegolten, rieb Wolle sich die Wange. »Autsch.«

Die umstehenden Herren begriffen, dass die Frau vor ihnen nicht die war, für die sie sie gehalten hatten – und somit auch nicht die Chefin der Ascot Holding.

»Frau von … ähm«, meinte der Mann von der Bauaufsicht. »Vielleicht klären Sie erst einmal diese Angelegenheit, bevor wir hier weitermachen. Sie wissen ja, wie Sie mich erreichen können.« Eilig verabschiedete er sich und ging.

Auch die anderen Herren nahmen Reißaus. Der mit dem weißen Helm fluchte ausgiebig. Dann marschierte er zu seinen Leuten hinüber, die sich noch immer am Zaun zu schaffen machten.

»Heiner! Ali! Einpacken! Baustelle abbrechen. Wir gehen.«

Die Frau fuhr herum. »Wohin wollen Sie? Sie haben einen Auftrag der Ascot!«, rief sie.

Mit wenigen Worten erklärte Joost der falschen Tochter, was als Nächstes passieren würde.

»Sie werden alles zurückgeben, was Sie sich unrechtmäßig als Clarissa von Arnheim angeeignet haben.«

»Einen Teufel werde ich.«

»… Die Ascot Holding und Herr von Arnheim behalten sich weitere rechtliche Schritte vor. Sie wissen, was das bedeutet.«

Sie schluckte. »Clarissa! Sie kann bezeugen, dass ich nichts Unrechtes getan habe. Wir haben all das besprochen. Sie ist im Bilde. Ich habe sie sozusagen bei ihrem Vater und in der Firma nur vertreten. Rufen Sie sie an!«

Joost legte den Kopf schief. »Sie haben als Clarissa von Arnheim Dokumente unterzeichnet und Geschäftsentscheidungen getroffen. Sie sprachen Kündigungen aus, die Sie nicht berechtigt waren zu treffen. Ich nehme an, Sie konnten der Versuchung nicht widerstehen. – Man wird Sie dafür haftbar machen.«

Wortlos schubste sie Joost zur Seite. Dann marschierte die falsche Tochter über die Straße.

»Hinterher! Sie flüchtet!«, rief Oma Baumann aufgeregt.

»Unwahrscheinlich«, grinste Joost und wies zu den Journalisten, die mittlerweile begriffen hatten, dass etwas nicht stimmte. Er hoffte, dass der Kameramann die Ohrfeige im Kasten hatte. Wie eine Hundemeute liefen die Presseleute der Frau nach.

»Und wenn sie sie abschüttelt?«

»Sie wird sich der Verantwortung stellen müssen. Ich habe dafür gesorgt.«

»Wie das?«

Joost nickte dem jungen Mann in der Lederjacke zu, der sich gerade eine neue Zigarette anzündete.

»Herr Klingbeil, Ihr Einsatz.«

»Jo, Chef. Schon unterwegs.« Ein wenig linkisch salutierte er. Mit der Zigarette im Mundwinkel folgte er seiner Schwester.

»Er passt auf sie auf und wird berichten, wo wir sie finden können, bis Herr von Arnheim entschieden hat, was mit ihr passieren soll.«

»Der eigene Bruder?« Wolle schüttelte den Kopf. »Und ich dachte immer, meine Familie sei kaputt.«

Mit sehr gemischten Gefühlen blickte Luisa der Person nach.

»Was wird jetzt aus Nummer 7?«

Joost drehte sich zu ihr. »Hast du gelesen, was ich dir vor ein paar Tagen gab?«

Sie nickte.

»Denkst du, es würde klappen? Du weißt ja, dass ich weder Architekt bin noch ein besonderes Zahlentalent habe.«

»Es wird teuer. Ob es wirtschaftlich ist, müssen Fachleute überprüfen. Aber von der Bausubstanz her und mit einigen kleinen Änderungen in deinem Konzept hier und da könnte es funktionieren.«

»Prima«, rief Joost. »Dann ist die Verwertungskündigung vom Tisch, da wir nachweisen können, dass es sich lohnt, Haus Nummer 7 zu sanieren.«

»Sie meinen, wir können bleiben?« Mit großen Augen sah Oma Baumann ihn an.

»Moment!«, rief Wolle. »Das geht mir jetzt zu schnell. Wenn die Schnepfe von eben Sie nicht hat rauswerfen dürfen, dann sind Sie doch der Anwalt von dem Laden. Warum helfen Sie uns?«

»Ich werde eine eigene Kanzlei eröffnen.« Joost strahlte Luisa und die anderen an. »Wenn die Herrschaften es wünschen, werde ich die Mieter der Herderstraße Nr. 7 vertreten. Immerhin war es damals meine Idee mit der Verwertungskündigung. Und ich denke, wir können die Causa problemlos vom Tisch bekommen.«

Oma Baumann schaute zum Haus. »Aber es stürzt ein, sagte der dahinten.« Sie zeigte zum Mann von der Baubehörde, der gerade in seinen Wagen stieg und mit quietschenden Reifen fortfuhr.

Joost schlug sich mit der flachen Hand gegen die Stirn.

»Danke, dass Sie mich daran erinnern, Oma Baumann. Wir müssen noch Anzeige wegen Korruption stellen, damit dieses Missverständnis schnell sein Ende findet.«

»Nummer 7 stürzt nicht ein?«

Joost lächelte und nahm Luisa an die Hand. »Wenn unsere begabte Architektin recht hat, wird das Haus – bei guter Pflege – sehr viele weitere Jahre in der Herderstraße stehen.«

Kaum hatte er die Worte gesagt, fiel Oma Baumann erst ihm und dann Luisa um den Hals. Auch Wolle schniefte leise.

»Fahren wir jetzt doch nicht in den Urlaub«, kam da ein Stimmchen von der Seite. Mit gekräuselter Stirn standen die Kinder da, von dem ganzen Erwachsenen-Hin-und-Her nicht sonderlich angetan.

Kapitel 54

Endlich war Ruhe in die Herderstraße Nr. 7 eingekehrt. Man hatte den Bagger vor der Tür weggebracht und den Zaun abgebaut.

Oma Baumann hatte eine Flasche selbstgemachten Likör heraufgebracht und Wolle seine Gitarre. Gemeinsam kochten sie Makkaroni mit Käsesoße.

Während in der Küche mit Töpfen und Tellern geklappert wurde, schlüpfte Luisa aus der Wohnung und ging nach oben auf den Dachboden. Sie öffnete die Tür.

»Herr Tomte? Sind Sie hier?«

Stille.

Sie trat in die Dunkelheit hinein, suchte mit der rechten Hand den Lichtschalter. Die einsame Glühbirne an der Decke wurde hell.

Nirgends war er zu sehen.

Langsam ging sie zum Fenster hinüber, an dem sie mit dem kleinen Mann die Sternschnuppe gesehen hatte. Ihr Wunsch war in Erfüllung gegangen. Sie durften in Nummer 7 bleiben.

Jetzt hatten sie sogar einen unglaublich fähigen Anwalt an ihrer Seite, falls sich die Dinge noch einmal in die falsche Richtung entwickeln sollten.

Luisa schloss ihre Augen und horchte auf ihr Herz. Es fühlte sich viel leichter an als in all den letzten Jahren. Eine Welle von Freude überfiel sie, die sie lachen ließ.

Aus der Ferne hörte sie Oma Baumann und die anderen Weihnachtslieder singen. Auch ihr war danach zumute.

»Herr Tomte, falls Sie mich hören können«, rief sie. »Nummer 7 wird nicht abgerissen, hat Joost gesagt.«

Sie schlenderte umher.

»Wissen Sie, er meinte sogar, dass Herr von Arnheim ihm einen Gefallen schulde, weil er doch das Geheimnis der falschen Tochter lösen konnte – wir vermissen Sie, Herr Tomte. Möchten Sie nicht mit uns unten ein wenig feiern?«

»Hallo«, sagte da jemand leise neben ihr.

Luisa fuhr herum.

Ohne weiter darüber nachzudenken, fiel sie dem kleinen Mann um den Hals. »Wir haben uns schreckliche Sorgen um Sie gemacht. Warum waren Sie plötzlich verschwunden? Wir konnten Sie nirgends finden.«

Erleichtert bemerkte sie, dass es dem Hausmeister besser zu gehen schien. Seine Wangen waren rosiger, und sein Blick nicht mehr müde.

»Ach, liebe Luisa, warum all die Fragen? Wissen Sie denn nicht, wer ich bin?«

Lange schaute sie ihn an. »Doch«, sagte sie leise.

Er zog aus seiner Tasche etwas hervor und reichte es ihr.

Es war die silberne Kette, die jemand vor vielen Jahren unter der Fensterbank versteckt hatte. Jene, die sie zurück an ihren Platz gelegt hatte.

Jetzt aber war das kleine Schmuckstück nicht mehr schwarz angelaufen, sondern glitzerte im Schein der Glühlampe.

»Würden Sie mir einen Gefallen tun, liebe Luisa?«

»Mit größter Freude.«

Er legte die Kette in ihre Hand. »Geben Sie das bitte Herrn von Arnheim.«

Luisa runzelte die Stirn. »Warum denn das?« Sie schaute auf das Amulett und ließ es aufklappen. Die beiden Fotos in den Deckeln waren noch da.

»Drehen Sie den Anhänger einmal um.«

Luisa tat, was er gesagt hatte. Erstaunt las sie die Zeile, die jemand dort eingraviert hatte.

Für unsere Hanna. Deine Eltern.

»Ist sie es wirklich gewesen?«

»Ja, die Kleine lebte hier als Kind. Die Kette war ein Geschenk zu ihrem vierten Geburtstag.« Er lächelte. »Sie war ein fröhliches Mädchen mit einem guten Herz. Immer lachte sie.«

Luisa konnte den Blick nicht von dem Schmuckstück lassen.

»Warum versteckte sie die Kette unter der Fensterbank?«

»Die Eltern zogen fort.« Leise seufzte er. »Sie wollte eines Tages wiederkommen.«

»Tat sie es?«

Er schüttelte den Kopf.

»Verstehe. Und Herr von Arnheim? Weiß er, dass seine Hanna hier früher einmal gelebt hat?«

Verschmitzt sah er sie an. »Sagen Sie es ihm.«

Sie ließ die Kette in ihre Tasche gleiten. »Dürfen gute Geister mit uns heute Abend feiern?«

Er legte den Kopf schief. »Ich habe viel zu tun, liebe Luisa.«

»Sind Sie sicher?«

Er nickte.

»Schade.« Sie gab ihm einen Kuss auf die Wange und ging hinunter.

Kapitel 55

Das Jahr neigte sich seinem Ende entgegen. Mit dem nahenden Weihnachtsfest legte sich auch eine erwartungsfrohe Ruhe über die Stadt. So mancher suchte Frieden und besann sich auf das, was wirklich wichtig war im Leben.

»Mami!«, kreischte es verzweifelt durch die Wohnung im vierten Stock. »Matti hat Teddy Pu und Winnie versteckt! Er will sie mir nicht wiedergeben!«

Luisa seufzte. »Matti! Gib deiner Schwester sofort die Teddys zurück!« Sie stand im Schlafzimmer und hielt das blaue Kleid vor sich. Kritisch betrachtete sie ihr Spiegelbild.

»Hab die ja gar nicht!«, hörte sie die beleidigte Stimme ihres Sohnes vom Flur kommen.

»Doch! Du Blödie!«

»Lilli, sag nicht immer Blödie zu deinem Bruder.«

Luisa warf das Kleid aufs Bett und schaute in ihren Kleiderschrank. Vielleicht sollte sie lieber das Weiße nehmen?

Warum wollte Herr von Arnheim auch unbedingt das Weihnachtsfest so opulent feiern? Wäre es nicht ein wenig bescheidener besser gewesen? Sie hatte absolut nichts anzuziehen. Das Outfit von ihrem ruinierten Date mit Joost jedenfalls würde sie nicht tragen. Der damalige Abend endete in einer Katastrophe, was sie als schlechtes Omen nahm. Außerdem wäre es zu sexy für eine Feier, wie sie dem alten Herrn offenkundig vorschwebte.

Gestern hatte eine Eventfirma im Hinterhof von Nummer 7 ein großes Festzelt aufgebaut, in dem von Arnheim seine Gäste zu empfangen gedachte. Voll Aufregung hatten die Kinder stundenlang am Fenster gehockt und das Treiben dort unten aufmerksam beobachtet.

Auf der Anrichte im Wohnzimmer stand die elegante Einladung zum Fest, die Achim von Arnheim mit Goldrand hatte bedrucken lassen. Seine persönliche Notiz hatte Luisa besonders erfreut: Sie und die Kinder seien an diesem Abend die Engel an seiner Seite.

Luisa hatte dem alten Mann gar nicht so viel Poesie zugetraut und vermutete, dass Frau Schwertstätter dahinterstecken könnte.

Zögerlich entschied sie sich für das weinrote Kleid mit dem Spitzenkragen. Da ging die Tür zu ihrem Schlafzimmer auf.

»Mama«, nölte Matti, »ich sehe total dämlich aus. Die anderen lachen bestimmt über mich.«

Ihr Sohn stand da, in blauem Anzug mitsamt Fliege, an der er herumzupfte.

»Du siehst aus, als seist du schon zehn Jahre alt«, erklärte Luisa. »Wenn nicht sogar elf.«

Das schien Mattis Laune sogleich zu verbessern.

»Echt?«

Mit prüfendem Blick stellte er sich neben sie. Gemeinsam betrachteten sie ihr Spiegelbild. Der Junge zupfte an der Jacke herum, dann nickte er zufrieden.

»Elf, cool.«

Luisa gab ihm einen Kuss aufs Haar. »Und jetzt gibst du deiner Schwester die Teddys zurück, okay?«

»Okay!«, rief er und verschwand.

Was für ein verrücktes Jahr das gewesen war.

Um kurz vor sieben klingelte es an der Haustür. Luisa stand im Flur und sah die Tür an. Sie wartete.

»Mami, warum machst du nicht auf?«

Sie lächelte ihre Tochter an.

»Weil mir ein Freund vor einiger Zeit einmal sagte, dass eines Tages das Glück an meiner Tür klingeln würde. Und nun möchte ich herausfinden, ob es das Glück auch wirklich ernst mit mir meint.«

Wieder läutete es.

»Jetzt?«, fragte Lilli vorsichtig.

Luisa nickte und öffnete die Tür.

Mit einem Karton in der Hand stand Joost da und wollte etwas sagen. »Ähm« war alles, was aus seinem Mund kam, als er Luisa in ihrem Kleid sah.

»Mami ist hübsch, oder?«, quiekte Lilli vergnügt und drängelte sich zwischen die beiden. »Ich aber auch.«

Joost hockte sich vor sie.

»Wie recht du hast, Prinzessin.«

»Oma Baumann hat mir ihre Krone geliehen«, erklärte sie und prüfte vorsichtig den Sitz des Diadems, das Luisa mit einer Menge Haarnadeln am Kopf ihrer Tochter festgesteckt hatte. »Ich muss gut darauf aufpassen, hat sie gesagt.«

Matti trat zu ihnen. »Hi!«, rief er betont lässig Joost zu. »Schicker Anzug.«

»Deiner auch. Selber Schneider?«, konterte dieser.

»Häh?«

Da zupfte Lilli an Joosts Hose. »Hast du das Geschenk mitgebracht?«

»Lilli!«, rief Luisa. »So etwas fragt man doch nicht.«

Er aber lachte. »Das ist in Ordnung. Ich hatte von den Kindern einen Auftrag erhalten.«

»Darf ich wissen welchen?«

Die Kinder stellten sich vor ihre Mutter und schüttelten den Kopf.

»Wer übergibt es?«, fragte Joost.

»Ich!« – »Nein, ich!«

Beide griffen nach dem Geschenk in seiner Hand.

»Wenn zwei sich streiten, freut sich der Dritte«, grinste Joost und reichte es Luisa. »Frohe Weihnacht.«

»Das ist von uns zusammen«, erklärte Lilli und hüpfte aufgeregt hin und her. »Von Matti, Joost und mir.«

Vorsichtig hob Luisa den Deckel des Kartons.

»Die Kanne!« Sie sah auf. »Ihr habt sie repariert?«

Offenbar hatten Matti und Lilli versucht, das gute Stück zu kleben, gaben aber irgendwann auf. Als Joost ihnen von einem Porzellanarzt erzählte, baten sie ihn, die Scherben mitzunehmen.

Langsam holte sie die Teekanne aus dem Karton.

»Man sieht ja gar nichts«, staunte sie.

»Doch, doch«, rief Lilli aufgeregt. »Wir haben unsere Namen unten draufgeschrieben. Dreh mal um. Richtig stagniert. Wie Maler das machen.«

»Das heißt signiert«, korrigierte Matti sie.

Luisa schniefte leise, als sie am Boden ein J, ein L und ein M entdeckte. »Signiert, wie echte Künstler.«

Behutsam stellte sie die Kanne beiseite und nahm alle in den Arm. »Ihr seid so wunderbar. Danke.«

Joost und die Kinder tauschten ein High Five auf die gelungene Überraschung aus. Dann bekam jeder von Luisa einen Kuss. Auch Joost.

Luisa holte tief Luft.

»Können wir?«, fragte sie in die Runde. Alle nickten.

Plötzlich schrie Lilli auf. »Teddy Pu und Winnie! Ich habe sie vergessen.«

Schnell rannte sie zurück und holte ihre Kuscheltiere. Auch sie waren für den heutigen Abend hergerichtet und trugen goldene Geschenkschleifen um den Hals sowie eine Menge Glitzer im Fell, der sich gleichmäßig auf Lillis Kleid verteilte.

Gemeinsam gingen die vier die Stufen hinunter.

Im zweiten Stock trafen sie Oma Baumann, die gerade kopfschüttelnd Wolles Hawaiihemd begutachtete.

»So kann man doch nicht zu einem Dinner gehen.«

»Ich bin Künstler«, widersprach er und ließ die Hände über den Stoff gleiten. »Das ist mein allerbestes Stück. Außerdem zählen ja wohl die inneren Werte.«

»Dann lassen Sie sich wenden, junger Mann.«

Wolle verzog den Mund. »Das war nicht nett, Oma Baumann.«

»Sie sollen nicht immer Oma zu mir sagen«, schimpfte sie und hob das Kinn.

Ihr silbernes Haar saß dank des Friseurs an der Ecke in perfekten Locken. An den Ohren baumelten glänzende Kugeln, die ein wenig an Christbaumschmuck erinnerten.

Um Schultern und Hals hing eine Pelzstola mit einem Fuchskopf daran, den Lilli ängstlich beäugte. Unauffällig stupste das Kind mit dem Finger die Nase des Tieres an.

»Armes Kätzchen«, schniefte sie leise.

Die alte Diva beugte sich zu ihr hinunter. »Wenn du es nicht verrätst, erzähle ich dir ein Geheimnis.«

Stumm nickte die Kleine.

»Das Ding ist nicht echt. War es auch nie. Ist aus Plastik. Ich habe es in der Requisite mitgehen lassen, damals, als ich für den Film *Wahlverwandtschaften* bei der DEFA Probeaufnahmen gemacht habe. Der Regisseur wollte mich aber nicht. Kein Wunder, dass der Streifen ein totaler Flop wurde.« Sie

zwinkerte Lilli zu. »Und dieses Vieh habe ich einfach ein-
gesteckt. Als Bezahlung für meinen Auftritt, sozusagen.« Mit
ihrer Hand warf sie das eine Ende um ihren Hals.

»Glaube mir, Lillilein, da war nie mehr Leben drin als
jetzt.«

Kapitel 56

Gemeinsam traten sie in den Hinterhof von Haus Nummer 7, der sich in ein weihnachtliches Paradies verwandelt hatte. Auf den Zweigen eines meterhohen Tannenbaums, der letzte Woche noch nicht hier gestanden hatte, glitzerten hundert kleine Lämpchen. Zwei echte Rentiere müffelten Heu aus einer Krippe. Feuerschalen am Rand warfen hüpfende Schatten an die Hauswände, die den Innenhof umgaben. Aus dem Eingang des großen Zelts fiel warmes Licht in den Hof, getragen von den leisen Klängen eines Weihnachtsliedes. Es fehlte nur der Schnee. Dann wäre die Szenerie perfekt gewesen.

Mit weit ausgebreiteten Armen stand Achim von Arnheim im Zelteingang und strahlte seine Gäste an. Offenbar hatte er sich schnell von den Widrigkeiten der letzten Woche erholt.

Neben ihm stand Wotan. Schwanzwedelnd trottete er auf die Kinder zu, um sich streicheln zu lassen.

»Bitte, treten Sie näher!«, rief der Gastgeber.

Fast schien es Luisa, als sei ihm eine schwere Last von den Schultern genommen worden. Sie wusste, dass der alte Mann in Windeseile das Ruder der Ascot Holding wieder übernommen hatte, und es sah so aus, als würde ihm das guttun.

Joost hatte ihr erzählt, dass man still und leise die Entscheidungen der falschen Tochter korrigiert hatte, sofern nötig. Die nervös gewordenen Geschäftspartner konnte der Firmenchef dank Redakteur Poller beruhigen, den er zu einem opulenten Essen eingeladen hatte. Bald schon war der Aufruhr in der Presse um Mara Klingbeil von anderen Skandalen verdrängt worden, und Ruhe kehrte ein. Man hätte meinen können, die falsche Clarissa habe nie existiert.

Es wunderte Luisa, dass der alte Mann keine Anzeige gegen die Frau erstattet hatte, von der es hieß, sie sei zurück nach Brandenburg gegangen.

»Wie gefällt es Ihnen, meine Freunde?«, wollte von Arnheim wissen, als er seine Gäste ins Zelt bat.

»Wow«, entfuhr es Wolle, und Oma Baumanns Augen begannen zu leuchten.

Die Mitte des Raumes zierte eine Tafel, gedeckt mit Kristallgläsern und glänzendem Besteck, Damastservietten und Goldrandtellern. Am Tisch saßen bereits einige Gäste. Unter ihnen war Frau Schwertstätter, die Hausdame des alten Herrn, sowie Doktor Sievers. Prostend hob der Arzt sein Glas, als Luisa und die anderen eintraten.

»Da sind sie ja, unsere Ehrengäste.«

»Wer ist die Dame dort drüben?«, wollte Luisa von Joost wissen und wies zu der Frau neben dem Arzt.

»Oh, das ist die mutige und unvergleichliche Frau Willmers.« Er ging zu ihr. »Wie schön, dass Sie auch hier sind.«

Die Sekretärin erhob sich. »Ich muss Ihnen etwas beichten, Herr Behrens.« Kurz warf sie von Arnheim einen Blick zu, der seinerseits gerade im Begriff war, Oma Baumann den Stuhl zurechtzurücken, damit sie sich setzen konnte. »Ich habe dem Chef alles erzählt.«

»Was?«

»Dass Sie heimlich im Büro waren, um herauszufinden, wer diese Person wirklich ist. Und wie Sie sich eingeschlossen hatten, um in Ruhe im Computer nach Hinweisen suchen zu können. Dass Sie das mit der Augenfarbe entdeckt haben und ...«

»Augenfarbe?« Luisa kam näher.

»Ja, Herr Behrens war es doch, der herausfand, dass die echte Clarissa braune Augen hat. Die falsche blaue. Sie muss farbige Kontaktlinsen getragen haben.«

Luisa sah Joost an. »War es das, was dir im Krankenhaus aufgefallen war?«

Er nickte. »Die falsche Tochter hatte in der Eile wohl vergessen, die braunen Linsen einzusetzen.«

»Sie sind mir nicht böse, dass ich beim Chef gepetzt habe?«

Er legte die Hand auf seine Brust und verbeugte sich. »Noch nie wurde ich von einer echten Vorzimmerlöwin beschützt. Es ehrt mich.«

»Muss ich etwa eifersüchtig auf deine Sekretärin sein?«, fragte Luisa ihn leise. Erschrocken sah er sie an. Sie grinste.

Die Gäste nahmen ihre Plätze an der Tafel ein. Es gab nur das Beste und Feinste. Wildgarnele an Lamm-Carpaccio auf Artischockencreme, Lachs im Kräutermantel, Rehrücken mit Pfirsich-Chutney und natürlich eine krossgebratene Ente mit Apfelrotkohl und echten Knödeln. Der Klassiker, wie von Arnheim bestätigte.

Die Kinder kicherten, als Dietrich alias James sie fragte, ob die *Herrschaften* Wildbeerenpunsch wünschten.

Während des Essens musste Joost allen genau erzählen, wie er auf die wahre Identität von Mara Klingbeil gekommen war und wie er deren Bruder ausfindig gemacht hatte.

»Sicherlich war es Unrecht, sich für jemand anderen auszugeben«, meinte er zum Schluss, »aber mir scheint, sie tat nichts weiter, als eine unglaubliche Chance zu nutzen, die sich ihr bot. Es ist sehr schwer, aus dem Milieu herauszukommen, in das sie hineingeboren wurde. Und sie hatte schon vorher so viel erreicht, ein brillantes Studium vor allem. Wie groß muss die Versuchung gewesen sein, als die echte Clarissa ihr den Rollentausch anbot?«

»Also ich hätte das auf alle Fälle auch gemacht«, stimmte Wolle ganz pragmatisch zu. Nicht jeder am Tisch war seiner Meinung. Von Arnheim schwieg.

Als sich das Festmahl seinem Ende entgegenneigte, ließ Wolle ein wohliges Stöhnen hören.

»Ich platze gleich.« Zufrieden rieb er sich den runden Bauch.

Oma Baumann unterhielt sich bestens mit Doktor Sievers über Zipperlein und alte Kinofilme. Enttäuscht erfuhr sie, dass diese herrlich gruseligen Edgar-Wallace-Filme schon lange nicht mehr im Kino liefen.

»Dürfen wir zu den Hirschen nach draußen, Mami?«, fragte Lilli ihre Mutter.

»Das sind *Rentiere*, du Doofe«, korrigierte ihr großer Bruder sie von der anderen Seite.

»Du bist selber doof.« Die Kleine streckte ihm die Zunge heraus.

»Stopp!«, ging Luisa dazwischen. »Kein Streit am Heiligabend. Also geht ruhig zu den Rentieren.«

»Sind das Mädchen oder Jungen?«, wollte Lilli wissen.

»Ich weiß es nicht. Ihr könnt sie ja mal fragen.«

Sofort rutschten die beiden von ihren Stühlen und stürmten mit Wotan hinaus.

Jetzt räusperte sich Achim von Arnheim und erhob sein Glas.

Die Gespräche am Tisch erstarben.

»Mir scheint, es ist an der Zeit, dass ich eine Schuld begleiche.« Er wandte sich an Luisa. »Ich möchte mich bei Ihnen entschuldigen.«

»Hört, hört«, murmelte Doktor Sievers. »Das ist noch nie passiert, soweit ich weiß.«

Der Gastgeber warf ihm einen scharfen Blick zu, der abwehrend die Hände hob.

»Der Tag, an dem Sie in die Villa kamen, um mir den Kopf zu waschen«, fuhr von Arnheim fort, »hat vieles in meinem Leben verändert. Damals war ich gefangen von der fixen Idee, die Ascot müsse an die nächste Generation weitergereicht werden. Clarissa sollte dieser Pflicht nachkommen. Heute weiß ich, dass es dumm war, einem unerfüllbaren Traum hinterherzujagen und ihn meiner Tochter aufzuzwingen.«

»Welche Erkenntnis!«, rief Doktor Sievers. »Immerhin musste eine junge Mutter mit zwei Kindern deinetwegen einiges aushalten.«

»Unterbrich mich bitte nicht. – Also, liebe Luisa, ich habe nachgedacht ...«

»Mal schauen, was dabei herausgekommen ist.« Frech sah sein Freund ihn an.

»Ruhe, Doktor. Wir sind nicht verheiratet«, schimpfte von Arnheim. Ungehalten stellte er sein Glas auf den Tisch zurück, sodass der Wein auf die Tischdecke zu schwappen drohte.

»Wo war ich stehen geblieben?« Er überlegte. »Ach ja ... also, mir begegnete kürzlich ein Mensch, der behauptete, ein Zuhause sei aus mehr gemacht als nur aus Glas, Steinen und Bilanzen. Er ...«

»Richtig«, unterbrach Wolle ihn. »Eine funktionierende Heizung wäre auch prima.«

»Genau«, stimmte Oma Baumann zu. »Und Fenster, durch die es nicht zieht. – Was wird nun aus Nummer 7? Reißen Sie das Haus ab oder nicht?«

»Ähm, also …« Endgültig aus dem Konzept gebracht, schüttelte von Arnheim den Kopf. »Ach, egal. Frau Schwertstätter, reichen Sie mir mal die Mappe.«

Die Hausdame gab ihm einen Pappordner, auf dem deutlich der kreisrunde Abdruck einer Rotweinflasche zu sehen war.

Luisa erschrak. »Das gehört Herrn Behrens.«

»Wirklich?«, fragte von Arnheim. »Und wie kam es in meine Post? – Sehr interessant übrigens, was dort drinnen steht.«

»Ich habe es ihm bestimmt nicht gegeben, Joost«, erklärte Luisa eilig. Da fiel ihr ein, dass die Kinder sämtliche Briefmarken verbraucht hatten. Angeblich, um dem Weihnachtsmann ihre Wunschzettel zu schicken.

Wie aufs Wort standen Matti, Lilli und Wotan im Eingang des Zeltes. Vier runde Knopfaugen schauten über ihre Schultern herein. Ein gemächliches Schmatzen war zu hören.

»Dürfen Renate und Helga mit reinkommen?«, fragte die Kleine. »Sie frieren, glaube ich.«

»Kommt sofort her!«, rief Luisa den Kindern zu. »Und zwar ohne die Tiere.«

Ein wenig enttäuscht und zugleich höchst alarmiert traten die Kleinen zu ihrer Mutter, die sichtlich sauer war.

»Gerade erfahre ich, dass ihr etwas gestohlen habt. Darf ich wissen warum?« Sie wies zu der Mappe in von Arnheims Hand.

Erschreckt sahen sich Matti und Lilli an.

»Wir haben überhaupt gar nicht gemopst!«, rief der Junge. »Da drinnen sind Fotos von unserem Haus. Und der Name von der Firma, die so doof ist und uns die Wohnung weg-nehmen wollte. Weil Opa Arnheim der Chef von denen ist, dachten wir, dass er uns helfen kann.« Während er sprach, blickte Matti unglücklich auf seine Schuhe.

»Wir haben ihm das nur geliehen«, mischte Lilli sich mit weinerlicher Stimme ein. »Ist das dolle schlimm?«

Von Arnheim lachte. »Ich denke, dass ihr alles richtig gemacht habt.«

Matti schaute auf. »Ja?«

Von Arnheim hielt das Corpus Delicti in die Luft.

»Ich werde Nummer 7 sanieren lassen. Es soll wieder das Schmuckstück sein, das es vor hundert Jahren einmal war.«

»Wirklich?« Luisa konnte es kaum glauben. »Dieses Mal machen Sie keinen Rückzieher?«

Von Arnheim nickte. »Nein. Versprochen.«

Spontan lief Lisa zu dem alten Mann, um ihn zu um-armen. »Danke.«

Oma Baumann sprang auf und klatschte. »Bravo!«, rief sie.

Die Kinder hüpften vor Freude, und Joost wirkte sehr er-leichtert.

»Cool«, kommentierte Wolle nur.

»Ich benötige dafür allerdings eine gute Architektin, die die Sanierung des Hauses leitet. Hätten Sie Lust, Luisa?«

Überrascht sah sie ihn an. »Aber ich bin doch gar keine Architektin.«

»Holen Sie diese verdammte letzte Prüfung einfach nach. Das dürfte Ihnen nicht allzu schwerfallen. Und dann ran an die Arbeit.«

Oma Baumann schniefte gerührt. »Oh, wie wunderbar.«

Bevor Luisa jedoch zusagen konnte, mischte Doktor Sie-vers sich ein. »Lieber Achim. Du schummelst.«

»Was tue ich?«

»Du sagst, du willst dich entschuldigen.«

»Das habe ich gerade getan.«

»Du hast etwas sehr Wichtiges vergessen.«

»Habe ich nicht.«

Der Doktor hob die Augenbrauen. »Denke noch einmal nach. Da war doch die Sache mit …«

Von Arnheim warf seinem Freund einen giftigen Blick zu, dem der Arzt standhielt.

»Na gut, wenn es sein muss«, grummelte der alte Mann dann.

Sichtlich ungern beichtete er, dass er es damals gewesen sei, der im Architekturbüro Kanther anrief, damit dort eine ganz bestimmte Mitarbeiterin entlassen werde.

Wütend sah Luisa ihn an. »Sie haben was?«

Von Arnheim zog den Kopf ein wenig tiefer zwischen die Schultern. »Damals hielt ich es für eine gute Idee.«

Sie wollte protestieren, sagen, dass sie seinetwegen nächtelang nicht hatte schlafen können. All die Sorgen, nur, weil ein alter Mann seinen Dickkopf hatte durchsetzen wollen.

»Das ist unglaublich!«, rief sie.

»Hätte er das nicht gemacht«, mischte sich Oma Baumann ein, »dann wären Sie und die Kinder niemals in die schöne Villa gezogen.«

»Und Nummer 7 würde nicht saniert werden«, ergänzte Wolle.

»Wir wären nicht nach London geflogen«, sagte Joost leise und drückte sanft ihre Hand.

Die Kinder kuschelten sich an sie. »Und ich hätte nicht Schnitzen gelernt.«

»Außerdem ist Weihnachten, und der Opa Arnheim macht das ganz bestimmt nie nicht wieder«, verteidigte Lilli ihn.

Milde lächelte der Doktor. »Ein kleiner Fehler am An-

344

fang, der unerwartet viele gute Dinge nach sich zog …
Manchmal ist das Leben so, Frau Thießen.«

Alle schauten zu Luisa, die sich nicht so leicht beruhigen lassen wollte. Endlich setzte sie sich zurück auf ihren Stuhl.

»Also gut, Entschuldigung angenommen.«

Von Arnheims Gesicht strahlte.

»Aber bitte«, ergänzte sie. »Hören Sie auf, Leute manipulieren zu wollen. Das ist anstrengend.«

Er hob drei Finger zum Schwur. »Ehrenwort.«

Da klingelte ein Telefon. Alle drehten sich zu Joost, der sein Handy aus der Jackentasche zog. Er blickte auf das Display und sprang auf.

»'tschuldigung. Ist wichtig«, sagte er nur und eilte hinaus.

Es dauerte nur wenige Augenblicke, bis er zurück ins Zelt trat. An seiner Seite war eine Fremde. Sie trug einen langen und recht bunten Mantel. Ihre blonden Haare hatte sie unter einer Strickmütze mit Bommeln versteckt. Schüchtern, ja, fast, als überlege sie, auf dem Absatz kehrtzumachen, ließ sie sich von ihm ins Festzelt schieben.

Für einen kurzen Moment meinte Luisa, die falsche Clarissa stünde dort. Dann aber wusste sie, dass sie sich irrte.

Bevor Joost die Frau vorstellen konnte, sprang von Arnheim auf und ging auf sie zu.

»Bist du es?« Tränen standen in seinen Augen.

Auch die Fremde kämpfte mit sich. »Hallo.«

Er nahm ihre Hände, schaute sie an. »Du bist deiner Mutter wie aus dem Gesicht geschnitten.«

Sie lächelte vorsichtig. »Ich weiß.«

»Ich bin so froh, dich endlich zu sehen. Kannst du mir verzeihen, Kind?«

Die echte Clarissa zögerte einen Moment. »Wollen wir uns nicht erst einmal kennenlernen?«

Heftig nickte er. »Ja, ja, natürlich.« Dann nahm er sie, ohne Vorwarnung, in seine Arme. »Ach, mein größter Wunsch ist doch noch in Erfüllung gegangen.«

Wolle reichte Oma Baumann ein Taschentuch, weil sie leise zu schniefen begonnen hatte.

»Vielleicht gibt ja es doch noch Wunder auf der Welt«, stammelte sie.

»Ganz bestimmt tut es das, Oma Baumann.« Er legte seinen Arm über ihre Schultern.

Luisa hakte sich bei Joost ein. »Denkst du, sie werden sich verstehen?« Unauffällig beobachteten sie Vater und Tochter, wie die miteinander sprachen.

»Es wird dauern, aber die Chancen stehen gut.«

»Wie hast du sie gefunden?«, wollte Luisa von ihm wissen.

»Mara Klingbeil kannte ihre Adresse. Die beiden Frauen waren während der ganzen Zeit immer in Kontakt. Die echte Clarissa ist Künstlerin auf Kreta.«

»Also war es kein Betrug, den die falsche Clara begangen hat?«

»Ich werde sie verteidigen, sollte es zu einem Prozess kommen.«

»Du?«

»Ja, in meiner neuen Kanzlei vertrete ich nicht nur die Mieter von Haus Nummer 7, sondern auch Mara Klingbeil.«

»Aber du bist kein Strafanwalt«, gab Luisa zu bedenken.

»Etwas sagt mir, dass es gar nicht bis zu einem Gerichtstermin kommen wird.«

»Nein?«

Joost schmunzelte. »Wenn ich von Arnheims Tochter richtig einschätze, legt sie gerade ein gutes Wort für ihre Freundin Mara ein.«

346

»Die Person kommt einfach so davon?«, ging die Nachbarin dazwischen. Missbilligend runzelte die Diva die Stirn. »Ihretwegen wäre ich fast vom Balkon gesprungen.«

»Das hättest du mir doch sicher nicht angetan, Oma Baumann«, sagte Wolle. »Mit wem hätte ich mich denn dann streiten sollen?«

»Auch wieder wahr.«

Nun war es an der Zeit für Luisa, ein ganz besonderes Geschenk zu überreichen. Sie zog die silberne Kette hervor und ging zu ihrem Gastgeber hinüber.

»Ich fand dies hier in einer der leeren Wohnungen von Nummer 7. Ein guter Freund erzählte mir, dass sie einem kleinen Mädchen gehörte. Als sie vor vielen, vielen Jahren auszog, versteckte sie die Kette unter einer Fensterbank.« Luisa reichte das Schmuckstück Vater und Tochter. »Lesen Sie, was auf der Rückseite steht.«

Vorsichtig drehte von Arnheim den Anhänger um. Er schluckte.

»Sie war hier?«

»Ja«, sagte Luisa. »Ihre Eltern schenkten es Hanna, als sie vier Jahre alt wurde.«

Schweigend blickten Vater und Tochter auf die Bilder im Inneren.

»Dann ist das also meine Oma?« Clarissa lachte. »Sie sieht aus wie Mama.«

»Und wie du«, ergänzte ihr Vater.

Da zupfte Lilli ihre Mutter am Kleid.

»Mami, schau mal.« Mit dem Finger wies sie zum Zeltausgang hinüber.

Ein eigentümliches Leuchten kam von draußen.

Neugierig erhoben sich die Gäste und strömten hinaus.

Staunend betrachteten sie etwas, das sich kaum beschreiben ließ. Oma Baumann putzte sicherheitshalber ihre Brille, und Wolle überlegte, ob er gestern zu viel getrunken haben mochte.

»Was ist das, Mama?«, fragte Matti und nahm die Hand seiner Mutter. Joost hob Lilli auf seinen Arm.

Schweigend standen alle da und blickten zu Nummer sieben hinüber.

Das Haus erstrahlte, als würde es von innen her leuchten. Die abblätternde Farbe, das vom Regen der Jahre nass gewordene Mauerwerk, die kaputten Fenster … All das schien auf wundersame Weise verschwunden zu sein. Stattdessen schimmerte Nummer 7 in all seiner alten Schönheit, als sei es eben erst gebaut worden. Selbst der marode Schornstein stand wieder gerade, und die seit Jahren verbogene Regenrinne verlief einwandfrei am Rand des Daches entlang.

»Da!«, rief Lilli plötzlich und zeigte auf das kleine Fenster im First, wo der Dachboden lag. »Herr Tomte!« Eifrig winkte sie ihm zu.

In diesem Moment begannen tausend Schneeflocken aus dem dunklen Himmel zu wirbeln. Tanzend legten sie sich auf die Dächer und in den Hof, bedeckten das Zelt und den Tannenbaum.

»Oh, wie schön.« Oma Baumann seufzte. »Jetzt schneit es doch noch.« Selig hakte sie sich bei Wolle ein.

Von Arnheim kniff die Augen ein wenig zusammen und blickte zum Haus hinauf. »Das ist der Handwerker, wegen dem ich all die eigenartigen Dinge gesehen habe.« Er drehte sich zu Luisa. »Wer ist das?«

Sie lächelte. »Das ist Herr Tomte, die gute Seele von Nummer 7.« Sie winkte zu ihm hinauf, und er hob die Hand zum Gruß.

Bevor von Arnheim fragen konnte, was das genau sein

solle, wurde das Glimmen und Leuchten stärker, fast, als würde das alte Haus vor Freude lachen.

Mit einem Mal war die Gestalt am Fenster verschwunden.

»Oh«, rief Lilli traurig. »Jetzt ist er weg.«

Statt seiner sahen sie eine Menge goldener Funken.

»Was ist das?«

»Brennt es etwa?«

Fasziniert beobachteten sie, wie die glühenden Teilchen zu tanzen begannen. Plötzlich schoben sie sich durch das Dach, wo sie sich als flirrende Wolke sammelten und dann in die Nacht aufstiegen. Ihr Glühen wurde immer stärker. Mit einem Mal schossen die Funken in den Himmel auf, wie eine verirrte Sternschnuppe. Im nächsten Moment war der Lichtstreif verschwunden.

»Jetzt ist er ein Stern geworden«, sagte Matti nur.

Mit dem Stern aber war auch das Leuchten des Hauses vergangen. Nun sah es wieder so aus, wie alle es kannten.

Und dennoch hatte jeder von ihnen für einen kurzen Moment gesehen, wie wunderschön Nummer 7 schon bald sein würde.

Schweigend drückte Luisa Joosts Hand und blickte hinauf in den Himmel, wo die Weihnacht ihre samtenen Flügel schützend über die Stadt und ihre Menschen ausbreitete.

Epilog

Es war weit nach Mitternacht. Sie hatten gesungen und viel gelacht. Längst waren Achim von Arnheim und seine Gäste gegangen. Noch immer schneite es.

Beim Zubettgehen hatten Matti und Lilli beschlossen, gleich am nächsten Tag nach dem Frühstück einen Schneemann zu bauen und später in Opa Arnheims Garten Schlitten zu fahren. Der hatte nämlich gesagt, er hätte einen auf dem Dachboden stehen.

Während draußen die Flocken dicht an dicht fielen und die Kleinen sich unter ihre Decken kuschelten, standen Luisa und Joost in der Tür zum Kinderzimmer. Schweigend schauten sie zu den beiden hinüber.

Matti, der seinen Anzug vorbildlich auf den Stuhl neben dem Bett zusammengelegt hatte, und Lilli, die liebevoll ihre beiden Teddys umarmte.

Gerade wollte Joost die Tür schließen, als er Lillis verschlafenes Stimmchen hörten.

»Ich weiß jetzt, was Knutschen ist. Von mir aus dürft ihr es noch mal machen«, nuschelte die Kleine und gähnte.

»Gute Idee«, raunte Joost Luisa zu.

»Schlaft gut, ihr beiden«, rief Luisa ihren Kindern leise zu. »Und träumt etwas Schönes.«

Ende